LA TENTATION DES TIÈDES

Édith Floral

LA TENTATION DES TIÈDES

Reconquista Press

ISBN : 978-1-912853-11-3

PRÉFACE

COMMENT écrit-on une préface ? Je n'en ai pas la moindre idée. À quoi sert-elle ? Vous en aurez lu quelques-unes. Elles disent à peu près à ceux qui feuillettent des livres dans une librairie : celui-ci vaut qu'on le lise, achetez-le. Ce qui mérite d'être dit en quelques mots, c'est le pourquoi de cette recommandation.

Je n'ai pas lu les travaux d'Édith Floral sur la pensée thomiste qui manifestement l'inspire, non que le sujet m'en rebute, mais la matière est bien ardue pour un lecteur profane. En plus je ne la connaissais pas, elle. Or elle me demanda un jour, par courrier électronique, de préfacer son premier roman. Étrange. Je ne connais pas d'autre cas de premier roman préfacé. Puis on demande ordinairement une préface soit à un spécialiste de la chose préfacée, soit à une sorte d'autorité morale et littéraire. Or je ne suis ni l'un ni l'autre, et la démarche me surprit. L'instant d'après me distrait de cette surprise, j'ai toujours un million de choses à faire, celle-ci me sortit de la tête. Quelques semaines plus tard, un message courtois me priait de faire savoir où j'en étais de ma réflexion. Catastrophe ! Le travail s'empilait sur mon bureau. Deux livres. J'allais devoir répondre que j'étais très flatté, que le manuscrit ne manquait pas de qualités, mais que, hélas, le temps… Et puis, par acquit de conscience, on ne saurait faire ce genre de réponse sans au moins jeter un coup d'œil, j'ouvris le livre. Moins de vingt pages après, j'acceptai d'en écrire la préface.

On trouve deux choses dans *La Tentation des tièdes*, un ton et un souci.

Le souci est le souci des âmes, la sienne et celle des autres. Des questions sourdent ou fusent, pourquoi le mal, pour quoi le mal, à quoi sert la souffrance, *quid* de Dieu, comment concevoir, à considérer l'homme, qu'un Dieu bon et tout puissant l'ait fait à son image, etc., etc. On ne les avait pas entendues depuis longtemps dans un roman français. Des noms fameux montent du fond de la mémoire, que je ne citerai pas pour deux raisons, pour que l'auteur ne rougisse pas de confusion, et parce qu'il ne faut pas confondre une promesse avec la chose advenue. Le dernier écrivain catholique fut Gustave Thibon, Jean-Madiran, par une forme de modestie, s'étant voulu plus journaliste, et le dernier romancier français connu qui s'intéresse à la chose est Jean Raspail. Il existe une grosse difficulté de succession. Toute aube de talent s'observe avec espoir et attention. Le public a droit qu'un roman lui parle d'autre chose que de niaiseries mondaines à la mode, les fidèles en ont soif, et il manque au concert des opinions la catholique, et la traditionnelle. Ce n'est pas fortuit. L'auteur l'écrit : *l'obscénité réside dans le rappel offensant de la vérité éternelle.* On voit qu'il sait choisir ses adjectifs.

Ceci n'est pas une critique littéraire. Il ne m'appartient donc pas de détailler ce que *La Tentation des tièdes* a de raté, d'incomplet, d'inachevé. Édith Floral, romancière novice, connaît ses plus gros défauts en la matière. On n'est pas pour rien philosophe. J'ai dû ouvrir au moins quatre fois mon dictionnaire. Et quand on a en plus l'ardent désir de convaincre, le risque est de ne pas faire grâce au lecteur d'un argument. Un peu de pratique fera tomber la gangue. Le récit — on ne doit pas encore parler de roman, est-il seulement utile de le faire : le genre d'Édith Floral sera peut-être le récit — se dessinera ainsi de lui-même. Il demeure pour l'instant comme implicite, au deuxième plan du discours.

Le sujet du livre, une conversion dans l'échec, par l'échec de la vie mondaine, le passage du narrateur par l'état de spectateur puis de réprouvé, et le progrès de la miséricorde, ne se transforme jamais en véritable intrigue. Il est l'occasion de scènes, de monologues croisés. Des personnages font surface, comme le couteau sort de son trou quand on bouche celui-ci de quelques grains de gros sel, l'auteur les attrape ou les laisse rentrer dans leur trou. Il croque très bien. On peut lire *La Tentation des tièdes* comme un reportage sur l'Éducation nationale, ou sur les diverses extrêmes droites nationalistes, que l'auteur a fréquentées et dont il peint au poil de martre les disgrâces, notre « société inversée » subvertissant même ses adversaires. Cette double immersion lui aura donné le goût (et le don) de l'introspection, et, la discipline catholique aidant, l'habitude de débusquer les mensonges que l'on se fait à soi-même. Cela nous vaut quelques terribles portraits de femmes modernes, bien réjouissants d'une certaine manière, mais qui nous font penser que le narrateur tombe toujours mal, ce qui donne à *La Tentation des tièdes* une teinte générale très sombre, d'où se détache d'autant plus aisément l'aube dorée de la Grâce — le clair-obscur est un peu systématique. On aimerait un visage positif, pour changer.

Je ne l'ai pas dit jusqu'ici, parce que j'aimerais laisser à Édith Floral une petite chance, *La Tentation des tièdes* est aussi un livre politique. Ce n'est pas son côté le plus fort ni le plus neuf, elle garde en particulier un préjugé en faveur de la révolution, même si elle n'aime pas celle de 89, et, Jules Monnerot l'a bien dit, c'est la tare de notre époque, qui a commencé sur la fin du dix-septième siècle. Elle accorde trop d'importance aussi à l'argent, qui n'est maître que par délégation, et pas assez, en politique, à l'esprit qui toujours nie. Mais enfin l'auteur a traversé l'enfer des propagandes avec assez de fraîcheur pour décrire ce qu'il voit sans effets de voix, sans inutiles circonvolutions ni restrictions non plus. Cela le rend totalement et définitivement nauséabond.

D'autant qu'il se pose des questions, ou ne s'en pose plus, sur tel épisode douloureux de la Seconde Guerre mondiale, et sur la réalité du pouvoir dans la ploutocratie démocratique — il y a d'ailleurs de petites miniatures de vide grandiloquent chez les maçons assez réjouissantes. Avec cela, bien sûr, Floral se rend indéfendable et je n'entreprendrai pas de la défendre. Par cela, elle ajoute sa pierre aux paradoxes et contradictions de l'extrême droite qu'elle observe par ailleurs si bien : c'est une chose de noter que les meilleures choses, quand on les dit du ghetto des réprouvés, n'ont presque pas d'incidence sur le débat politique utile, c'en est une autre d'aller s'enfermer à double tour dans ledit ghetto. En écrivant cela, j'ai bien conscience d'être le chaudron qui dit à la marmite cul noir : nous sommes tous pris dans la même toile d'araignée depuis septante ans, et cela ne cessera que quand la grande idole et le grand tabou tomberont en poussière.

Revenons au ton de *La Tentation des tièdes*, qui fut le moteur de cette préface. Le lecteur aura compris que le récit est composé de bric et de broc, avec des ruptures de genre par-dessus le marché (on passe allègrement de la théologie au fantastique), et des dialogues qui n'en sont pas (plutôt de solides plâtrées de monologues alternés) : et pourtant on ne laisse pas tomber le bouquin par terre. Alors ? Alors, c'est la musique. C'est le ton qui tient la chose de bout en bout. À un moment donné l'auteur vous laisse tomber, pile, comme sa première chaussette, la ligne d'après on est entretenu d'un personnage que l'on ne connaît ni d'Ève ni d'Adam et dont rien ni personne n'a introduit l'entrée, et, pof, on enquille, et ça tient. Ça marche. Grâce au ton, qui tient lieu de fil du récit.

Ce ton (un préfacier peut donner un conseil), il faudra qu'Édith Floral le garde, quitte à conserver quelques scories avec, c'est ce qui fait son identité littéraire. C'est précieux et fragile, et l'auteur peut le rompre avec la meilleure volonté du monde. Il l'a fait dans *La Tentation des tièdes*, un peu après la moitié du livre, pour donner la parole au personnage d'une religieuse défroquée. Cela a sonné faux et cassé le fil, j'ai patouillé pendant vingt pages avant de le retrouver, et cela m'a un peu gâché le plaisir de la fin. Rester soi, surtout, le cultiver soigneusement, défauts compris.

Martin Peltier

« Le silence éternel de ces espaces infinis m'effraie. »
Blaise PASCAL, *Pensées*, § 206 Éd. Brunschvicg.

J'AI échoué ici depuis quelques mois, dans cette petite ville qui pourrait être belle si la France était restée française. J'habite rue du Jeudi, dans le quartier bourgeois, non loin de la basilique Notre-Dame, presque en face de cet hôtel particulier qui abrita naguère les bureaux d'une étude de notaire et les appartements privés du maître des lieux, ami de Mgr Lefebvre qu'il recevait chez lui et dont il gérait à l'époque les biens considérables. Au bout de la rue existait une épicerie de luxe qui proposait, entre autres bagatelles succulentes, des copeaux finement découpés de fromage italien frais dont le prélat raffolait. La femme du notaire y faisait ses provisions et l'on savait ainsi par la patronne, qui vendait peu de denrées de cette espèce, l'imminence de la visite de l'évêque de fer pourtant soucieux de séjourner incognito dans la ville qui vit naître sainte Thérèse de l'Enfant Jésus.

Je ne connais presque personne à Alençon. On y vante le musée de la Dentelle, la présence d'une imprimerie qui publia *Les Fleurs du mal*, la maison natale de Jacques Hébert fondateur du *Père Duchesne*, les andouillettes à la moutarde accompagnées de pommes sucrées, le souvenir de la Résistance et du Débarquement, et les échanges interculturels avec une ville d'Afrique subsaharienne y déléguant ses artisans sculpteurs de statues d'ébène. Le clergé catholique y est socialiste comme presque partout. Ville essentiellement administrative depuis le déclin de Moulinex, sa population est constituée, en dehors de la faune non européenne, par des fonctionnaires proprets, un grand nombre d'enseignants du Secondaire et maints retraités. Il y a deux librairies dans le centre relativement bien fournies, quelques restaurants passables dont « Le Petit Savoy » onéreux, et des bars envahis par la population qui sévit dans la zone de HLM perpétuellement en cours de rénovation et systématiquement vandalisée par les jeunes issus de l'immigration, arrogants et oisifs, choyés et craints comme partout parce que protégés par les autorités policières et politiques : des associations catholiques, protestantes et musulmanes, largement financées par le Conseil général, les soutiennent de manière systématique. Il n'y a là rien de bien original. On est à deux bonnes heures de Paris, à vingt minutes du Mans ; une vie culturelle paléo-gauchiste mâtinée d'esprit libertaire maçonnique y survit, empreinte des complexes traditionnels des provinciaux tout affairés à singer les délires de la capitale avec dix ans de retard. Il y a un lycée classique et une école catholique sous contrat près du centre, un lycée technique décentré, et un petit lycée agricole près de la zone de Perseigne, où l'on élève des chiens d'aveugles ; quelques bars où l'on peut pratiquer le jeu de billard mais envahis par des écrans faisant défiler sans arrêt des spots publicitaires sur un fond sonore assourdissant et énervant ; il y a aussi un club de bridge où de vieilles dames viennent dénigrer leur prochain. Il y pleut beaucoup comme dans tout le département de l'Orne, quelques « toucheurs » concurrencent encore les médecins généralistes.

C'est là que je suis destiné à finir ma misérable carrière, sous l'œil vigilant des censeurs du rectorat de Caen. Je suis détaché sur les quatre établissements dont il vient d'être question, ayant été relégué au rôle peu gratifiant de « bouche-trou » polyvalent. Mes supérieurs et mes collègues ne manquent pas une occasion de me faire sentir que ma présence parmi eux ne tient qu'à un fil ; je supporte tant bien que mal leurs attaques fielleuses, leurs menaces indirectes, leur condescendance pratiquée dans la bonne conscience des Justes, leur ton volontiers comminatoire tout pétri de cette vertueuse vigilance républicaine leur permettant à bon compte de se pousser du col au détriment du proscrit honteux que je suis désormais pour toujours, au mieux supporté, en quarantaine indéfiniment reconductible.

J'aurais pu loger dans un véritable appartement malgré mes faibles émoluments, mais il m'eût fallu consentir à habiter le quartier de Perseigne, et cela est au-dessus de mes forces ; le genre humain y est devenu insupportable, composé aux trois quarts de Maghrébins vindicatifs et impudents, pour un quart résiduel de petits blancs tantôt alcooliques, souvent chômeurs, tantôt malades de longue durée. J'ai préféré, pour le même prix déjà élevé pour moi, une petite chambre claire aménagée grossièrement en studio, dans une partie moins inhumaine de la ville, bien que fort triste avec ses silences et les regards suspicieux des voisins retranchés derrière les hauts murs de leurs hôtels cossus. Je rase les murs afin de ne pas subir les accès de curiosité inquisitoriale des citadins qui se connaissent tous et qui jasent. Mes voisines sont deux célibataires trentenaires ayant l'habitude de changer d'amant comme de chemise ; il y a souvent du monde chez elles, elles fument des joints presque autant que des cigarettes de tabac, sont bruyantes, vulgaires, insolentes et sans gêne ; elles m'ont manifesté dès le début l'animosité la plus ostensible, pressentant que je devais être quelqu'un de louche, avec ma mine défaite, ma peur qui suinte de tous mes pores, ma démarche devenue veule et ma discrétion presque obséquieuse. Seul le marché du samedi matin, près de la basilique, fait timidement mémoire de l'atmosphère que l'on peut supposer avoir été celle de la province d'antan. Je dors — quand ma tristesse haineuse me le permet — dans un petit lit dont l'étroitesse m'eût interdit tout ébat amoureux s'il m'avait été donné de m'y livrer. Il y a une table de cuisine, une minuscule douche en plastique fatigué, une cuvette d'aisance fendillée, deux chaises, une armoire, et j'ai apporté trois caisses pour ranger mes sous-vêtements et les rares livres qu'il m'a été donné de pouvoir conserver. Je prends mes repas du midi dans les cantines des établissements scolaires, seul à ma table que dédaignent mes collègues, en pestiféré qui n'appelle aucune curiosité avouable et suscite le mépris doublé d'une vague crainte de se compromettre en s'affichant avec moi. Il est vrai que je n'ai pas grand-chose à dire, et que je suis assez maladroit pour souffrir horriblement sans parvenir à inspirer la pitié. Dans ma raideur candide, alors que tout en moi crie le besoin de l'estime d'autrui, je n'ai jamais été capable de faire naître en mes supposés semblables que l'agacement et la déception, et cela au fond depuis toujours. Mais avant, je pouvais donner le change.

Titulaire d'un CAPES de philosophie et d'une licence de mathématiques, je me suis révélé incapable, jadis, de décrocher la sacro-sainte agrégation qui m'eût fait acquérir ce minimum de considération et de facilités pécuniaires sans lesquelles la vie d'enseignant (on n'ose dire « professeur », qui évoque la carrière universitaire) est un véritable enfer, à tout le moins pour ceux qui, non syndiqués, n'appartiennent pas au sérail. J'ai toujours été ce qu'il est aujourd'hui convenu d'appeler un « *loser* ». Juste assez doué pour avoir la faiblesse de nourrir des prétentions et susciter des jalousies, pas assez brillant pour m'imposer en affichant des réussites éclatantes, je fais partie de la pénible engeance des individus qui, s'étant cherchés sans jamais se trouver, ne s'aiment pas et déçoivent tout le monde en se décevant eux-mêmes.

Je dîne parfois dans un petit restaurant qui prépare des plats du jour abordables, ou bien d'une tranche de jambon et d'un yaourt accompagné de quelques bananes dans ma chambre mansardée. Ma nouvelle vie est régulière, mécanique et sans but. Le voyage à Paris me tente souvent, mais mes moyens m'empêchent de satisfaire ces pulsions d'évasion. Que resterait-il de moi si je mourais aujourd'hui ?

Le souvenir, dans l'esprit de ceux qui m'ont connu, d'un ectoplasme devenu fou pour avoir eu l'outrecuidance d'aspirer à exister ; quelques objets sans valeur, un mémoire de maîtrise médiocre consacré aux petits idéalistes français du XIXe siècle, quelques pages d'un journal lamentable abandonné depuis longtemps et que je ne me résous pas à brûler, quelques plans ébauchés d'un doctorat que je n'écrirai jamais.

Il y a quelques mois seulement, c'est-à-dire des siècles, j'étais encore quelqu'un de presque normal, de parfaitement normal — c'est-à-dire ordinaire — en tant qu'intégré dans la médiocrité de mon monde affectif et professionnel. J'étais à Metz, marié sans enfants. Mon ménage battait de l'aile parce que j'avais déçu ma femme. Mais qui n'ai-je pas déçu ? Nous nous sommes connus dans les amphithéâtres de la Sorbonne, il y a de cela trente ans. Je n'en étais pas revenu de retenir l'attention d'une jolie fille assurée d'elle-même, et cet étonnement vaniteux m'avait fait tomber amoureux d'elle, débordant de reconnaissance, dans une éclipse presque totale de ma faculté de juger. Elle sortait d'une aventure amoureuse catastrophique, elle avait besoin de calme, elle voulait se sentir bonne et satisfaire aux exigences de sa sensibilité affective et physique en portant son dévolu sur un homme effacé, juste assez doué pour la mettre en valeur auprès des autres, suffisamment limité pour ne pas lui faire de l'ombre. J'étais le candidat idéal. Elle est devenue mauvaise quand elle a pris conscience du fait qu'elle n'obtiendrait jamais l'agrégation elle non plus, et quand elle apprit qu'elle était physiquement stérile. Nous avons adopté pendant des décennies un *modus vivendi* implicite : lui donner toujours raison, supporter ses humeurs, la réconforter en lui inventant toutes les excuses, la flatter sans excès pour me rendre crédible, mais sans réserve pour ne pas donner l'impression que mon admiration reconnaissante serait en train de s'essouffler. Homme jeune, j'étais gentil, sans aucune assurance, prompt à me lamenter sur les problèmes des autres en hypertrophiant les injustices et malchances dont ils se disaient victimes, non moins prompt à édulcorer les iniquités dont j'étais l'objet tout en celant mes propres problèmes qu'au reste personne ne prenait au sérieux, et qui importunaient tout le monde. J'étais condamné, dans mon rôle d'universel fairevaloir, à être heureux dans un effacement de ma personne qui allait de soi pour tous. Passer de la vie d'étudiant à la vie d'enseignant m'avait dispensé d'affronter la vie réelle ; je gravissais les échelons à l'ancienneté, et j'étais en passe d'accéder au dernier sans nourrir l'espoir d'atteindre jamais la hors classe.

Vite lassée par l'enseignement, ma femme, autoritaire sans autorité, se reconvertit dans la psychologie d'entreprise et entama une carrière à la SNCF où, comme elle disait, elle avait « la rude tâche d'aider à se reconstruire les employés traumatisés par les risques de leur métier ». Elle s'occupait si bien d'eux qu'elle en venait parfois à les séduire, ce dont elle se cachait à peine. Elle prétendait disposer d'un regard de souveraine sagesse qui l'autorisait à juger son prochain avec l'équité impavide des esprits clairs, alors qu'elle était le jeu inconscient de ses humeurs, de ses dilections désordonnées et de ses rancœurs mal digérées. Ses blessures consécutives à la réaction peu charitable qu'induisaient ses prétentions agressives la durcissaient, par là renforçaient en elle son illusion de lucidité — qu'elle prenait pour de la sagesse — sur le genre humain, et déformaient d'autant sa capacité de jugement. Elle n'eut pas à tenter de me dépasser professionnellement et intellectuellement, puisqu'elle m'avait épousé — devant Monsieur le Maire seulement : elle était républicaine et anticléricale — précisément parce qu'il lui paraissait évident que je lui étais inférieur. Ma passivité la rendit acariâtre, parce qu'elle aurait aimé que j'en vinsse à devenir jaloux et à lui faire des scènes violentes qui l'eussent habilitée à endosser la défroque de victime incomprise ; ce n'est pas de mon amour qu'elle avait besoin, mais du sentiment de ma dépendance. Et c'est une chose que je sus comprendre sans le lui dire, mais dont je ne sus pas tirer les conséquences ; sa condescendance exigeante se convertit en exaspération et en mépris hargneux. L'amorce d'une réaction de ma part, annonciatrice d'une lame de fond, se manifesta dans l'acte libérateur de lui décrire notre situation avec une cruelle lucidité, au terme d'une scène pendant laquelle elle avait été particulièrement odieuse. Ma femme était de ces personnes ambitieuses en attente permanente de reconnaissance, affligées du travers consistant à n'avoir aucun désir propre, fors celui suscité par le désir des autres. « Je ne sais ce dont j'ai envie, et j'ai envie d'avoir envie. Untel a envie de quelque chose, pourquoi en serais-je privée ? Il est injuste qu'il le possède quand je ne le possède pas. Il convient donc que je le convoite selon les modalités de la récupération d'un bien qui m'a été ravi. J'ai droit, moi aussi, aux égards et aux succès. » Autant dire qu'elle était fondamentalement envieuse, comme toutes les personnes médiocres qui ont des prétentions ; quand l'envie d'avoir envie se veut le fondement de l'envie des biens, quand donc le désir réflexif se veut la raison d'être de son mouvement extatique, alors le désir tourne à l'envie entendue comme tristesse du bien d'autrui : sans objet, le désir se court-circuite et s'éclipse mais, aspirant à se nourrir de lui-même, il en vient à convoiter le désir actuel chez les autres, et de ce fait il se résout à aimer ce qu'autrui trouve aimable, se sentant lésé par l'autre tant de la vertu de désirer que des biens dont le désir est la promesse en même temps qu'il en est le manque. Privée de force et de talent pour acquérir ce qu'elle convoitait, privée surtout de cette vocation à quelque activité originale que ce soit, qui s'annonce dans le désir qu'elle suscite, elle oscillait entre abattement et présomption ; elle hésitait entre la pauvre femme éplorée en attente de réconfort et d'affection protectrice, et la femme moderne émancipée sûre d'elle-même et dominatrice qu'elle redevenait chaque fois que les choses allaient mieux pour elle. Condamnée à se poser en s'opposant, foncièrement dépendante de ce qu'elle contestait, ainsi contradictoire et insupportable à elle-même, elle haïssait ceux qui lui résistaient, sans pour autant aimer ceux qui lui cédaient.

Nous fûmes de plus en plus étrangers l'un à l'autre, renonçant à vivre les mêmes soucis ensemble, faisant chambre à part et prenant nos repas séparés. La chose se fit toute seule, sans bruits particuliers, fors ses récriminations lancinantes et amères. Quand l'un de ses amants en vint à lui manifester assez d'attention pour qu'elle pût envisager de se faire épouser par lui, elle exigea le divorce que je lui concédai sans faire d'histoire, au prix d'une décision judiciaire qui me coûte fort cher, en forme de pension alimentaire. Ce qui explique en partie mon actuelle indigence. Les premiers temps, il me sembla que rien n'avait vraiment changé en moi. Je lui laissai notre appartement chaleureux, fonctionnel et douillet, typique des bourgeois-bohèmes que nous voulions être, du quartier Taison, dans la partie médiévale de la ville, pour m'installer provisoirement dans un studio au cinquième étage d'un immeuble de l'avenue Foch, à deux pas de la gare massive de la partie allemande de Metz : j'aime les gares, symbole de départ, d'évasion, de négation libératrice — par leur impersonnalité — du passé carcéral. Je continue à les aimer bien qu'il m'ait été donné, depuis ce temps, de comprendre qu'on ne fait jamais, en changeant de lieu et de milieu, que transporter ses problèmes avec soi, au lieu de les fuir.

Puis un ancestral et sourd sentiment d'indignation et de révolte s'empara de moi progressivement, enraciné dans une complaisance pour la lucidité reçue telle une eau fraîche. Cette montée de sève dangereuse fut corrélative d'un réveil inattendu du souci religieux discrètement insufflé en moi par le souvenir de mon statut de baptisé. « Comme tous les fils uniques de parents conformistes, médiocrement intelligents et passablement déchristianisés, tu as, me disais-je, développé dans ton enfance et dans ton adolescence un petit moi fragile et incandescent, capricieux, égotiste, susceptible et ridiculement prétentieux. La vie s'est chargée de t'humilier en te faisant éprouver les effets de tes choix inconséquents, elle t'a par là rendu lucide et plus modeste. Mais tu n'as pas profité de ces leçons pour te relever et pour avancer. Tu aurais certes pu refuser de telles leçons, te fixer sur tes blessures d'amour-propre choyées comme autant d'injustices faisant de toi une victime ainsi par avance absoute de tous tes futurs échecs. Tu as plutôt néanmoins cédé à la bassesse et à l'autodénigrement, faisant une seconde nature de ton habitude de l'échec vécu telle une fatalité, afin de te complaire innocemment dans un esprit velléitaire moyennement paresseux prenant sa lâcheté pour de l'esprit de concorde, et son absence d'originalité pour l'expression de la sagesse qui abhorre les extrêmes. »

L'éducation que j'avais reçue m'avait préparé à adopter une telle fuite. Élevé dans le culte de l'esprit de tolérance, dans un centrisme politique corrélatif de la mentalité libérale prenant en haine tous les extrêmes de quelque genre qu'ils fussent, ainsi disposé à me soustraire à tout engagement sérieux — c'est-à-dire radical — en lequel un homme se risque, j'avais développé un scepticisme trivial et quiet, que je voulais prendre pour un pathos de la distance afin de m'innocenter de ma médiocrité. M'objectiver cette dernière et me persuader d'y avoir courageusement procédé en la confessant à tout bout de champ, c'était pour moi me donner le sentiment de m'y soustraire, réfugié en moi-même. J'ai compris plus tard qu'on ne peut changer de caractère sans changer de certitudes ; l'idée à laquelle il adhère est plus profonde et plus déterminante, pour un homme, que son idiosyncrasie psychologique.

Cela dit, l'attitude dubitative, comme manière d'exister, a quelque chose de précaire, en cela que l'on risque toujours d'en venir à douter du bien-fondé de l'acte de douter. C'est ainsi que chaque fois que j'avais baissé les yeux, au propre et au figuré, l'infliction d'une nouvelle humiliation s'était, sans que j'en fusse conscient, enregistrée en moi telle une accumulation d'énergie négative destinée à faire surgir le courageux que je n'avais pas su être. Et j'ai compris plus tard que cet emmagasinage de violence n'était que le reflet d'une révolution idéologique en attente de se faire en moi.

En même temps qu'elle me contraignait à ne plus compter que sur moi-même pour ce qui concerne tous les soucis de la vie quotidienne et l'organisation de mon emploi du temps, ma nouvelle condition de célibataire cinquantenaire m'invita à revivre ma vie de jeune homme, mais lestée de l'expérience d'un homme fait. Il existe chez presque tous les hommes de mon âge une tendance, aussi puissante qu'impossible à satisfaire, à revivre leur jeunesse comme ils auraient voulu qu'elle se déroulât, c'est-à-dire sans les fautes qu'induisent la précipitation et l'inexpérience définitionnelles de cet âge ; ce qui évidemment n'est possible que quand on n'est plus jeune. C'est ainsi qu'on voit tant d'hommes mûrs s'assoter d'une jeunesse effrayée par les incertitudes de son âge, séduite par leur assurance et leur portefeuille, disposée à se faire engrosser par leurs instincts poussifs, et bientôt — ainsi qu'on y peut s'attendre — excédée par la perspective — qui s'annonce dans leur chair fatiguée d'égoïstes — des délabrements annonciateurs de la sénilité glaireuse, de la mort et de la décomposition.

Pendant que l'on vit quelque chose, on n'a pas le temps de se l'objectiver, de sorte qu'on se révèle incapable de maîtriser ce flux vital qui passe. On ne peut se représenter que ce qui a un contenu, une essence, et est ainsi doté d'essence seulement ce qui est passé, et qui n'est plus. Le rêve impossible est de revivre le passé pour le vivre sans le gâter, ainsi en le maîtrisant comme quelque chose de connu, mais empreint de la fraîcheur d'un acte inattendu : vivre le passé sur le mode d'un présent riche de spontanéité novatrice. C'est cette aspiration contra-dictoire qui produit les vieux jeunes. Mon cas fut analogue, en cela différent ; au vrai ce fut la même situation mais selon un rapport de causalité inversé. Placé dans la condition précaire et sans barrières d'une vie d'adolescent que je n'avais pas cher-chée, j'ai vu naître en moi l'aspiration sénile à revivre ma jeunesse.

La jeunesse est l'âge de toutes les audaces, la libération de toutes les inhibitions de l'enfance, l'ivresse de la liberté, le ver-tige d'un avenir lourd de joies et de jouissances qui seraient capables d'excéder par leur intensité le degré de souffrance liée au désir de telles délectations ; ce qui s'appelle trivialement le bonheur. Parce que revivre le passé sur le mode du présent relève du rêve, alors, quand on est pénétré — ce qui était mon cas — du caractère chimérique de cette aspiration, on est con-fronté à la perspective de plusieurs solutions. On peut tout sim-plement accepter de voir se réduire le champ des possibles à mesure que l'on vieillit, reconnaître que le champ des pos-sibles, loin d'excéder le réel, lui est intérieur, et se réconcilier avec son monde morose en y appropriant ses désirs. Cepen-dant, quand on manque de courage — ce qui était encore mon cas — pour renoncer aux séductions de l'imaginaire, le fait d'être placé dans les conditions apparentes d'une telle revivis-cence peut disposer celui qui les subit à se mettre entre paren-thèses afin de se réduire à la fonction de spectateur pur, non investi dans le monde auquel il appartient, détaché de ses obli-gations sociales, enfin libéré du souci du regard d'autrui, de l'angoisse de son avenir : il ne vit pas dans le monde qu'il voudrait fuir par le rêve, il restreint le réel à lui-même en vidant la vie réelle de tout sérieux, ainsi en la réduisant à un *spectacle*. Je me suis mis ainsi à avoir de moins en moins peur, lesté de cette audace tranquille propre à ceux qui n'ont rien à perdre. Quand quelqu'un se mettait à me menacer, ou à me faire une réflexion désobligeante destinée à me déstabiliser et à m'humilier, je n'étais pas véritablement atteint par ses flèches, je me savais n'être que l'acteur d'un jeu théâtral dans lequel je jouais le rôle de quelqu'un que l'on humilie et que l'on menace. Je n'étais plus affecté par des actes et par des intentions, mais par des significations. Et c'est fou ce que peut avoir de reposant et de libérateur l'acte de convertir le réel en significations. Cela dit, je ne savais pas que cette audace inattendue et libératrice serait gravide d'une autre peur autrement plus incapacitante que la précédente.

J'ai continué à travailler au lycée au début comme si de rien n'était, mais revigoré par ce sourire intérieur m'invitant à tout saisir à distance. Les ridicules, les méchancetés, les petitesses, la propension à se mentir d'autrui ne m'agaçaient plus, ils m'inspiraient une commisération amusée. Évidemment, on finit par s'apercevoir de mon solipsisme éveillé. Mes collègues, mes élèves, le personnel administratif de mon établissement, mes voisins, les interlocuteurs des services du rectorat, mon inspecteur, après un moment d'incertitude et de perplexité, se mirent à nourrir à mon endroit une animosité de plus en plus virulente, parce qu'ils prenaient mon détachement pour de l'insolence, ce qui au reste n'était pas tout à fait faux. Aussi entendirent-ils, avec toute l'aigreur dont ils pouvaient être capables, me contraindre à me conformer aux normes du sérieux de l'existence sociale. Mais c'était là me chasser d'une situation psychologiquement confortable, affectivement douce et intellectuellement gratifiante. C'est alors que, moi qui n'avais jamais osé de ma vie m'écarter du conformisme, incapable de convoquer cette bienveillante colère si nécessaire à l'ébranlement de la volonté vindicative, je me mis à prendre conscience de ce capital de forces insurrectionnelles dont j'ai déjà parlé plus haut. Et je me mis à penser tout haut, sans aucun amour-propre, à la manière dont les mongoliens exposent sans vergogne leurs misères sexuelles et intestinales. En me sentant exister dans l'acte de voir se défaire, parce que je le sabotais, le mécanisme des convenances dont je me croyais intrinsèquement solidaire, j'eus l'impression d'accéder à une existence plus dense, mais ouatée, comprenant combien la vie que j'avais connue n'avait guère plus de consistance que celle d'un rêve ennuyeux.

Les choses commencèrent ainsi.

J'avais une collègue d'histoire et géographie — appelons-la Julie — qui sans cesser, dans son féminisme convenu, de clamer son droit à l'égalité avec les hommes, de rappeler l'esclavage millénaire dont les femmes auraient été l'objet de la part de la gent masculine, accumulait les déboires sentimentaux et se désolait, la quarantaine approchant, de n'avoir pas encore trouvé l'âme sœur, l'homme parfait bien sûr, le seul qui pût lui convenir, le seul qui la méritât. Il lui aurait fallu une espèce d'ébéniste grand et solide aux mains fortes et aux yeux doux suffisamment fruste pour ne pas remettre en cause sa prétention à tenir dans son couple la chandelle du magistère intellectuel. Il devait être assez intelligent et cultivé pour la mettre en valeur et lui offrir les satisfactions de vanité qu'elle exigeait ; sa nature de femme — elle qui abhorrait l'idée même de nature humaine et de nature masculine ou féminine, « catégories machistes relevant de la pathologie essentialiste » — lui faisait admettre sans qu'elle se l'avouât que toute femme est comme psychologiquement définie et socialement évaluée par l'homme qu'elle a conquis et qui l'a choisie. Il devait être assez « délicat » et « discret » pour vouloir à sa place chaque fois qu'elle était indécise, c'est-à-dire toujours, mais de telle sorte qu'elle eût toujours l'impression que c'est elle qui avait décidé. Il devait être assez travailleur et ambitieux pour satisfaire aux réquisits pécuniaires de Madame, mais avoir l'âme « noble » de ceux qui ne parlent jamais d'argent ; il devait être assez animal pour la combler dans les exercices du lit, ainsi satisfaire au désir féminin d'être prise et réduite, selon la fausse brutalité des séducteurs, au rôle de chose pantelante abîmée dans sa chair réjouie, mais assez spirituel pour ne faire valoir ses vertus de mâle que sur le mode d'une réponse respectueuse aux appels de sa partenaire sourcilleuse dans son souci de souveraineté morale et affective sur lui. Il devait la guider, la rassurer et la protéger, mais sans jamais cesser de la laisser diriger toutes les affaires du foyer et n'en faire qu'à sa tête. Quand je lui faisais timidement remarquer que ces exigences avaient peut-être quelque chose d'excessif, voire de contradictoire, elle poussait des cris d'orfraie, m'annonçait que je n'y comprenais rien aux femmes, qu'au reste elle ne voyait vraiment pas pourquoi elle pouvait consentir à se confier à moi, trop faible et limité, trop gangrené par les préjugés, trop commun pour la comprendre. Elle finissait toujours par déclarer que, si elle n'avait pas trouvé de compagnon digne de ce nom, c'est parce qu'elle faisait peur aux hommes, à cause de son caractère trop affirmé, de sa personnalité lumineuse, de ses succès universitaires, de ses idées originales et de son indépendance indomptable.

Ma condition nouvelle de célibataire sans expérience, après trente ans de vie conjugale, éveilla en moi quelque peu, comme il fallait s'y attendre, des désirs adolescents et timides de conquêtes féminines dont Julie narquoise s'aperçut vite, bien qu'il n'eût jamais été, entre nous, question de tendances de genre. J'étais le bon ami placide qui souffre tout, et oser la courtiser eût été reçu par elle, de ma part, tel un affront ; quand on est confiné dans le rôle d'admirateur béat — « c'est vrai que tu es gentil, mon grand, tu as une grande capacité d'écoute » —, prétendre au statut de séducteur ne peut relever que de l'insolence : « il ose, mais que suis-je devenue pour qu'il ose ? » Ce qui ne l'empêcha pas de se mettre à minauder, se délectant du désir qu'elle suscitait. Mon état nouveau de spectateur pur, ainsi d'indifférence universelle, hanté par une violence accumulée dont j'ignorais encore l'existence mais qui se mettait insidieusement à affleurer, à mon grand étonnement, dans un sentiment d'agacement doublé d'une complaisance pour le cynisme et le plaisir de rire aux dépens d'autrui, me fit un jour lui tenir ce langage :

« Je crois sincèrement, pauvre cocotte, que tu es plutôt sotte et exécrable avec les hommes que tu rencontres. Tu n'as pas une personnalité puissante, mais un caractère velléitaire. Tu ne les fais pas fuir par tes talents, mais par ta bêtise et ta face ordinaire et sans grâce de femelle constipée, outrageusement exigeante et ridiculement vaniteuse. Tu as mauvaise haleine, tes prétentions sont grotesques, ta peau est malsaine, tes yeux sont globuleux, ta conversation commune et ton nombrilisme exaspérant. Plaise à Dieu que tu en viennes à rencontrer un type assez bienveillant pour ne pas te laisser vieillir dans ta rancœur recuite et tes illusions d'adolescente effeuillée, bientôt sénile. Tu auras refusé toute ta vie ta vocation de mère et d'épouse soumise, il ne te restera bientôt que tes varices et ton cul ménopausé. Tu as toute la bassesse des arrivistes sans la force de leur cynisme, tu voudrais être sincère et noble tout en te livrant à la prostitution la plus vénale. »

Formulée sur un ton calme et neutre, presque candide, ma provocation était si énorme que, interdite pendant quelques secondes, Julie se mit à pouffer, comme si mon intervention pouvait relever de la mauvaise plaisanterie. Mais elle s'aperçut vite que mon jugement devait être pris selon ce qu'il signifiait, sans deuxième degré. Son visage se décomposa, puis se crispa dans un rictus d'étonnement vengeur. Elle me tourna le dos, dans un état de suffocation qui l'empêchait de me répondre.

Rompre les convenances sociales en évoquant les misères intimes de son prochain — ses prédilections charnelles, ses phantasmes, ses manies dérisoires — relève de la stupidité commune et du goût encore plus commun pour le sensationnel à bon compte, et révèle dans celui qui en use la présence des refoulements d'Érostrate. Tout le monde sait bien que l'homme se torche, qu'il copule, qu'il défèque, qu'il se gratte, qu'il parle seul, qu'il se cure les dents et qu'il se regarde dans la glace, quand il est seul, avec une insistance qu'il n'oserait manifester publiquement. Les codes sociaux relèvent au fond de la politesse, laquelle est un instrument efficace pour exercer ses qualités de cœur culminant dans le devoir de charité à l'égard de son prochain. Il en est de ces petitesses ordinaires comme du mécanisme d'une montre requérant d'être masqué pour rendre visible la position des aiguilles. Une telle oblitération ne relève nullement du mensonge. C'est un peu comme lorsqu'un invité déclare à la maîtresse de maison qui le reçoit que sa volaille est succulente alors qu'elle est mal cuite ; on prend le compliment pour ce qu'il vaut, à savoir pour ce qu'il est : un compliment de circonstance. La prétendue franchise d'Alceste le Misanthrope relève de ce souci rousseauiste d'« être soi », ainsi de cette prétention à ériger sa propre médiocrité en norme. Mais tout autre est ce jeu singulier consistant à dire non seulement la vérité que personne ne veut entendre parce que tout le monde la connaît en son insignifiance prosaïque, mais encore cette vérité dangereuse que personne ne veut connaître parce qu'elle brise le tabou de la modernité, à savoir la déification du Moi, l'érection du mensonge à soi en principe de vie. Une telle déification produit la promotion du respect de ce principe en fondement de ce qui est supposé tenir lieu de morale après que la morale traditionnelle a été balayée. Intériorisé à un point tel qu'il en vient à être vécu sur le mode de la sincérité, le mensonge reste mensonge, et il se révèle tel même au regard intérieur de celui qui se croit sincère. Tout le monde sait au fond de lui-même que les hommes sont inégaux, que les races existent, que les Blancs ont naturellement vocation à dominer le monde, qu'il existe une nature humaine, que la démocratie est une dictature des médiocres eux-mêmes manipulés par les rusés. Aujourd'hui, briser les tabous ne relève pas de cette forme de mauvais goût consistant à manquer à la charité au prétexte du devoir de vérité ; faire fi des tabous consiste à embrasser l'héroïque simplicité de l'Ingénu déclarant que la sinistre et mortifère comédie a assez duré.

Ainsi me suis-je plu à remettre en question, en diverses circonstances, la sacralité de l'antiracisme et de l'antisémitisme, l'évidence du bien-fondé de l'idée démocratique, la vertueuse horreur que devrait inspirer l'hitlérisme, l'égalité entre les hommes et l'égalité de l'homme et de la femme, et d'autres choses encore qu'il me plaira peut-être de conter. Presque tous mes collègues mettaient leurs enfants dans des institutions privées, ou bien procédaient à des manœuvres inavouables pour les faire accepter dans les bons établissements publics, ceux du centre, dotés de classes préparatoires littéraires (lycée Georges de La Tour) ou scientifiques (lycée Fabert, dans les locaux de l'ancienne abbaye Saint-Vincent ; il eut pour élèves prestigieux Alexis de Tocqueville et Jules Lagneau, mais aussi Ribbentrop). Metz est une ville maçonnique dans sa moelle. Les personnes qui comptent sont toutes reliées entre elles en réseaux : avocats, experts-comptables, médecins, kinésithérapeutes, gros commerçants, universitaires et enseignants du Secondaire bien en vue, syndicalistes et proviseurs, commissaires. C'est là une constante dans toutes les villes de France de quelque importance, mais la chose est si accusée ici qu'elle en devient presque palpable. Que mes chers collègues soignent leur progéniture en la dispensant d'être confrontée aux immigrés ne les empêche pas de crier leur indignation chaque fois qu'un naïf ose évoquer le problème de l'immigration : l'invasion des établissements publics et du centre de la ville par les voyous issus des banlieues (en particulier de Fareberswiller), ainsi que la criminalité — pudiquement nommée « insécurité » — qui ne relèveraient que de préjugés racistes et poujadistes. C'est par le biais d'actes de mauvaise foi de ce genre que je me mis à mettre mes collègues de plus en plus mal à l'aise. Je me plus aussi à leur faire observer qu'on parlait toujours abondamment des drames de pédophilie dans l'Église catholique, mais jamais dans le milieu des imams où la chose est assez fréquente, et surtout dans le milieu des rabbins où ce crime est très répandu ; que le nombre de journalistes et de producteurs israélites est pour le moins impressionnant ; que Bakounine, Marx et Jaurès dénoncèrent l'importance du nombre des Juifs dans le capitalisme naissant, et que Soljenitsyne et Poutine firent observer que la même engeance avait sévi dans les mêmes proportions chez les cadres de la Révolution d'Octobre.

Les appétits du genre humain sont devenus aujourd'hui de plus en plus contre nature, parce que libérés par l'absolutisation athée de la subjectivité individuelle. L'obscénité n'est plus, de nos jours, dans la turpitude d'appétits dévoyés jadis identifiés comme tels : on n'a plus à se cacher d'être pédéraste, drogué ou alcoolique, pour autant que cela n'affecte pas les règles du comportement social prescrit par l'esprit des Droits de l'Homme ; l'obscénité réside dans le rappel offensant de la vérité éternelle, perçue comme criminel préjugé répressif et réactionnaire par cette même subjectivité gâtée par son intumescence. J'eus la faiblesse — car c'en est une — de me complaire dans cette nouvelle forme d'obscénité, ainsi de me faire un mérite de n'être plus un homme « convenable ». C'était une manière triviale de pratiquer le socratisme à bon compte, d'afficher des vérités que mes contemporains ne sont plus capables d'entendre, avec cette double différence, cependant, que Socrate ne cherchait pas la mort, en même temps qu'il voulait le bien de ses semblables. Je ne me préoccupais guère de l'utilité dont mon détachement pouvait être. Je le vivais avec gourmandise mais, précisément, avec détachement, c'est-à-dire sans véritable acrimonie, mais sans pitié, sans égards pour autrui, sans prudence non plus.

Julie me fit une réputation épouvantable auprès de mes collègues et de mes élèves : j'étais un pauvre type complexé, un provocateur minable, un homme faux, un raté aigri. Je lui en voulais d'autant moins que j'avais recherché cet effet prévisible, par ce que je crois être, avec le recul, une pulsion de nihilisme à ma modeste mesure. Elle m'en voulait de s'être confiée à moi si longtemps, d'avoir usé et abusé de ma « capacité d'écoute » qui lui donnait l'impression d'être passionnante. Je savais tout de ses amants, de ses préférences amoureuses, de ses pratiques solitaires, des bassesses qu'elle avait commises par arrivisme et jalousie, de ses manœuvres au rectorat — qui n'avaient pas même écarté le recours aux « promotions-canapé » —, de ses misères physiques et de ses projets aussi communs qu'inavouables. Aussi redoubla-t-elle de médisance pour forger de moi une image absolument noire, afin de prévenir le contrecoup de mon hypothétique désir d'user contre elle du contenu de ses confidences. On se mit à me regarder d'un air suspicieux puis bientôt accusateur, cherchant quel vice abominable, quelle maladie honteuse, quelle tare idéologique ou morale irrémissible mon comportement inattendu pouvait bien dissimuler. Mais Julie était encore la seule à se plaindre et à me calomnier ; et rien dans mon insipide enseignement scrupuleusement respectueux des programmes et de leur esprit ne révélait quoi que ce fût de louche : la « *political correctness* » était triomphante. Mes élèves, que j'avais depuis fort longtemps renoncé à intéresser, dormaient en cours pour la plupart ; je faisais ma classe devant eux à la manière dont un prêtre ayant perdu la foi accomplit les gestes du culte. Leurs résultats n'en étaient pas moins moyens : échouer au baccalauréat aujourd'hui relève de la gageure, et la pression de l'Inspection est telle que la démagogie la plus éhontée est de règle. Une copie de philosophie bourrée de fautes d'orthographe, vide d'idées, indigente en connaissances doxographiques et sans aucune rigueur de raisonnement peut obtenir la moyenne, pour autant qu'elle fasse plus de deux pages et que l'élève n'ait pas manifesté l'intention ostensible de bâcler sa copie ; et puis l'Internet est là, jusque dans les téléphones portatifs aisément dissimulables, pour pallier les déficiences des ignorants et des idiots. Les choses en seraient probablement restées là si je n'avais choisi peu de temps après de laisser venir au jour une nouvelle brouille avec une autre collègue.

J'avais toujours, avant mon divorce, été « jeune », très au fait des modes vestimentaires et des technologies récentes, j'avais été un « sportif » soucieux de sa prestance, fort peu athlétique mais assez entretenu pour me donner l'illusion de faire illusion sur mon entourage. Ma compagne et moi sortions beaucoup, nous allions au restaurant plusieurs fois par mois, nous allions même parfois danser dans des boîtes pour trentenaires (nous qui ne l'étions plus depuis longtemps), nous justifiions à nos propres yeux notre complaisance à l'égard de ces plaisirs triviaux en les faisant précéder, dans la même soirée, d'une sortie culturelle : vernissage, concert de musique baroque à l'Arsenal ou dans les églises, séance de dédicace dans une grande librairie ; nous étions, comme on ne le dit plus, « à la page ». Mais on s'était depuis peu mis à me regarder autrement. Dans un bus bondé, un après-midi, une jeune fille s'était spontanément levée pour me céder sa place, alors qu'elle ignorait mon statut d'enseignant, de sorte que son geste ne pouvait être imputé à une pulsion d'obséquiosité ; on m'annonçait ainsi que j'étais vieux. J'avais jadis, comme tous les adolescents, caressé un moment le désir d'être un grand homme. N'ayant pas su choisir entre les mathématiques et la philosophie, j'avais mené les deux cursus en dilettante et n'avais brillé dans aucun. J'aurais pu, pour me consoler d'être un homme ordinaire, me réfugier dans les choses du sexe ou quelque autre vice envahissant — l'important est que la chose soit envahissante : elle dispense de penser à l'essentiel, et c'est en cela que la tristesse de la chair ne parvient pas à nous écœurer — tel le jeu — indéfiniment réitérable au rebours de la petite mort des luxurieux — ; j'aurais pu me vautrer dans le ressentiment qui se nourrit de ses propres effusions en embrassant une carrière haineuse de syndicaliste ; cependant, pressentant combien l'envie est douloureuse à vivre, je me réfugiai dans le scepticisme : tout se vaut, la réussite comme la platitude d'une vie commune. Je me justifiai en trouvant une espèce d'équilibre dans cette vie qui dura trente ans, tissée de successions de petits plaisirs attendus ponctués par quelques contrariétés prévisibles aussi peu douloureuses que régulières. Ce nouveau célibat, où je croyais avoir renoué avec ma vie d'adolescent, me réserva la pénible surprise d'une prise de conscience aussi cruelle que classique : on ne vit jamais deux fois et, aujourd'hui, on ne vit même pas une seule fois, épuisant sa vie à se dérober aux exigences d'une vie véritablement humaine. Vient un temps où l'on devient l'auditeur attentif du compte à rebours inauguré à notre naissance, et ce temps était venu pour moi, et c'était le temps des bilans. Et c'est en quoi je fus sauvé du scepticisme, ce qui revenait à quitter le quiétisme de l'indifférence, à admettre qu'il existe un bien et un mal, à apprendre à s'indigner, à devenir attentif aux mensonges et aux iniquités. Je me mis à observer toute chose et moi-même du point de vue détaché de celui qui est mort.

Je compris qu'une mécanique sourde, puissante, régulière, s'employait depuis longtemps à asservir les gens en les faisant s'asservir eux-mêmes par exacerbation de leur subjectivisme. Je compris aussi que c'est pour cette raison même qu'ils ne veulent rien entendre. C'est toujours dans une certaine langue, une certaine culture, un certain héritage que l'on apprend à penser, c'est en eux que la pensée s'actualise et accède à la conscience d'elle-même ; en ayant la prétention de se faire le juge de son héritage avant que de consentir à s'ouvrir à lui, l'esprit se court-circuite et s'exténue. La « liberté de pensée », la revendication du « penser par soi-même », est au fond la licence de se perdre en croyant s'affirmer ; on croit par elle s'exalter en se faisant, en vérité, l'esclave de ses passions et de son moi fascinant. Hypnotisé et tétanisé par lui-même, le subjectiviste s'investit en elles et se fait par là le jouet des manipulateurs en croyant n'écouter que soi ; il chute dans un puits sans fond et s'y perd en croyant parvenir à « être soi » sans le secours et la férule d'un autre, en particulier d'un héritage, d'un maître, et d'une Tradition. De surcroît, dans sa prétention à l'ineffabilité, au caractère insubstituable de sa petite personne, il en vient à s'identifier à tous les autres. Et il est vrai que jamais dans l'histoire les hommes n'ont été aussi semblables les uns aux autres, en s'alignant sur le plus bas d'entre eux. Pour attester des différences, il est nécessaire que les différents soient comparables, confessent ainsi avoir quelque chose en commun, par là s'identifient entre eux sous un certain rapport ; la radicalisation pathologique du culte de la différence en vient à nier jusqu'à cette identité qui rend possible la différence, au point que les supposés différents en deviennent strictement interchangeables : ils s'habillent de la même façon, nourrissent les mêmes aversions, sont affligés des mêmes tics de langage, affectent les mêmes dilections, communient dans les mêmes poncifs. Pour que la médiocrité profonde de ces derniers, mais aussi leur caractère éminemment commun — qui désamorce cette prétention à l'audace et à l'originalité qu'ils sont supposés manifester dans ceux qui les professent — demeurent masqués, ceux qui les embrassent sont mis en demeure de s'inventer en permanence des ennemis imaginaires, des réactionnaires et des fascistes qu'il conviendra, dans une posture de vigilance « citoyenne », de débusquer et de dénoncer à la vindicte publique. Et c'est une telle « vigilance » qui leur tiendra lieu de culture et d'héritage intellectuel et moral. D'où la référence canonique à l'esprit des Lumières, matrice de toutes les pitreries intellectuelles modernes et contemporaines.

Les immigrés n'ont aucun mal à s'assimiler à la France parce que la France contemporaine n'a pas grand-chose à leur faire assimiler. Les Français sont déracinés, spirituellement réduits au credo des Droits de l'Homme, à l'esprit égalitaire et individualiste de la République, à la culture états-unienne. Ils sont passés sans conflit du « titi parisien », du Gavroche gouailleur et vulgaire, effronté, impudent, incapable de s'incliner devant ce qui le dépasse, au « caillera » sans racine, ainsi sans même avoir à faire l'effort de nier l'héritage prestigieux, issu de l'Ancien Régime, que leurs pères s'étaient évertués à quitter en le reniant dans un acte qui rattachait encore ces derniers à ce passé contesté. Ainsi les Français d'aujourd'hui, toutes classes confondues, sont-ils sans mémoire, de part en part façonnés par les impératifs des modes et des pulsions hédonistes dont elles se nourrissent et qui les renouvellent. J'en suis venu à cette époque aux conclusions provisoires suivantes.

Une multitude d'hommes constitue un peuple doté d'un destin politique à condition qu'ils soient capables de tendre vers un même bien commun en appartenant à une même communauté nationale de destin. Parce qu'il est naturellement un animal politique, l'homme non dénaturé préfère naturellement le bien commun à son bien propre, à la manière dont, dans une meute, le plus faible se détache spontanément du groupe pour s'offrir en pâture aux agresseurs et ainsi donner à ses congénères de pouvoir fuir le danger. Dire que ce bien commun est naturellement préféré au bien propre, c'est confesser que le souci d'un tel bien commun est immanent à la volonté de chacun, en droit sinon en fait. Cela dit, parce qu'ils sont incapables, par position, immergés dans un tout dont ils ne peuvent s'abstraire et dont ils n'ont jamais une vue d'ensemble, d'apercevoir les contours d'un tel bien commun, ils se révèlent impuissants à le connaître, par là incapables de l'aimer : *ignoti nulla cupido*. Il en résulte qu'ils ne peuvent saisir les problèmes de la cité qu'à travers le prisme de leurs intérêts propres. Tout Français est un « moi je dis que », un philosophe de bistrot se faisant fort de résoudre les problèmes les plus complexes au moyen de sa vision des choses, s'arrogeant une autorité, une compétence illimitées, avec un aplomb qui serait seulement grotesque s'il n'était gravide de conséquences tragiques et d'actes proprement criminels. Elles ont beau, pour autant que la suffisance et l'égoïsme n'en aient pas tari le souvenir, être habitées par un souci presque inné du bien commun, ces volontés particulières sont proprement incapables de discerner *in concreto* ce que veut le bien commun, et il en résulte qu'elles ne peuvent l'aimer qu'à condition qu'il ait été dévoilé et réalisé sans elles. Elles ne peuvent le promouvoir ; au mieux peuvent-elles le reconnaître. Dès lors, le bien commun est imposé aux particuliers en commençant toujours par les frustrer plus ou moins. L'élu, de ce fait, ne peut accéder au pouvoir et se donner les moyens de le conserver qu'en faisant appel aux faiseurs de l'opinion, à savoir les puissances d'argent. Concrètement, une démocratie est toujours une ploutocratie qui fait exécuter ses décrets par le prince précaire issu des suffrages, lequel en vient toujours tôt ou tard à lui abandonner le privilège de battre monnaie. Parce que toute création d'argent est une dette, ce sont les banques qui créent sans encaisse l'argent en concédant des prêts aux débiteurs qu'elles dépouillent par le moyen de l'hypothèque quand ils ne sont pas solvables. Et cet argent, structurellement, ne peut être remboursé puisqu'il excède par les intérêts la masse distribuée. Les banques ruinent les débiteurs par des prêts d'argent qu'elles ne possèdent pas. L'État lui-même est de ce fait réduit au rôle de factotum des financiers, de Fermier général des banques, ce qui induit à la fois une compétition cruelle entre concurrents débiteurs, et une inflation des prélèvements obligatoires. On ne peut faire pire, faisant se conjuguer l'individualisme libéral et l'esprit égalitaire de la revendication socialiste ; aussi l'homme y est-il condamné à haïr son prochain. Mais au vrai, c'est parce qu'il avait commencé par le haïr qu'il avait plébiscité les régimes socialolibéraux, et c'est parce qu'il s'était rendu haïssable qu'il avait accoutumé de se poser en rival de son semblable. Le culte de la différence se résout en inflation des différends.

Autant dire que j'étais, pour le moins, devenu goguenard quand surgissait dans la salle des professeurs une conversation politique entre collègues. Le seul intérêt que j'y trouvais encore, c'était de vérifier que le savoir ne rend pas intelligent, si tant est que le métier d'enseignant garantisse encore la possession d'un savoir. Le savoir scolaire et universitaire rend conformiste, suffisant et niais.

Avec son petit front de brebis, ses yeux noirs rapprochés pétillants mais parfois enflammés par la haine, et cette bouche sans lèvres qui lui conférait une expression paradoxalement vipérine et gracieuse, Angela Petrucci tenait à être nommée « Madame la Proviseure ». Elle était issue de l'immigration italienne. La première vague avait été concomitante, entre 1870 et 1914, de l'immigration polonaise, toutes deux favorisées par la République attachée à engranger de la chair à canon par esprit de revanche. La deuxième vague avait été suscitée par l'appel d'air opéré par le travail dans les mines de houille, dans les années vingt puis dans les années cinquante. Angela se voulait « républicaine », formée par le « creuset de la République », supposé méritocratique. Elle s'était éprise d'un bellâtre dans sa petite jeunesse, qui l'avait mise enceinte, puis épousée à contrecœur, pour en venir à lui faire subir ses humeurs de raté susceptible soucieux de l'abaisser pour se grandir lui-même et digérer ses complexes. Dramatiquement déçue et mortifiée, elle finit par divorcer. Mais elle en avait conçu un tel dépit que, malgré son goût pour les hommes au caractère trempé, elle avait déclaré la guerre à la gent masculine en embrassant la vocation passionnelle d'une féministe fanatiquement revancharde et teigneuse. Elle avait accédé à ce poste de direction par le biais de la fonction de « conseiller principal d'éducation », ainsi de « CPE », rôle jadis dévolu aux surveillants en chef. Statutairement tenus — cependant qu'ils n'enseignent rien — pour des pédagogues et non pour des membres de l'administration, les « CPE » nourrissent, tout comme les professeurs d'éducation physique, un complexe lancinant à l'égard des professeurs exerçant dans les matières traditionnelles, qu'ils s'emploient régulièrement à dénigrer. Aujourd'hui, le métier de proviseur est l'un des plus humiliants qui soient, presque aussi dégradant que celui d'homme politique, et c'est pourquoi la plupart des proviseurs sont issus du canal des « CPE » ou des professeurs d'éducation physique, qui voient là, en même temps qu'une flatteuse promotion sociale, une occasion rêvée de prendre leur revanche en exerçant un pouvoir coercitif sur ceux qu'ils enviaient. Soucieux de son avancement, un proviseur doit satisfaire aux réquisits pédagogiques et idéologiques délirants du ministère et du rectorat, mais aussi montrer que tout fonctionne sans écueil sous sa direction ; aussi est-il presque mis en demeure, à peine d'être mal noté, de pratiquer une démagogie sans bornes à l'égard des élèves et de leurs parents. Il exige ainsi que ses professeurs s'aplatissent devant les élèves, ce qui suscite de la part de ceux-là une réaction d'hostilité dont il prévient les effets en s'accoquinant avec les « CPE » trop heureux, dans leur prétention envieuse, de monter les élèves contre les professeurs, en écoutant complaisamment leurs doléances, afin de déconsidérer ces derniers en se poussant du col tout en exerçant, auprès du proviseur, un rôle d'informateur stipendié. Angela n'échappait pas à la règle, parce qu'elle était ambitieuse et vénale, développant de tels sentiments sur un fond de rancœur vengeresse. Et dominer les hommes, user d'intimidation, les humilier, adopter un ton condescendant, lui procurait une véritable jouissance dont elle ne se lassait jamais. Il reste qu'elle avait des prétentions culturelles, afin de se masquer sa propre aigreur et la stérilité des mobiles inspirant sa carrière professionnelle.

C'est à raison de cette prétention qu'elle nourrissait sporadiquement le désir de causer avec moi, sur un ton faussement détendu, afin d'évoquer ces problèmes universels auxquels seules la vraie philosophie et la vraie religion apportent des solutions réelles, de sorte que personne actuellement en accord avec le monde ne consent à s'ouvrir à elles. Angela ne se dispensait pas, en même temps, d'éprouver son charme, parce qu'elle était coquette et se savait vieillir. Et puis, tout en évoquant ces problèmes sérieux dont elle attendait qu'ils manifestassent l'élévation de son esprit, elle ne manquait pas, d'une part, d'essayer de me faire parler de mes collègues, d'autre part d'entretenir un conflit intellectuel dont elle entendait bien sortir victorieuse, en troisième lieu d'évoquer ses misères conjugales en déployant sans pudeur toutes les raisons qu'elle pouvait avoir d'être plainte et adulée. Je l'avais aperçue à plusieurs reprises pérorer en riant fort dans les restaurants plus ou moins à la mode, en compagnie d'acteurs et de musiciens financés à grands frais par le Conseil régional et la mairie. Elle suivait régulièrement les émissions télévisées dans lesquelles on recevait des « philosophes » de profession, c'est-à-dire les nouveaux prêtres serviles et vénaux de la religion républicaine, ainsi du culte de l'Homme. Parmi eux, il en était certains qui, pour se rendre crédibles, introduisaient un semblant de diversité dans le discours convenu de l'intelligentsia, pour faire les intéressants aussi en se donnant à peu de frais la figure d'originaux et d'indépendants, sachant toujours avec beaucoup de précision jusqu'où ils pouvaient aller trop loin : ils tenaient quelques propos réactionnaires sur l'éducation, la culture, la patrie, les utopies diverses. Angela n'était pas toujours capable de se rendre compte de leur jeu, prenait au sérieux leurs déclarations, et s'emportait contre leur esprit qu'elle croyait « dogmatique et fermé ». « Ce sont des gens peut-être brillants, mais enfin, ils s'enferment dans leur logique réductrice, sont incapables de s'ouvrir à l'autre et de se remettre en question. » Et d'emboucher les trompettes du relativisme, du respect de l'opinion d'autrui, tout en développant un plaidoyer convenu sur la nécessité de féminiser les noms de professions du fait de l'évolution de la société : la proviseure, la juge, la professeure, la factrice, etc. Un après-midi, alors que je prenais dans son bureau un café au reste excellent, elle rejoua son jeu de l'intellectuelle blasée qui n'a pas le temps de se livrer à sa passion spéculative à cause de ses obligations administratives. Ayant contracté l'habitude de me voir vivre, de m'abstraire de ma position sociale, je lui répondis comme si j'avais été seul, lui dévoilant le fond de ma pensée :

« Vous êtes de toute évidence, Madame, une "femme qui pense", et c'est bien pénible, commun, et ridicule ; il n'est pas de femme moderne qui ne soit une femme qui pense, et c'est pourquoi elles ne font plus d'enfants, jalousent les hommes auxquels elles cherchent querelle et les féminisent en s'efforçant à les intimider. Rien de ce que vous dites n'est vraiment pensé par vous, c'est une récitation laborieuse de la doxa des dégénérés incarnant l'honnête homme de ce début de troisième millénaire. Vous êtes prétentieuse et superficielle, vos ovaires et l'éponge non sélective à quoi se réduit votre mémoire vous tiennent lieu d'intelligence. Quelque incapable qu'elle soit d'en convenir même à ses propres yeux, la femme aspire à être dominée par l'homme qui l'équilibre en la dirigeant, et c'est pourquoi l'homme incarne la virilité *et* le genre humain tout entier ; il est donc légitime que, dans la langue française, ce qui a pour vocation de signifier les caractères propres à la nature humaine soit désigné, d'un point de vue grammatical, par le genre masculin, Madame *le* Proviseur, même si la tyrannie vaginale des femelles revendicatrices a fini par faire plier les timides réserves des eunuques et invertis de l'Académie française. »

Le visage d'Angela pâlit, se décomposa, puis devint rapidement très dur, le sentiment de honte et de confusion lié à la conscience de son ridicule faisant rapidement place à l'instinct de vindicte.

« Quelle mouche vous pique, mon bon Monsieur ? C'est pour en venir à me dire ça que vous m'avez écoutée avec tant de feinte bienveillance ? Pour m'offenser ? Ou pour faire copain-copain en croyant que j'allais finir par vous bien noter ? À quoi jouez-vous, Paul Détrée ? Est-ce pour éponger votre médiocrité et vos complexes que vous vous mettez à être désagréable avec moi ? J'attendais mieux de vous, je ne vous savais pas si bas. Vous profitez de ma bienveillance et de la confiance que j'avais en vous pour satisfaire vos aigreurs. Je pourrais vous briser. Et puis ces conversations n'ont aucune espèce d'intérêt. Veuillez quitter cette pièce et n'y jamais remettre les pieds, excepté les fois où je vous convoquerai. Vous aurez bientôt de mes nouvelles, pauvre raté impertinent. Comment ai-je pu accorder quelque intérêt à un triste type de votre espèce ? Vous n'êtes qu'un salaud, vous êtes ignoble ; c'est à la portée de tout le monde de piétiner les valeurs de son temps, c'est même l'occupation favorite des beaufs ; les valeurs démocratiques ont fait leurs preuves. »

D'un air hésitant entre l'indifférence et l'enjouement, je quittai mon fauteuil, me dirigeai vers la porte et, la main posée sur la poignée, je me retournai et lui déclarai :

« Vous savez, Angela, l'insolence est un art qu'on ne cultive avec fruit, sans sombrer dans le ridicule, qu'à certaines conditions. Il est souvent préférable de rester coi en risquant de passer pour un idiot — ou une idiote — plutôt que de parler inconsidérément en montrant qu'on en est un. Vous êtes une vulgaire féministe refoulée et revancharde, vous n'aspirez qu'à vous donner l'illusion de dominer les hommes en les humiliant, et, quand la chose est faite, vous vous plaisez à les mépriser. Vous n'êtes ni assez intelligente ni assez cultivée pour vous payer le luxe d'être aussi insolente. Et vous n'avez ni l'excuse de la jeunesse, ni la circonstance atténuante d'être séduisante. Merci de me libérer, je perds mon temps avec vous. Et puis j'oubliais : je vous emmerde. »

Sur ces mots, je partis en la laissant interdite, n'attendant pas la réponse cinglante qu'elle cherchait et qui ne venait pas. Je n'avais même pas voulu être insolent, j'étais las et détaché. J'en avais assez de la mauvaise comédie du devoir de tolérance, et de l'impératif du respect d'autrui. On n'a jamais été aussi individualiste qu'aujourd'hui, aussi matérialiste et vénal, aussi avide de satisfactions de vanité, aussi peu scrupuleux en son for intérieur à l'égard de son prochain, aussi arriviste et méchant de cette méchanceté consistant à se réjouir du malheur d'autrui. Il y a beaucoup de crétins et peu de gens lucides. Il y a beaucoup de personnes veules et cruelles et peu de personnes courageuses et désintéressées. Presque tout le monde se ment en s'efforçant à conférer un semblant de légitimité à ses sentiments bas. Le péché capital est de dire que le roi est nu. Que vaut un être humain quand il a cédé au penchant de se détourner de la vérité ? La « proviseure », avec son physique de Latine mâtinée de Levantine, tournera dans un avenir prévisible à la vieille bique accrochée à son bâton de maréchal professionnel, arborant sur des os hérissés une peau flasque qui va se mettre à fuir de partout ; cela est dans l'ordre des choses puisque l'esprit se conquiert sur la vie du corps, mais enfin, quand il reste l'essentiel, à savoir l'âme déconnectée des besoins envahissant de la vie organique, la personne devenue hostile à la vérité en devient encore plus malodorante que par le pourrissement naturel de son corps éphémère. C'est Angela qui était insolente, secouée du vice de l'inversion accusatoire, d'une prodigieuse servilité à l'égard de ses maîtres dont dépendait son avancement. Je ne voyais pas pourquoi la grammaire, spontanément chargée de cette sagesse populaire qui l'inspire, aurait dû être martyrisée pour satisfaire aux réquisits obscènes d'une élite dégénérée.

J'étais si détaché de moi-même que je ne fus même pas effrayé à la perspective des conséquences. Mais cela dura peu. J'allai dîner dans un bon restaurant, en solitaire, je fis quelques excès de graisse et de boisson, je me couchai le ventre plein.

Mais les vapeurs de la lucidité agitèrent mon sommeil et je me réveillai angoissé. J'avais vécu jusqu'à présent, et depuis toujours, à la surface de moi-même. J'avais fui la réalité en m'attachant à son apparence à laquelle j'avais voulu réduire son essence. J'avais voulu être une réalité prenant place dans cette apparence trompeuse, ce tissu de convenances sociales pétries de mensonges auxquels j'avais voulu croire. La pulsion qui m'avait fait réduire le monde à ses apparences, les mécanismes réels à leur traduction officielle que ce monde voulait se donner de lui-même, avait d'abord été enrayée par la déception que ces apparences m'avaient inspirée, ce qui avait provoqué insidieusement une désaffection indécise à l'égard de ces illusions sous la pression de la confuse conscience naissante de leur caractère mensonger. Encore incapable de prendre acte de cette révélation, j'avais voulu réduire ce monde à un pur phénomène sans rien de réel qui le soutînt dans l'être, et à ce titre je m'étais coulé dans la vocation de spectateur pur. C'est en ratifiant jusqu'au bout ce rôle intenable de spectateur pur à distance de soi-même, en le faisant se renier sous la pression de sa propre contradiction, que j'en étais venu à me trouver moi-même, à me remplir de cette réalité nouménale que j'avais ignorée ; avoir transformé la vie en spectacle m'avait fait accéder à sa compréhension, et c'est pourquoi elle redevenait réelle, et moi avec : tout spectacle s'inscrit dans une réalité qu'il présuppose cependant qu'il consiste à la déréaliser, de sorte qu'il est essentiellement relatif à ce qu'il conteste ; quand il se radicalise, il se supprime lui-même. J'avais commencé par avoir peur de déplaire à ce monde que je ne connaissais pas en sa hideur réelle, ce qui explique mon conformisme passé. Je m'étais émancipé de cette crainte de déplaire *au* monde en le réduisant à un spectacle, ce qui explique mes audaces téméraires vécues sur le mode du détachement. Quand j'en fus venu à oser prendre conscience de la réalité sordide dont le spectacle était le travestissement, j'eus désormais peur *du* monde en sa consistance vomitive. La peur de déplaire à mes semblables se commuait en peur angoissée d'être traqué par eux. J'étais devenu un Réprouvé.

La condition de Réprouvé fait se conjuguer divers sentiments à la fois solidaires et opposés entre eux. Le premier est la peur : les démocraties sont fondées sur le mensonge, elles ne subsistent que par lui, et leur vocation à rendre possible, en leur sein, l'exercice de la liberté la plus licencieuse a des conditions objectives que ces mêmes démocraties, pour survivre, doivent soustraire absolument, avec la dernière énergie, au jeu de la liberté individuelle et à l'impératif de tolérance, à peine de succomber à la logique de leur propre contradiction ; la démocratie n'est réellement possible que si elle se fait tyrannique contre les antidémocrates. Le deuxième sentiment est celui de l'injustice et de l'indignation qui l'accompagne : on est relégué au statut de paria pour avoir prétendu soutenir une conception de la liberté qui contredit celle que la démocratie entend non démocratiquement promouvoir. Le troisième sentiment est celui de la liberté intérieure et de la délectation intellectuelle : quand on a fait le pas, on sait qu'on a abordé la terre natale de la vérité. Le quatrième sentiment est celui, moins heureux, d'une certaine gloriole dont le Réprouvé ne se préserve pas toujours : il faut du cran pour faire le pas, il faut être intelligent pour se disposer à s'ouvrir à la vérité. La tendance à la gloriole peut tendre à s'enfler afin de conjurer les effets de la peur croissante, qui peut faire perdre au Réprouvé toutes les vraies raisons qu'il pourrait avoir de s'estimer, en dégénérant en surestimation paranoïaque de soi ; mais elle n'est féconde qu'en consentant à se sublimer en détachement à l'égard de la vie terrestre. Il reste que le premier sentiment qui habite le Réprouvé est la peur.

À la rentrée qui suivit, j'eus les plus mauvaises classes, je fus mal noté, et dus subir la visite inquisitoriale d'un Inspecteur pédagogique régional remonté contre moi par les soins de ma « proviseure » et de mes collègues auxquels cette dernière avait signifié que je serais désormais l'homme à abattre. Ne me furent plus confiées que des classes techniques peuplées d'analphabètes bruyants, insolents, violents et lâches. Ces sauvages en grande partie maghrébins avaient compris que j'avais été mis en demeure de tout subir de leur part, puisque la direction cautionnait tout ce qui pourrait favoriser ma chute. Il faut savoir en effet, ainsi que me l'ont appris certains élèves — musulmans souvent, ou rejetons peu discrets, insurgés contre l'autorité paternelle, de francs-maçons bon teint — dont je n'ai pas de raison de mettre la parole en doute, que dans presque chaque classe un élève au moins est invité par la direction à faire ses rapports sur l'orthodoxie républicaine des professeurs, et que même certains parents membres de ce qui fut les Renseignements généraux — lesquels entretiennent des relations très régulières avec les chefs d'établissement — invitent leurs enfants à les renseigner tant sur leurs condisciples que sur leurs professeurs. Certains fils de « Sayanim » — espions de l'Internationale juive au service du Mossad — se livrent aussi à ce genre d'activité en milieu scolaire et universitaire, comme au reste dans tous les milieux.

Je devins tels ces professeurs souvent absents, fuyants, sans ambition, en attente de la « quille » de la retraite, ou bien d'un bouleversement social inattendu aussi peu probable que séduisant. Je me négligeai physiquement, contractai une apparence douteuse, sale et volontiers risible. Pendant toute ma carrière qui jamais ne m'avait beaucoup intéressé, j'avais livré un enseignement pour le moins prudent, à partir d'un kantisme éculé mais étayé, sur le fond de son scepticisme, par un relativisme bon teint : Montaigne, Pascal, Lévi-Strauss, tout en donnant ma préférence à Voltaire contre Rousseau, ce qui ne présageait rien de bon, au regard des exigences de l'esprit du programme. Depuis ma conversion au réalisme concomitante de ma déchéance professionnelle, j'en vins, non sans la conscience désespérante de l'honnêteté de ma décision, à considérer que j'en ferais de toute façon assez pour les petites bêtes malfaisantes qui m'étaient confiées. Mais je ne perdis pas tout à fait mon temps, procédant à la réalisation d'un programme de lectures allant de Schopenhauer à Joseph de Maistre, de La Rochefoucauld à Bossuet, en passant par saint Thomas d'Aquin et l'interprétation conservatrice de l'hégélianisme dit d'extrême-droite repensé par Carl Schmitt, le tout sur fond de pulsions esthétiques d'inspiration nietzschéenne. S'il m'arriva de forcer sur la bouteille, jamais je n'eus recours aux psychotropes, au Prozac, non plus qu'aux somnifères. Ma face de dépressif soigneusement entretenue n'inspira aucune pitié à personne, mais fit naître dans mes censeurs — conformément à mon calcul — la crainte de me voir un jour me suicider selon une mise en scène qui aurait signifié à mes supérieurs que mon désespoir était imputable à la répétition de leurs injustices.

Avant que de me livrer à cette provocation qui me valut la sanction d'une mutation à Alençon, et dont il sera question bientôt, j'eus quelques autres accrochages avec divers collègues se piquant eux aussi de penser, qui m'interpellaient avec condescendance en étalant d'un air entendu leur culture philosophique ; l'esprit démocratique a fait croire à tous depuis longtemps que la philosophie n'a pas besoin d'être apprise. Dans les petites villes ou villes de moyenne importance, on parle plus avec ses semblables que dans les grandes, parce que les gens s'y connaissent mieux les uns les autres, de sorte que cette relative familiarité les rend plus loquaces les uns à propos des autres. Or il est assez fréquent de rencontrer des personnes pourtant ordinaires, que rien ne destine à être imbues d'elles-mêmes, affichant un air grave et sérieux sans rapport avec leur condition, et coutumières de cette exécrable tendance à proférer, sans une once d'humour, des platitudes sur un ton solennel ; c'est à ce travers que l'on reconnaît presque immanquablement les francs-maçons, qui ne sont pas tous des cadres supérieurs, et dont la vanité l'emporte sur l'arrivisme, au point qu'ils croient au bien-fondé de leurs pitreries subversives. Tel était ce Jean-Claude Schaeffer, professeur agrégé d'anglais, ayant un pied dans l'Inspection et de temps à autre sollicité pour donner quelques cours à l'université. La plupart du temps, je le laissais pérorer sans répondre ; il avait pris l'habitude de s'avancer vers moi avec cet air pincé qui se voulait sévère, conjuguant la raideur du vieil instituteur républicain et l'esprit inquisiteur du policier, bien décidé à me faire la leçon et à me faire parler pour lui donner le plaisir de corroborer les procès d'intention qu'il avait accoutumé de dresser contre moi.

Tantôt c'était la subtilité de la critique humienne de la causalité, supposée détruire sans retour toute la métaphysique, tantôt c'était la philosophie de Russell censée mettre à bas tout l'édifice de la logique, par là tout l'office de la raison ; son propos révélait qu'il ne prétendait à rien de moins qu'à me mettre au pas dans l'exercice de mon propre métier, se considérant comme investi d'une autorité particulière pour surveiller l'orthodoxie humaniste de ses collègues. Il réussit un jour à m'entreprendre à propos de Freud auquel il vouait un véritable culte. Je cédai au désir de rétorquer quelque chose, lassé, sous l'effet d'un reliquat d'amour-propre, par sa manière de me traiter comme un demeuré, à tout le moins comme un enfant non éclairé. Je commençai par lui opposer la réfutation sartrienne de l'existence de l'inconscient, et j'en vins, par une pente dangereuse, à évoquer l'appartenance de cet imposteur à la secte des B'nai B'rith, origine de l'Anti-Defamation League. La mâchoire de Schaeffer se crispa brusquement, son regard suspicieux s'intensifia. Il se souvint de la boutade que j'avais lancée quelque temps avant à propos du socialisme : que je n'aurais aucun mal à consentir à subir un gouvernement socialiste si ce dernier était authentiquement national. Il m'avait aussi croisé par hasard dans une petite librairie d'ouvrages d'occasion située non loin de mon ancienne adresse, rue des Capucins, à deux pas de la maison natale de Rabelais, tenue par un curieux petit bonhomme que je soupçonne, rétrospectivement, d'avoir été un indicateur de police auprès des RG, ou un francmaçon : il affichait un philo-sionisme ostensible, se déclarait sympathisant de Marine Le Pen, dénonçait en permanence l'invasion musulmane, trouvait toujours l'occasion de vanter les mérites littéraires du *Camp des saints* de Jean Raspail, et offrait à l'attention de son public, au milieu d'ouvrages sans connotation idéologique particulière, certains livres de Paul Rassinier et même de Robert Faurisson. C'est à cet endroit que, en même temps que je procédais à une révision de mon scepticisme philosophico-religieux, je m'étais déniaisé sur le plan historique. Schaeffer m'avait vu, sans faire de commentaire, feuilleter ces ouvrages, et avait échangé un regard entendu avec le libraire.

C'est par des détails de ce genre que Schaeffer décida de me forger une réputation d'antisémite honteux, ce qui est véritablement redoutable dans le monde scolaire en particulier. Il est vrai qu'une telle information, soigneusement distillée dans tout le lycée, parvint aussi aux oreilles de mes élèves maghrébins, ce qui me valut auprès d'eux une flatteuse réputation d'antisioniste, tout en me gagnant, jusqu'à un certain point, leur sympathie. Nonobstant mon souci de marcher sur des œufs, j'en vins tout de même, sous la pression de mes classes tantôt complices et avides de révélations, tantôt excitées par la perspective du scandale et le désir de prendre part à la curée en cultivant la vocation de sycophante, à me relâcher. L'étreinte de la peur peut susciter soit le mutisme et la prostration, soit l'instinct de fuite, soit l'agressivité convoquée pour l'attaque, qui est, comme on sait, le meilleur moyen pour se défendre. Mais la peur, en tant qu'angoisse, a quelque chose de si douloureux qu'elle peut inspirer, sous des dehors de réaction de défense, le désir de faire se précipiter l'actualisation du danger redouté, à la manière dont un grand malade effrayé par la perspective de la victoire de sa maladie en vient à se suicider pour se soustraire à la souffrance de l'expectative. Ainsi donc, non certes devant mes classes, mais à l'occasion d'une conversation privée avec un parent d'élève qui m'avait inspiré confiance en décidant d'aborder les sujets tabous, je dévoilai un jour mes doutes historiques et le résultat de mes cogitations politiques ; j'avais, ce faisant, pris pour une réaction courageuse d'insolence provocante mon désir d'en finir en précipitant ma chute, et cette illusion m'avait ôté tout souci de prudence et de retenue ; je parlai, je parlai trop, je signai mon arrêt de mort.

Je ne saurai jamais si mon interlocuteur avait été envoyé auprès de moi en service commandé pour me piéger, ou s'il avait ensuite parlé par inconscience, par vanité ou par malveillance. Le fait est que les parents s'émurent, que le bruit parvint aux oreilles de la Petrucci, que je fus l'objet d'une inspection administrative qui n'eut aucun mal à déterrer des souvenirs de mes propos misogynes inspirés par mon antiféminisme, mais aussi de mes paroles politiquement ambiguës. Les preuves avancées, réduites à des témoignages douteux, ne furent pas suffisantes pour me faire limoger. Mais elles furent assez efficaces pour me faire obtenir un blâme accompagné d'une mutation.

J'en conçus au début une certaine amertume qui renforça ma misanthropie, me disposant à éprouver désormais une véritable aversion pour tout ce qui est humain : l'homme, en moi et hors de moi, ne faisait à mes yeux figure que de petit monstre proprement abject, gorgé de duplicité, infecté d'orgueil, enflé de prétention, d'appétits lubriques et d'égoïsme sordide. Comment se peut-il qu'un Dieu décide, après l'avoir fait à Son image, de le sauver en le relevant de sa fange par le sacrifice de Lui-même ? De tous les vices de la modernité, l'humanisme est assurément le plus insupportable. Les gens heureux me donnaient envie de vomir, quels qu'ils fussent, même les enfants, les mères de famille, les gens dévoués — surtout eux, les philanthropes — qui ne pouvaient à mes yeux se livrer à leurs manies fraternelles que pour dire leur amour à l'ignominie de la condition humaine — péché suprême, racine de tout péché, seul vrai péché selon l'homme que j'étais alors et que je demeure à bien des égards — et, ce faisant, se glorifier de leur bonté vomitive et de leur optimisme écœurant. Seul l'homme souffrant m'était supportable, l'homme écrasé par le destin, mis en demeure de renoncer à sa sale petite prétention raide : les mourants dans leurs râles, les humiliés, les déçus, les personnes défigurées par l'effort, les gens brisés regrettant d'exister.

J'en retins aussi et surtout l'habitude de vivre dans la peur, une peur moite et constante, indifférenciée, sans objet précis, dont je compris qu'elle était le lot de tous les hommes libres — assez libres pour être lucides — de notre époque. On ne peut plus faire confiance à personne ; l'homme libre devient étranger à tous ses contemporains, quelque conciliant, bien intentionné, large d'esprit qu'il puisse être. Je voudrais illustrer cet aspect de ma sinistre prise de conscience par l'exemple d'une anecdote que voici :

J'avais rencontré, dans une salle de musculation, un Serbe gigantesque — nommons-le Odislav —, véritable montagne de muscles d'un blanc laiteux assez repoussant, qui dirigeait un club au centre de Metz. Les endroits de ce genre sont fréquentés par une faune interlope allant de l'indicateur de police (à cause du nombre élevé des voyous qu'on y peut trouver) au « maton », du « videur » paisible entretenant sa carrure dissuasive à « la » « cadre dynamique » préoccupée par sa ligne, de la « mémé retraitée qui se sent jeune encore » au contribuable complexé aspirant à ressembler à un surhomme, des salopes en mal d'aventures aux uraniens maladivement obsédés par le muscle. Un commerce lucratif mais toléré de substances anabolisantes y a cours la plupart du temps. Quelques authentiques sportifs s'y entraînent sérieusement, désireux de « faire leurs barres » avec méthode, et peu préoccupés par leur physique, mais ils sont en général mêlés à la faune des culturistes que leur pathologie dérisoire invite cependant, pour obtenir les résultats escomptés, à soulever des barres assez lourdes ; ces gens viennent plus volontiers tôt le matin, quand l'affluence est faible. J'appartenais au groupe des gens du soir, ceux qui sortaient des bureaux et venaient suer un moment avant de se vautrer devant la télévision, qui n'étaient vraiment pas préoccupés par le souci de la performance physique. Mais il m'arriva de suivre l'entraînement du matin de temps à autre. Un jour Odislav, qui savait ma profession, m'offrit un café pour décider de me montrer qu'il était plus qu'un paquet de viande survitaminée. Il m'expliqua qu'il avait été contraint, la veille, d'exclure violemment un membre qui s'était révélé vindicatif. « Tu comprends, ce con-là s'était engueulé avec un Martiniquais, je ne sais pas qui avait raison m'enfin, quand ils en sont venus aux mains j'ai bien dû m'interposer. » Il faut savoir qu'Odislav, à cause de sa connaissance du serbo-croate, avait été un temps Casque bleu, au titre d'interprète, et qu'il avait là été dûment formé aux poncifs humanistes des armées humanitaires, celles qui apprennent à ne pas se battre, qui réduisent la défense de la patrie à celle des Droits de l'Homme. « Alors quand le type a commencé à tenir des propos racistes, tu vois, j'ai pas pu m'en empêcher, je l'ai vidé à coups de pompe dans le cul ; je pouvais quand même pas le laisser dire des trucs pareils. Chacun a le droit de penser ce qu'il veut, c'est son affaire, m'enfin il faut respecter les opinions d'autrui, les pédés je les respecte s'ils me respectent, je m'en fous, chacun fait ce qu'il veut s'il laisse les autres le faire aussi, mais tu vois, pour moi, le racisme, c'est vraiment dégueulasse, c'est pas supportable, la France est un pays d'accueil, elle s'est faite par l'immigration, et tout homme en vaut un autre, c'est pas la couleur de la peau qui compte. » Odislav était régulièrement cambriolé par des Maghrébins, provoqué par des petites frappes aspirant à se mesurer à lui, mais sa peur de ne pas paraître humaniste était plus forte que son animosité pour les fauteurs de troubles, dont il connaissait parfaitement l'origine, qui instauraient une mauvaise ambiance dans sa maison. Odislav était fort sensible à la propagande européiste bruxelloise : « Sont favorables au Traité de Lisbonne les cadres, les professions libérales, les enseignants, les intellectuels, les personnes ayant un bagage universitaire correspondant à "bac plus cinq", les célibataires ; sont hostiles à ce traité les ouvriers, artisans, agriculteurs, les parents de familles nombreuses. » Odislav n'était pas un « intellectuel », mais il était allé au lycée juste assez longtemps pour devenir idiot. Il en est des études comme de l'athéisme : elles n'ont une faible chance de se révéler fructueuses que si l'on s'y livre en allant jusqu'au bout, faisant se renier souverainement leurs effets dévastateurs par le fait même de leur radicalisation. Mais peu de gens font des études en achevant leur cursus. Ils en font juste assez pour avoir des prétentions et apprendre à se comparer, non sans perdre ce contact avec la réalité que l'on nomme, peut-être improprement, le bon sens. La peste humaniste a été intériorisée depuis longtemps par les Européens, ils en crèvent mais chacun sait confusément que faire le procès des iniquités qui lui sont attachées reviendrait à faire le procès de son propre subjectivisme, et c'est pourquoi il supporte tout.

Odislav, pourfendeur pusillanime de beaufs lepénistes, était juste assez dégrossi pour avoir la prétention de se conformer aux modèles de l'honnête homme éclairé aux idées avancées, « au-dessus des préjugés et des dogmatismes réducteurs qui enferment l'esprit » ; il subissait le prurit du mimétisme du bourgeois, il avait perdu ses défenses immunitaires populaires, ses préjugés populistes protecteurs empreints d'une sagesse ancestrale, ses garde-fous élevés contre la tyrannie du conformisme mortifère.

Pour fuir la vindicte de la Petrucci et du nid de frérots qui sévissaient au rectorat, je dus déménager en catastrophe, rasant les murs, évitant surtout mes collègues mais aussi mes diverses relations extra-professionnelles depuis qu'un journal local avait décidé d'évoquer mes déboires, me livrant à la vindicte publique. C'est ainsi que j'échouai l'année suivante à Alençon la Pluvieuse, précédé d'une réputation sulfureuse par les bons offices des syndicats. J'appris ainsi que, dans un monde où la dépendance de l'homme à l'égard de l'homme est en proportion — les deux choses étant paradoxalement corrélatives l'une de l'autre — de l'hostilité de l'homme à l'égard de son semblable, il est strictement impossible de jamais faire peau neuve. Ce qui, à bien considérer les choses, est peut-être en dernier ressort une féconde fatalité : quand on est placé dans l'incapacité de fuir, on est contraint de faire face et d'affronter, ce qui définit l'attitude du révolutionnaire ; et l'on fait aussi peu la révolution avec des pensées qui seraient toutes généreuses et nobles qu'on ne fait des œuvres d'art avec la pureté des états d'âme désincarnés. L'action révolutionnaire, qui exclut toutes les tentations défaitistes du réformisme et des complaisances qui lui sont attachées, est précisément cette victoire opérée sur ces dernières que, de ce fait, elle présuppose, ne serait-ce que pour les nier. La Révolution, c'est la négation du lent consentement à la défaite.

Je ne gardai contact avec aucune relation de ma vie lorraine, sauf un. Je pourrais évoquer les rares maîtresses quarantenaires auxquelles j'eus la faiblesse d'accorder un intérêt sporadique : la mère maghrébine d'un élève un peu moins bouché que les autres, dont les besoins physiques excédaient mes capacités poussives ; une secrétaire de direction particulièrement nunuche impressionnée par mes diplômes et ma fonction ; une femme au foyer divorcée qui voulait refaire sa vie ; je me débrouillai si bien qu'elles furent toutes déçues par mon tempérament encore à l'époque velléitaire. Elles furent une occasion supplémentaire de me faire perdre mon temps, un prétexte destiné à me permettre de justifier ce gaspillage de mon temps que je savais désormais compté. La chair a ceci de triste que, quelque sordidement organiques — ainsi rassurants — que soient les élans impersonnels dont elle se fait immédiatement procéder, elle se débrouille toujours à un moment pour faire mémoire de l'origine spirituelle qui l'inspire et dont elle est en droit le moyen, de sorte que l'on en vient toujours à tomber plus ou moins amoureux, selon le processus d'une métamorphose insidieuse dont on sait les étapes, que l'on redoute et dont on a honte en tant qu'on sait combien peuvent être insipides les personnes qui sont l'objet d'un tel sentiment. Chaque fois cependant, je parvins à me dépêtrer sans y laisser trop de plumes de ces amours ancillaires vouées à l'échec.

Il m'avait été donné, quelques mois auparavant, de rencontrer dans cette salle de sport un certain Ernest Malo, homme mûr amateur de barres lourdes, taciturne et un peu ridicule, mais d'un ridicule dont il était conscient et dont il s'efforçait tant bien que mal de jouer. Il avait la tête et le cou d'un homme grand, mais vissés sur un corps râblé d'homme petit, selon une disproportion qu'accusait le choix malheureux du port d'une coupe de cheveux en brosse longue, comme s'il avait voulu dérisoirement s'ajouter quelques centimètres. Telle n'était probablement pas son intention, mais c'est l'impression qu'il donnait. Son visage était perpétuellement marqué par la tristesse, expressif d'un tempérament doux mais volontiers irascible ;

son discours était tantôt précieux tantôt franchement ordurier. Il donnait l'impression d'avoir vécu une croissance physique réfrénée par la Providence, comme s'il avait été reconnu incapable d'assumer sans danger l'aisance que confère le don d'une grande taille. Il était l'exemple paradigmatique d'un destin raté, et en cela il m'intéressait, me reconnaissant assez en lui pour susciter ma curiosité effrayée, mais différant suffisamment de lui pour me rassurer et dépasser mon effroi. Je m'aperçus à son contact que j'étais contradictoirement habité par le souci de me rapprocher des humains qui pourtant m'excédaient, dussent-ils être mis en demeure, pour éveiller mon intérêt, d'être aussi misanthropes que moi. Ernest travaillait aux services du Tri de la Poste, était assujetti à des horaires impossibles. Par une incapacité congénitale et en même temps volontaire à s'adapter au monde en lui concédant les reptations non trop onéreuses qu'il requiert comme conditions de la survie en lui, il était passé à côté de tout, n'avait jamais voyagé, n'avait pas poursuivi le cycle d'études littéraires qu'il avait entrepris dans sa jeunesse ; il ne parlait aucune langue étrangère, avait raté maintes fois son permis de conduire et ne savait rien faire de ses dix doigts, sinon manipuler des barres de fonte, faire le ménage, jouer du coup de poing de temps à autre, et tourner les pages des nombreux livres qu'il dévorait. Il avait choisi une vie obscure sans perspective d'avancement social, afin de se ménager des temps de lecture et de méditation vécus sans autre fin que le plaisir de comprendre les replis du cœur et la destinée du genre humain. Je le soupçonne d'avoir essayé secrètement d'écrire, mais il y avait manifestement renoncé assez vite, ne concevant pas que l'on pût accepter d'avoir, pour être publié, quelque souci de l'intérêt de son potentiel lecteur. Il était drôle et presque touchant dans sa manière de converser, de sa petite voix sourde et haut perchée, avec les tatoués colossaux qui le dépassaient de deux têtes, et de s'entraîner familièrement avec eux qui, curieusement, lui accordaient une certaine estime et une bienveillance débonnaire. Sans mériter le titre de polymathe, Ernest connaissait beaucoup de choses bien qu'il n'eût ni la mentalité ni l'étiquette sociale — ni bien sûr le physique, ce dont il jouait par coquetterie — d'un intellectuel. Il ne jouissait évidemment, ainsi qu'on peut s'y attendre, d'aucune surface sociale. Il s'était laissé marquer trop tôt par le pli des aversions insurmontables auxquelles il avait consenti, ce qui lui avait fermé beaucoup de portes.

Ernest était amer mais non vraiment révolté, et c'est peut-être cela qui attirait mon attention sur lui. Il était catholique pratiquant, franchement intégriste et réactionnaire, intarissable sur les questions de magistère et sur les nuances doctrinales mettant aux prises, férocement, les diverses chapelles de cette mouvance, aussi nombreuses que les sectes trotskistes. Il avait des enfants aujourd'hui adultes auxquels il faisait honte avec sa petite paie, son train de vie mesquin, sa fermeture à toutes les nouveautés : il ne maîtrisait pas le dixième des possibilités techniques de son téléphone portatif, s'entendait fort peu en informatique, était fagoté comme un prolétaire des années cinquante du siècle dernier ; il lui était arrivé naguère, pour aller faire des courses, d'omettre de troquer sa veste de pyjama pour une chemise d'extérieur, ce qui indisposait sa progéniture au plus haut point : nul n'est plus conventionnel que les enfants, surtout ceux, étonnamment, qui ont le plus de mal à se plier à l'autorité parentale ; les positions réactionnaires de leur père les rendaient aussi mal à l'aise, par lesquelles ils redoutaient d'être « marqués » à vie, eux dont toute l'ambition était de s'intégrer dans le monde avec son dogmatisme de la tolérance et tout ce qui en procède. Ernest avait pris soin, au prix d'efforts pécuniaires considérables qui l'avaient contraint de renoncer à faire quelque économie que ce fût, de les faire éduquer dans des internats traditionalistes hors contrat, et sur ce point aussi il avait connu les déboires les plus décourageants. Dans ces établissements, qui survivent tant bien que mal en dépit des tracasseries permanentes dirigées contre eux par le rectorat et l'Académie — les inquisiteurs maçonniques avaient un jour déniché un *Mein Kampf* poussiéreux dans l'arrière-salle d'une bibliothèque, ce qui avait failli déclencher les mesures de fermeture de l'école —, on s'efforce à dispenser une formation confessionnelle orientant la vie terrestre vers la vie éternelle. Ils y opèrent une distinction, conformément au contenu de leur foi socialement inactuelle, entre l'ordre naturel et ce qu'ils nomment l'ordre surnaturel, qui est l'ordre de la grâce. Mais ils ne parviennent à présenter la vie surnaturelle, dans sa vocation de finalité de la vie naturelle, que sur le mode d'un conflit rédhibitoire entre nature et surnature. Qu'il y ait lutte, depuis le péché originel, entre nature corrompue et grâce n'a rien d'étonnant, et même un Baudelaire souligna en son temps que l'oubli du péché originel était la cause de la déliquescence du goût artistique. Mais qu'il y ait conflit entre nature — en tant que nature, et non seulement comme nature déviée — et surnature est plus problématique, car cette inclination intellectuelle en vient à réduire la nature à sa blessure. Et cela a pour effet de faire haïr les biens immanents, de cultiver une suspicion morbide à l'égard de tous les appétits. Ce travers se solde en général de deux façons. Il peut perdurer toute une vie, ce qui produit des ectoplasmes difformes honteux de leur corps, maladifs, prostrés, affligés de la pathologie des convulsionnaires de Saint-Médard, répandant autour d'eux, par leur haleine douteuse et leur sueur rance, ce qu'ils pensent être une odeur de sainteté. Il peut aussi accoucher d'une propension, chez ceux qui le subissent par la pédagogie qu'on leur dispense, à vomir l'héritage spirituel dans son entier aussitôt qu'ils sont confrontés au monde réel, celui de la décadence, et à se fourvoyer, avec l'énergie mortifère de la frustration non sublimée, dans les alliciences les plus dégradantes. C'est précisément ce qui se produisit pour les fils d'Ernest, et ce fut là sa première déconvenue ravageuse. Mais il connut pire.

Son unique fille, à l'adolescence, avait manifesté le désir de se consacrer à la vie religieuse, et elle avait rejoint un tiers-ordre de dominicaines enseignantes où elle suivit son noviciat, prononça ses vœux provisoires puis, au bout de sept années, ses vœux perpétuels. Pour des raisons obscures qu'il ne sut ou ne voulut m'exposer, elle demanda sa réduction à l'état laïque au bout de dix-sept années de vie religieuse, pour se jeter à corps perdu dans une vie laïque effrénée, en l'accusant sur tous les toits d'avoir été un père indigne, traumatisant, qui l'aurait implicitement contrainte de prendre l'habit. Des psychiatres, psychologues, psychanalystes, guérisseurs adeptes de médecines douces et autres charlatans corrupteurs l'avaient complaisamment, par leurs discours venimeux, confortée dans son statut de victime. Elle avait vitalement besoin d'un tel mensonge pour justifier la trahison de ses vœux. Ernest dut par la suite — les gens étant mauvais, prompts à la médisance — rompre avec presque toutes les rares relations qu'il avait tissées dans son milieu confessionnel, de sorte qu'il restait seul, si l'on omet la présence aussi importante que discrète de sa femme inconditionnellement attachée à sa cause ; ses fils, qui fuyaient son regard, révulsés par son jugement réprobateur, avaient pris le parti de leur sœur. Père d'une religieuse défroquée, déconsidéré dans le milieu des bien-pensants, déclassé dans la société, pauvre et sans curiosité pour la vie de son temps, il avait bien tout raté ; il avait cru recueillir dans le choix sublime de sa fille le couronnement de tous ses efforts de chef de famille besogneux, et même ce motif de gloire devrait lui être enlevé ; il ne lui restait qu'à attendre la mort qu'il entrevoyait telle une libération. Dans son âme douloureuse, l'indignation vengeresse le disputait, quand il parlait de ses misères, à l'abattement consécutif à son amour paternel outragé qui subsistait en lui nonobstant les déceptions familiales qui l'affligeaient.

Un matin de semaine, en attendant l'ouverture du gymnase, nous prîmes ensemble un café à la terrasse d'un établissement situé face à la gare teutonne, cossue, sérieuse, rassurante et disgracieuse de Metz. Il me conta son histoire lamentable. Je lui fis observer qu'il avait toutes les raisons d'être misanthrope et nihiliste, voire suicidaire. Il me tint alors le discours suivant :

> « Oh je sais bien que l'homme est envieux, pourri dans sa moelle, infiniment décevant, versatile, trempé dans le mensonge à soi, lâche, vaniteux, insupportable, haïssable, vénal et oublieux, et la liste n'est évidemment pas exhaustive. Je n'aime pas les hommes, en effet, je crois les connaître assez bien, et le moins que l'on puisse dire est que je

ne me fais pas d'illusions à leur sujet. Mais en même temps rien de tout cela, aucun de ces travers qui m'horripilent chez les autres ne m'est véritablement étranger. On sait ces choses par introspection, vous les savez vous-même probablement. On ressemble toujours un peu à ceux qu'on hait, et c'est en fait ce pourquoi on les hait ; on n'ose pas se haïr soi-même. »

Je ne pouvais, sur ce point, lui donner tort, ayant une lancinante conscience de mes défauts, de mes limites et de mon indignité. Il poursuivit :

« Je n'ai pas l'intention de rendre mon prochain innocent de ses tares, l'homme est un tas d'ordures qui couve des vipères. Mais j'ai compris depuis longtemps que les tares réelles de mon semblable, exacerbées par la pauvreté spirituelle de notre époque, me sont devenues autant de prétextes à me complaire dans la haine, et dans une haine qui n'est autre que la haine de moi-même projetée en autrui. D'immondes vipères entrelacées se tortillent furieusement dans le cœur de chaque homme. Mais se complaire à en épingler les manifestations en autrui au nom de la lucidité, ça cache un mensonge à soi plus subtil que celui qu'il dénonce. En grattant les plaies chez les autres, en excipant de son pouvoir de les gratter en soi-même, on entretient un remords par lequel, au fond, on entend s'absoudre de ses fautes en se dispensant de corriger les penchants qui les rendent possibles. Le remords n'est pas la contrition. »

Là encore, je ne pouvais qu'approuver, expert en ruses malignes pour m'abstraire de mon abjection ordinaire sans prendre la peine, pour autant, de m'amender réellement.

« Croyez-moi, poursuivit-il, il faut lutter contre la misanthropie, contre la misogynie, contre l'appel infiniment séduisant du désespoir et du mépris. Nous avons le devoir de nous aimer et d'aimer notre prochain. Le cynisme est le cache-sexe de l'amour-propre. Il relève lui aussi du subjectivisme qu'il prétend pourfendre, parce que

vous avez bien compris ça, Paul : le serpent le plus venimeux est encore une colombe innocente à côté du cloaque
de la subjectivité pure. J'ai plus de raisons que vous d'être
révolté, parce que toutes ces médiocrités satisfaites se
retrouvent chez les gens de mon milieu religieux, ce qui est
moins pardonnable qu'ailleurs, parce qu'ils ont la foi, une
lumière qui vient d'en-Haut qui les atteint à la jointure de
l'âme de l'Esprit. Il y a dans mon Landerneau des tartufes
que vous n'imaginez pas, des salopes mal baisées, jeunes
filles vertueuses et mères de famille nombreuse promptes à
juger, qui prennent leur cul pour le Saint-Sacrement tout en
nourrissant secrètement le désir de se faire violer. J'en ai
connu des vertes et des pas mûres chez ces gens-là, et je ne
parle pas de la volonté de puissance melliflue des curés ; il
y aurait des bibliothèques à écrire. Ils disent qu'ils luttent
contre le Monde, mais ils s'en accommodent bien. Et ils
justifient leur incapacité à se battre dans le Monde en en
remettant sur leur condition de parias rejetés par le
Monde. »

Compte tenu de l'idée pourtant non infondée que je m'étais
faite d'Ernest, de tels propos n'étaient pas sans me surprendre.
Comment un homme aussi atteint par la malchance pouvait-il
m'inviter, contre toute raison semble-t-il, à une certaine forme
d'optimisme ? Il avait — fors son amitié conjugale, ce qui
certes n'est pas rien — tout raté dans sa pauvre vie minable :
vie de famille, études, vie professionnelle, carrière sportive,
relations humaines, amitiés. Par une espèce de naïveté butée,
à moins qu'il ne se fût agi d'obstination sans naïveté mais
immanquablement vouée à l'échec — par là porteuse, en tant
que responsable, de sa sanction immanente — il s'était en
toutes circonstances accroché à une raideur candide qui lui
avait fait ignorer tous ces autres destins, non exceptionnels
mais honorables et à sa mesure, qu'il eût pu embrasser s'il avait
consenti à faire preuve de plus de souplesse. Il avait toujours
agi, d'après ce que j'avais compris, comme si le réel devait se
plier aux exigences de ce qu'il tenait pour un idéal objectif justifiant l'existence de la réalité elle-même, de sorte qu'il avait

toujours dit « "pouce", je ne joue plus, le réel a tort, je me retire dans mon intégrité morale » chaque fois que la réalité, en sa contingence déconcertante, en sa manie outrecuidante de subsister en dépit de ses défauts, de son arbitraire et de ses injustices, l'offensait. Il me faisait un peu l'effet, par ailleurs, de ces jeunes mathématiciens sans génie mais compétents, promis à une carrière à bien des égards enviable de professeur ou d'ingénieur, mais saisis par le vice fascinant du jeu d'échecs pour lequel ils n'ont aucun talent particulier, et réduits à abandonner leur destinée scientifique pour se livrer sans retour à leur manie, sévir dans des championnats de seconde zone, finir célibataires et faméliques, pauvres hères sans amis, déconsidérés, terrassés par le poids des regrets. Quand Ernest eut compris, dans sa jeunesse, la règle du jeu de la société démocratique, il décida de ne pas respecter cette règle à cause de son iniquité, mais il mit tout le reste de sa vie à comprendre qu'il lui faudrait bien vivre en elle, de sorte qu'il se contenta d'y survivre.

Après avoir bu son café à petites gorgées, et parcouru d'un air presque serein la populace disparate qui dégorgeait de la sortie de la gare, laquelle n'inclinait pas à la philanthropie, il poursuivit :

« Quand vous avez envie d'écraser la gueule de quelqu'un à coups de barre de fer, soit qu'il vous ait offensé, soit qu'il vous donne le spectacle insupportable de l'autojustification, essayez de vous poser les questions suivantes : "Pourquoi est-il est ainsi ? L'a-t-il toujours été ? Est-il vraiment l'origine radicale de ses défauts ?"

Oh ne vous méprenez pas. Je suis bien persuadé que cette crevure insolente aurait pu agir autrement, et qu'il n'y a pas de déterminisme. Il est bien responsable de ses saletés, il aurait pu résister à ses tentations, il aurait pu se rendre lucide. On fait toujours le mal volontairement, parce qu'on est toujours coupable de cet état d'ignorance qui a rendu possible l'action peccamineuse, et par lequel on voudrait se disculper. Mais enfin, cela n'empêche pas le type odieux de vivre avec une plaie qu'il ne s'est pas donnée, il en a hérité lui aussi, comme de ses dons. On lui a aussi fait des crasses, on l'a humilié peut-être sans raison ou de manière disproportionnée, on l'a injustement frustré, que sais-je ? Et quand on se pose de telles questions, on parvient à se forger de son prochain une image qui, sans aucunement l'innocenter, nous permet au moins de concevoir l'homme aimable qu'il aurait pu être, qu'il pourrait devenir s'il s'en donnait la peine, et si on l'aidait, par la patience et le pardon éclairé, à s'en donner la peine. Il suffit au fond de faire l'effort d'entrevoir en lui l'homme aimable qu'il pourrait être, pour trouver le courage de l'aimer malgré ses plaies purulentes. Je ne dis pas que c'est facile, j'en suis la plupart du temps incapable, mais je sais que c'est ce qu'il faut faire.

Et puis, qu'est-ce que vous voulez, il y a tout simplement la question de la souffrance. Ces gens souffrent, ils souffrent d'être méchants, ils souffrent parce qu'ils sont méchants, et c'est parce qu'ils se sont rendus méchants qu'ils font souffrir et qu'ils souffrent, mais c'est aussi parce qu'ils souffraient qu'ils sont devenus méchants. Il y a causalité réciproque entre la souffrance et la méchanceté, selon un phénomène d'amplification qui, livré à lui-même, serait sans fin. Tous ces gens aspirent à être heureux, personne ne peut échapper à un tel souci, pas même les masochistes. Je ne veux pas dire que la souffrance donne des droits, et surtout pas celui d'offenser son voisin, de le spolier, de mentir et de développer des prétentions ridicules. Je veux dire seulement que toutes leurs ruses misérables inspirées par le mensonge à soi, toutes les petitesses et iniquités dont ils se rendent coupables, toutes les morsures qu'ils nous infligent, sont en quelque sorte sous-tendues par la souffrance congénitale qui les déchire : exister est une souffrance, quand on sait qu'on existe, parce que le simple fait de le savoir remet l'existence en question.

— Je veux bien, Ernest, mais enfin, rétorquai-je, on est aussi responsable dans une certaine mesure de ses propres désirs. Ce n'est pas la souffrance qui suffit à expliquer les prétentions des médiocres, c'est cette prétention, plantée dans leur Ego vénéneux, qui leur fait adopter — voire s'inventer — des désirs impossibles à satisfaire. Telle mémère à grosses cuisses flasques voudrait à soixante piges avoir le sex-appeal d'un tendron sans cesser de satisfaire ses pulsions de goinfrerie pâtissière, et elle souffre de ne pas y parvenir : qu'elle change ses désirs, elle ira moins mal, elle aura moins mal, elle fera moins de mal. J'en pourrais dire autant des abrutis gonflés aux stéroïdes qui se mirent dans les glaces du gymnase en se lamentant d'être moins gros que leurs voisins. Le riche envie le plus riche, le pauvre le moins pauvre que lui, l'homme moyen l'homme d'exception, et le diable envie Dieu. Alors comment voulez-vous me réconcilier avec le genre humain au nom de la souffrance ? C'est peut-être, bien au contraire, grâce à la présence de cette souffrance envahissante, polymorphe, universelle, que le genre humain m'est supportable, et encore : ces petites bêtes teigneuses parviennent à en faire une occasion de gloriole. »

Habituellement si peu capable de silence dans les échanges verbaux, Ernest m'écouta avec soin, sans agacement, légèrement boudeur seulement, comme un peu déçu par ma réaction. Il me répondit d'un air las :

« Aussitôt qu'il y a souffrance, il y a désir ; vous me concéderez facilement, mon cher Paul, que toute souffrance est un désir frustré. Et il n'y a pas bonheur sans désir. Tout autant, tout désir est manque, ainsi souffrance. Il y a, je le sais, des petits malins qui ont voulu nous faire croire que le désir pouvait être un état de plénitude, une surabondance, une puissance jubilatoire de créativité débordante. J'ai lu des trucs comme ça en particulier chez un type qui a fini par se jeter par la fenêtre de son appartement parisien ; il disait qu'un philosophe ça cherche pas la vérité mais ça crée des concepts ; on voit où ça l'a mené… M'enfin prenons leur hypothèse au sérieux, pour voir où ça nous mène. Quoi qu'ils en pensent, même s'ils sont envahis par un trop-plein au lieu de se réduire à une outre vide et desséchée, les hommes aspirent à se libérer de leur trop-plein, ils étouffent d'être en excès par rapport à eux-mêmes. Et c'est encore là une souffrance, un manque : ils manquent de coïncidence avec eux-mêmes, ils s'avouent différents d'eux-mêmes. Pour que cette différence intérieure ne soit pas la marque d'une pénurie, il faudrait leur reconnaître le statut suivant : être un être qui consiste dans le résultat victorieux de sa lutte contre la différence qu'il instaure en lui-même ; et ce qui est assez balèze pour se faire l'identité de son identité à soi et de sa différence d'avec soi, c'est ce qui se fait provenir de son auto-négation. Vous en conviendrez sans mal : c'est un être qui se donne lui-même à lui-même ; pour entretenir à l'égard de lui-même une relation d'avoir, il se fait autre que soi-même, mais par un acte qui est identique à celui par lequel il comble sa déchirure. S'il a ce qu'il est pour se donner ce qu'il a en se faisant être par ce don, il jouit du privilège suivant : plus il donne, plus il se possède ; plus il se livre, plus il est riche. Mais alors il est cause de soi. Je ne sache pas que ces crevures humaines repliées sur elles-mêmes et toujours en train d'exiger, de quémander, qui crient leur vide, puissent sérieusement être tenues pour des causes de soi. Par tous les aspects de nous-mêmes, nous dépendons d'autrui, du globe terrestre, de l'air, du passé, des ancêtres, des institutions, des modes, et même des plus cons de nos contemporains par-dessus le marché.

Cela dit, si le désir est bien manque, ainsi douleur, il est contradictoire, parce qu'il aspire à se combler, ainsi à se supprimer, cependant qu'il s'aime lui-même, revendique sa pérennité par l'acte de se renier. Votre maître Schopenhauer enseignait bien que la vie oscille tel un pendule de la souffrance à l'ennui : dès qu'un désir est comblé, on ne sait plus que faire de soi-même, on désire désirer. Au risque d'être pris pour un cuistre, je vous inviterai donc à distinguer entre les désirs et le désir. On peut toujours à la rigueur maîtriser *ses* désirs, on ne peut pas se soustraire à la contradiction *du* désir. Sous ce rapport, tout homme peut être tenu pour une victime, parce qu'il n'est pas l'origine de la pulsation désirante qui le secoue, et qui ne fait qu'un avec sa vie. Il y a le désir congénital contre lequel on ne peut rien, parce qu'il est un appétit infini d'infini. Voyez, même la petite conne qui se maquille pour ressembler à une actrice, même le prolo qui siffle des bières en faisant le beau devant les filles, eh bien !, sous la croûte épaisse de leur suffisance, il y a un appétit — qui s'ignore — infini d'infini. Un tel appétit ne peut se satisfaire que d'un Infini en acte. Et pour éprouver le désir de s'assimiler à quelque chose de parfait, ainsi aspirer à lui ressembler, il faut déjà jouir d'une espèce de ressemblance avec lui. Tout homme est *"imago Dei"*, comme on dit chez moi ; les génies, les saints, les braves, mais aussi les démocrates, les féministes, les putains, les envieux, les jaloux, les impudents, les gros porcs qui pètent en public, les grandes gueules, les menteurs, les lâches, les Juifs et les Nègres, les ratés, les admirateurs de BHL, et même les démocrates-chrétiens. Aussi longtemps qu'il n'est pas mort, l'homme peut se souvenir de cette ressemblance, et agir en conséquence. Et je pense, voyez-vous, quelle que soit notre aversion pour le genre humain, que nous devons ne pas l'oublier.

Je vous accorde volontiers que la souffrance est naturelle, et que les douloureux n'ont pas de procès à faire à leur Auteur : faire un procès au Donateur d'existence et de vie, c'est encore, en empruntant à la vie qu'on exerce, lui emprunter la puissance de la contester, et c'est là, derechef, quelque chose de contradictoire. L'acte d'exister n'est pas objet de choix, puisque tout choix le présuppose, de sorte que les prétendus esprits forts qui vous balancent, la bouche révulsée, qu'ils n'ont pas demandé à exister, et qui se croient tout permis après avoir roté leur petit blasphème, sont des misérables cons prétentieux dérisoires dans leur insolence. Autant supposer qu'un animal de proie pourrait s'insurger contre sa condition sous le prétexte qu'il se révèle condamné à chasser, ainsi à lutter : il ne serait plus ce qu'il est. On n'a pas assez remarqué que vivre est lutter ; ce qui vit surexiste, coopère à son acte d'exister, mais ce qui vit conjure la mort, et c'est même en cette puissance négatrice que consiste la vie. Or lutter consiste à souffrir, ou plutôt : toute souffrance est invitée à être tenue pour un appel à la lutte. Il est clair qu'il n'y a pas de vie sans souffrance. Les révoltés métaphysiques n'ont pas de couilles puisqu'ils se scandalisent d'avoir à lutter. Ainsi, qu'on soit invité à souffrir par là même qu'on se met à vivre, c'est quelque chose de naturel, je le concède.

Mais la souffrance prise comme expressive de la contradiction constitutive du désir, je ne suis pas certain que ce soit là, si ce caractère est indépassable, quelque chose de naturel. Car enfin, même si la souffrance a du bon, on n'y consent jamais que pour s'y soustraire, et cela par un mouvement tout aussi naturel.

— Si je vous comprends bien, Ernest, la vie est pour vous absurde, sans raison d'être, condamnée à se résoudre dans un échec ; on ne peut qu'être déçu en acceptant d'exister ; l'absurde est le sans raison, l'arbitraire, ainsi l'injuste, et donc pour vous il est injuste d'exister, et il est au fond normal qu'il y ait des libertés insurgées contre leur acte d'exister, qui s'en tirent comme elles peuvent les pauvres, en se racontant des histoires : l'homme naît mauvais, donc Dieu est un salaud.

— On pourrait dire cela en effet si la vie humaine s'achevait ici-bas. La vie échappe à l'absurde si elle résout la contradiction du désir dans la possession d'un Bien, hors de ce monde, qui revitalise le désir dans l'acte où il l'exténue, qui d'un même élan avive la soif (il est désirable d'aimer) et l'apaise (il est douloureux de manquer). Un tel Bien ne peut, logiquement, être autre chose que la racine du désir, ce à partir de quoi il prend naissance et en quoi il se consomme. Cela dit, pour se donner la peine d'aimer un tel Bien, par là de s'arracher aux biens qui nous dispersent, encore faut-il croire à son existence et à son accessibilité. Si ce point n'est pas acquis, les pauvres hommes se débattent avec leurs désirs comme des oiseaux affolés dans une cage : ils rusent misérablement, se livrent au mensonge, à la mauvaise foi, à la duplicité. Ils sont faux parce que leur désir leur donne l'impression de se jouer d'eux, de leur mentir. Comme vous le voyez, tout se joue sur le consentement à admettre l'existence de Dieu, l'immortalité de l'âme, et l'effectivité de la liberté.

— La contradiction du désir a beau jeu pour expliquer les garceries de la liberté par là innocentée, répondis-je. Vous vous contentez en fait de repousser le problème, car, si le libre arbitre n'est pas une chimère, une intervention de ce dernier est requise pour qu'il y ait assentiment aux grandes thèses de la métaphysique. Dès lors, la duplicité et l'orgueil sont déjà à l'œuvre dans le refus de consentir à un tel assentiment. Vous déclarez, Ernest, que la liberté est comme aveuglée par la contradiction du désir fondamental, qu'elle s'en trouve incapable de mouvoir la raison en direction de ce dont l'affirmation peut seule dépasser la contradiction du désir et conjurer l'orgueil. Mais vous omettez de rappeler que c'est par orgueil que la liberté s'aveugle.

— *Concedo*, me dit-il, mais ça n'invalide pas mon argument. Ce que vous me développez-là prouve seulement une chose, c'est que le dogme de la liberté de conscience et de la souveraineté de l'homme sur lui-même est criminelle. La "rididine" en mal d'amour, l'apprenti-charcutier pornographe, le réparateur d'ascenseurs ivrogne, et en fait l'immense majorité des habitants de cette planète sont bien incapables de parvenir par eux-mêmes à l'affirmation rationnelle de Dieu et de l'immortalité de l'âme, surtout depuis deux siècles de conditionnement démocratique qui leur bousille les méninges, de sorte qu'ils sont impuissants à conjurer leur glissement dans la garcerie. Jadis, on leur imposait ces vérités sans leur demander leur avis, d'autorité. On les faisait naître dans une société structurée par les certitudes de la vie religieuse. Ils accédaient par là à ce qui est nécessaire au dévoilement du principe de régulation de leurs désirs, et c'est ensuite seulement que, équilibrés dans leurs appétits, à tout le moins assurés de la possibilité de cet équilibre, ils étaient en mesure de faire fonctionner leur raison sans se détourner de la métaphysique naturelle de l'intelligence humaine, pour s'apercevoir que ce qu'on leur avait imposé ne contredisait ni leur raison ni leur liberté, mais les fondait.

Pour dire les choses plus prosaïquement, je ferai observer que, face à la misère de nos semblables, confrontés à nos propres misères qui sont — soit dit en passant, les mêmes que les leurs — on est invité à choisir entre deux attitudes. On peut réduire l'homme à une crapule, à un salaud pur, et plonger dans les délices du désespoir que fait naître le sentiment de l'absurde. Mais on peut aussi, sans cesser de prendre l'homme pour ce qu'il est, à savoir une petite saloperie raidie par la bassesse et confite dans la vanité, être sensible au fait qu'il est d'abord aussi un *paumé*. Tout homme enveloppe un salaud et un paumé, et je pense qu'il vaut mieux, pour moi-même et pour lui, être plus sensible au paumé qu'au salaud. »

Malgré ses haines recuites, son amertume imbuvable, ses monologues monoïdéistes, ses œillères, sa vindicte rancunière, je pense au fond qu'Ernest est un tendre. Pour avoir l'espérance, il faut la foi. Pour avoir la foi, il faut une société qui dispose l'âme des nouveaux venus à la contracter. Pour garder le cap dans les sociétés déchristianisées, il faut l'espérance. Malgré ses attitudes, Ernest jouissait de la vertu d'espérance. Je me suis souvenu plus tard de tout cela.

Nous marchâmes quelque temps en remontant l'avenue Foch libérée à cette heure des effrayantes putains à vingt euros la passe, qui, toutes droguées, vérolées, assujetties aux bassesses du métier d'indicateur de police, peuplent à la nuit tombante cet endroit austère que quelques pervers bien mis, mais plutôt des clochards en goguette, sillonnent fébrilement, en quête sordide du spasme honteux. Telles des ombres infernales, elles évoluent dans les maigres bosquets de l'allée centrale de l'avenue ainsi jonchée, à l'aurore, de seringues, de kleenex souillés et de préservatifs. On peut, si l'on ne redoute pas leurs invectives, les observer de biais pour constater les ravages du vice sur leurs visages infiniment tristes, durs aussi, annonçant à vue humaine un investissement sans retour dans l'ordure, celui des faces de damnés. Au matin, ce sont les riverains craintifs, encore ensommeillés, souvent en robe de chambre, qui parcourent cette allée pour faire pisser leur chien en allant s'acheter des croissants. Un sentiment de désolation nous envahissait, en phase avec notre conversation, d'autant que nous atteignions la place Mondon dont nous savions qu'elle se nommait naguère « *Goering Platz* ». Ainsi nous était symboliquement signifié le chemin parcouru en soixante-dix ans de liberté démocratique. Qui aurait cru à l'époque que l'on pourrait en arriver là ? Jeunesse analphabète incapable d'obéissance, avortements, drogue, alcoolisme, séances de « *binge drinking* », inversions en tous genres, destruction des familles, divorces, individualisme mortifère, absolutisation du moi, invasion migratoire, consumérisme.

C'est vrai que le peuple a une sale gueule, et que la partie non animale de son âme semble s'être réduite à l'instrument de l'autre partie. Mais il est fait pour être gouverné, mené au-delà de ses tendances, et on ne peut pas attendre de lui qu'il se donne des chefs et des maîtres, car il faudrait qu'il pût s'en passer pour s'habiliter à le faire. Ainsi sa déchéance est-elle, au moins en partie, le résultat d'une entreprise de sidération universelle organisée par une minorité de crapules imposant leur règle du jeu contre nature : on n'a jamais vécu en société sans dogmes, sans tabous, sans répression, et même sans censure avouée ou non, et il n'y a pas lieu d'essayer de changer cette situation parce qu'elle est inhérente à la nature des choses et des hommes ; mais encore faut-il que de tels interdits aient pour effet de conserver la société, au lieu de l'empoisonner ; il est aujourd'hui interdit d'aspirer à la prise de mesures qui seraient salutaires pour la conservation de l'identité nationale, il est même absolument proscrit d'oser reconnaître en l'identité nationale un bien honnête et une valeur, et ces formes de coercition ne sont pas l'expression spontanée des désirs du peuple, quelque gâté que soit congénitalement ce dernier. Toute ordure n'est pas à mettre au compte de la bassesse de la condition humaine.

J'entrevois aujourd'hui que ce qui pourrait m'inviter à ne pas céder à la misanthropie, ce qui même me sommerait de croire au devoir d'aimer mon prochain (même si j'en suis dans les faits bien peu capable), est aussi ce qui m'invite à convertir ma tendance au cynisme et à la douce ivresse du désespoir en insurrection révolutionnaire ; dans les deux cas, c'est une espèce d'espérance : croire que l'action peut changer les choses, croire que l'homme peut être justifié. C'est facile au fond d'être désespéré, on refuse la lutte ; il faut être fort pour espérer, accepter de subir l'incertitude, l'expectative, la tension de la crainte et la morsure du désir insatisfait. De plus, chez tous ces cons qui votent à gauche — c'est-à-dire qui croient aux vertus du vote — et vous bassinent avec leurs salades humanistes à quatre sous, il y a quand même des trésors de dévouement. La femme retraitée employée bénévole d'Emmaüs qui croit sincèrement faire du bien aux pauvres ; le moniteur de boxe, bénévole lui aussi, qui croit sauver les voyous et les racailles en leur apprenant le noble art, tous ces trésors de dévouement mal investi révèlent des individus qui auront agi en croyant à leur action, tout en sachant qu'il ne resterait probablement rien d'eux après qu'ils seront partis. Ces gens ont une fausse conception de la charité, mais on ne saurait sans inconscience et injustice réduire leurs efforts généreux à une forme maligne de l'orgueil : devenir un saint par amour déréglé de soi-même est contradictoire, les choses sont ainsi faites que la pénibilité de la vertu devient telle que seule l'humilité parvient à la supporter.

Je suis resté en contact avec Ernest, il devrait prendre bientôt sa retraite, je ne sais comment il la meublera. Il attendra probablement, cultivant jusqu'au bout la vertu de patience dont il fut tant dépourvu toute sa vie, le retour de sa fille prodigue dont il pansera les plaies, nettoiera les souillures, en lui rappelant sa vocation indélébile. Puisse le réel ménager en son sein une partie de vie non terrestre pour qu'il soit donné au destin de cet homme d'échapper à l'absurde. Ernest m'a fait comprendre au moins une chose : vivre est attendre ; attendre est, dans son fond, espérer ; la substance de la vie est l'espérance, et cela vaut même pour les imprécateurs de mon espèce qui passent leur vie à la nier mais qui, ce faisant, confessent son existence par le fait même d'en refuser l'appel.

Longtemps encore, je n'en ai pas tiré toutes les conséquences.

On évite désormais de me faire enseigner la philosophie, on préfère me confier des tâches moins subversives. La licence de mathématiques m'habilite à faire des remplacements dans toutes les classes des établissements scolaires d'Alençon, mes autres titres me permettent d'être sollicité, jusqu'en Seconde, pour donner des cours de français — mais non d'histoire évidemment —, ce qui n'empêche pas le rectorat de Caen de m'utiliser ponctuellement dans d'autres matières : latin, sciences de la vie et de la terre. Les élèves qui me sont confiés m'offensent et me bousculent plus que jamais, ayant une intuition très sûre des rapports de force entre adultes ; ils savent que, avec moi, tout est permis, et que j'ai grand intérêt à tout supporter si j'entends n'être pas éjecté de mon poste comme un malpropre. J'essaie d'être indifférent à toutes ces avanies. Je survis dans mon galetas. Ma chienne d'ex-femme se réjouit de ma chute professionnelle et ne manque pas une occasion de me le faire savoir au moins de manière indirecte. Je n'ai plus de goût pour les divertissements audiovisuels : ayant réduit la réalité à un spectacle après m'être aperçu que la perspective de la mort pouvait avoir beaucoup de charme et rendre fort, à tout le moins en donner l'illusion, je n'ai plus besoin de divertissements pour supporter de vivre en fuyant la vie. Mais j'ai besoin, tout simplement, de chaleur humaine, quelque décevante et méprisable que m'apparaisse cette humanité. N'ayant plus la latitude de fréquenter la communauté des socialement vivants, je suis sensible à ces personnes délaissées, résignées, à ces cirons pitoyables que je suis destiné à rejoindre bientôt, dont à bien des égards je fais déjà partie.

Rue du Jeudi, à quelques numéros de chez moi, habite au rez-de-chaussée sombre d'une maison délabrée une vieille dame enfermée dans ses souvenirs, propriétaire d'un chat énorme et sauvage, sale, ébouriffé, volontiers agressif. Lors de rencontres involontaires dans la ville, je l'ai sollicitée à plusieurs reprises, à mon arrivée, pour connaître les commerces et adresses utiles du quartier : épiceries, pharmacies, laveries automatiques, bureau de poste, etc. Ainsi avons-nous sympathisé en quelque sorte, au point qu'elle me reçoit chez elle assez régulièrement en m'offrant un café. Nous mettons nos misères en commun, dans des monologues caverneux, en laissant la télévision fonctionner sans la regarder, ne jetant vers elle, sporadiquement, qu'un coup d'œil distrait. Ginette Millerat fut concierge pendant des années à Paris dans le Treizième, celui d'avant l'invasion asiatique, ce qui signifie qu'il y a déjà fort longtemps. Sa fille, une souillon portée sur la bouteille, jadis rendue mère par les œuvres d'un Arabe en rut, est aujourd'hui une femme mûre exerçant la fonction de fille de salle dans l'un des établissements dans lesquels je survis. Son petit-fils, repris de justice, vit d'expédients divers, et l'appelle, on ne sait trop pourquoi, « tata Ginette ». C'est que Dame Millerat ne brille pas par la distinction. Elle porte des chaussons en acrylique bleu turquoise, fume comme un pompier d'immondes Gitanes maïs qu'elle a aujourd'hui grand-peine à trouver, se farde comme Jézabel, sent l'urine et ne cesse de pester contre la hausse des prix, mais aussi contre la bêtise (elle ne dit pas « bêtise »…) des Français bavards et versatiles comme les Italiens, mais prétentieux comme les Juifs. Son mari aujourd'hui décédé était garçon de café au Canon de Grenelle, dans le Quinzième, à une époque où les journées de travail étaient de douze heures, au bas mot. Il souffrait de varices dès l'âge de trente-cinq ans, à cause de stations debout interminables. Il avait les dents gâtées, l'haleine lourde « qu'appelait pas le baiser », me dit-elle volontiers ; il buvait, comme beaucoup de ses collègues, dépensait une bonne moitié de sa paie journalière en apéritifs consommés en particulier dans d'obscures salles de billard, et jouait aux courses, non sans la tromper, à la Foire du Trône, « à la hussarde », debout, le dos de sa conquête appuyé aux murs de la buvette, avec des grisettes vénales. Les toilettes de leur logement sans salle de bains, doté d'une minuscule cuisine graisseuse envahie par une crasse séculaire, étaient sur le palier, de sorte qu'ils avaient pris l'habitude de faire leurs besoins dans des pots de chambre qu'ils vidaient chaque matin. Autant dire que les odeurs étaient puissantes dans la maison, mêlant les relents de frites et de rôt aux effluves puissants du contenu d'entrailles trop ou mal sollicitées. Ils avaient eu un fils étonnamment éveillé qui, dégoûté par cette infection, cette vulgarité ordinaire, ces mauvaises humeurs saturées de pénibles odeurs, fuyait le foyer autant qu'il le pouvait, et avait cru trouver l'élégance, le chic, l'intelligence, l'élévation spirituelle dans la fréquentation des sodomites de la place du Châtelet, frottés de théâtre et volontiers figurants. Il en était devenu tout jeune et irrévocablement membre de la bougrerie. Le père irascible, qui avait certains principes élémentaires et quelques sains préjugés, mais qui n'avait aucune psychologie, lui avait cassé la gueule et l'avait chassé du logis. Ce dernier en avait conçu une animosité telle qu'il n'avait pas daigné assister à l'enterrement de son géniteur. Mais sa mère n'avait pas perdu tout contact avec lui, malgré ses tares, ses amours de pissotière et ses relations sordides. On avait bien tenté de lui faire prendre de bonnes habitudes en l'emmenant de force au bordel, rue des Dames, près de la place de Clichy, mais il n'était parvenu qu'à se recroqueviller sur lui-même, en pleurs et terrorisé, à côté du lit de la grosse putain bienveillante chargée de le déniaiser.

Il me fut donné d'apercevoir de temps à autre l'oiseau, un peu plus âgé que moi, dans l'ergastule de Madame Millerat. Ce qui me frappa, c'est la puissance de l'amour maternel, fait de patience, de résignation, d'indulgence et de fatalisme tendre, comme si, par une fatalité providentielle, condamnées à souffrir de l'ingratitude et des désordres de leurs enfants, les mères renouvelaient leur amour, comme reconnaissantes, dans les déconvenues qu'ils leur infligent. J'ai pu mesurer, moi qui n'ai jamais eu d'enfants et qui n'en aurai jamais, ce que peut avoir de réparateur une relation familiale, non seulement pour les membres de la famille mais pour les observateurs de ces vies de famille, et combien il importe — par-delà les exigences pourtant légitimes de la moralité, par-delà les règles de la justice — de cultiver une intelligence du cœur, en consentant à affronter les risques d'une patiente indulgence coupable afin d'éviter les effets d'un rigorisme abstrait. Je préfère de beaucoup, à la formule éculée de Pascal, celle de José Antonio Primo de Rivera : « La raison a sa manière d'aimer comme ne sait pas le faire le cœur. » Et malgré tout, dans ces rencontres avec ma vieille sorcière poudrée, dont la coiffure à frisettes obtenues par d'antiques bigoudis sentait un mélange d'ail cuit et de parfum bon marché, j'ai entrevu l'existence de ce qu'il est convenu d'appeler le cœur, qui n'est ni l'intelligence, ni la volonté, ni le sentiment à proprement parler, mais quelque chose qui tient de tout cela sans en être un composé. C'est que, elle et moi, conscients de notre déchéance, nous ne jouions l'un face à l'autre aucun personnage, nous n'étions pas en représentation, nous ne cherchions pas à nous justifier, nous ne nous jugions pas ; nous osions, sans toutefois nous y complaire, nous montrer nos laideurs, et compatir sans le dire. Et c'est une espèce de pitié lénifiante, à toute distance de cette connotation méprisante que l'on croit stupidement discerner dans un tel sentiment, qui émanait de nos contacts. Il lui est arrivé de me proposer, sans façon, de me recoudre un bouton de chemise, ou de donner un coup de fer à mon pantalon défraîchi ; je lui ai offert parfois des fleurs, un magazine imbécile, des cartes postales de mauvais goût ou des nougats, ou encore un sac de croquettes pour son chat ; c'est par des petits riens de cette espèce, quand on a tout dit sur le genre humain, que s'apaise le désir nihiliste de se coucher pour la dernière fois. Ginette Millerat m'a aidé, un temps, à tenir le coup. C'est grâce à elle que j'ai accédé à la joie — le mot n'est pas trop fort — de savoir, en apprenant à l'accueillir avec gratitude, ne rien attendre d'autrui que ce qu'il consent à donner effectivement. Malgré son exemplaire vulgarité, Ginette me dévoila qu'il me serait peut-être possible, un jour, de me réconcilier

non seulement avec le genre humain, mais encore avec la gent
féminine.

Avec ses sarcasmes lancés contre ses contemporains et concitoyens, elle était savoureuse, dans ses mimiques d'Auguste
de cirque, révélant un sens de la réalité non effrayé par la perspective des plus noirs lendemains. Elle savait que ces « petits
cons des Écoles » qui dirigeaient le pays étaient des faquins
idéologiquement nuls ; que les puissances d'argent avaient mis
les mains sur tous les vecteurs de conditionnement des mentalités ; que des « associations » prétendument libres (supposées
« organisations non gouvernementales ») et spontanément
nées du bouillonnement de la société civile étaient, en vérité,
des moyens de pression téléguidés par les Frères et les Juifs ;
que les médiats et l'histoire officielle étaient menteurs. Dans sa
toute petite jeunesse, elle avait vu les Allemands de près, elle
savait à quoi s'en tenir à propos de leur « barbarie » et de l'héroïsme de la « Résistance ». Mais elle avait eu le loisir de constater que les pulsions de générosité suicidaire et utopique de
l'esprit de « 68 » étaient devenues, intériorisées, le contenu
désormais tenu pour « normal », comme allant de soi, non seulement de la jeunesse d'aujourd'hui, mais encore des cinquan-
tenaires et mêmes des plus vieux. L'un des signes les plus certains de la décadence est que les vieux deviennent aussi naïfs
et abrutis que, de tout temps, peuvent l'être les jeunes. Et il est
vrai que le plébiscite de l'accueil des « immigrés », la ratification du « mariage » entre paires d'invertis, et autres énormités
contemporaines, n'étaient pas le fait des seuls journalistes stipendiés et maîtres obscurs de la République ; elles devenaient
véritablement spontanées, et c'était encore plus alarmant que
de se savoir l'objet de la tyrannie d'une minorité. Elle avait
compris, et contribua à me faire comprendre qu'il n'existe pas,
en vérité, de différence tangible entre pays réel et pays légal. Je
me souviens encore de ses propos désabusés sur l'exaltation
féministe du travail, entrevue par elle telle une ruse à triple
détente évidemment inavouée. En accédant à l'indépendance
financière par la vie professionnelle, les femmes « libérées »
s'épuisaient à gagner un temps tout consacré, en fait, au travers

de leurs rêves de grand amour, à se trouver un mari pour les dominer et pour leur faire des enfants, ce qu'elles eussent obtenu si elles n'avaient pas été tourmentées par la démangeaison de la liberté. Quand elles s'apercevaient de leur méprise, il était trop tard, elles étaient trop vieilles. De plus, sous couvert de les enrichir, on multipliait par elles le nombre de salariés exploitables, ce qui avait pour effet de faire monter les taux de chômage et de faire pression à la baisse sur les salaires. Enfin, en empêchant la constitution de familles nombreuses, en multipliant les facilités contre nature et criminelles du malthusianisme, on favorisait une crise démographique permettant aux fossoyeurs de l'identité nationale d'organiser l'invasion des pays occidentaux par les ressortissants du Tiers-monde. Il est difficile de ne pas saisir, dans la concomitance et la solidarité logique de ces effets, un plan élaboré de longue date. C'est ce que les « petits cons des Écoles » se révélaient impuissants à comprendre.

Pendant des années, au vrai depuis toujours, j'ai été un homme normal aux comportements prévisibles. Je dis « normal » — on l'a compris — au regard des critères acceptés, sociologiques, de la normalité : issu d'un milieu prolétaire aisé, à la lisière de la petite bourgeoisie, j'ai suivi des études supérieures qui m'ont mené à la condition de membre de la piétaille à demi-cultivée dont la République, dans l'Alma Mater, fait ses commissaires politiques. J'étais assez « bien dans ma peau » d'homme moyen, socialement intégré, conformé aux canons de l'honnête homme du XXe siècle destiné à passer à ceux du XXIe le flambeau subjectiviste hautement subversif de la modernité. Mais en fait, je le sais aujourd'hui, il n'y avait personne derrière cette « peau », ou plutôt : ce qui était dessous passait tout entier en elle, ne prenait consistance qu'en elle, sans retrait et sans reste inexprimé, et ainsi je coïncidais avec la surface de moi-même ; j'étais « bien » sans savoir que je n'étais pas, voulant ignorer qu'il n'est pas d'intériorité, de richesse cachée, qui ne soit souffrance. J'ai tenté de décrire le processus du changement qui s'était opéré en moi, à raison duquel je suis rentré en moi-même pour faire de ma peau à la fois un bouclier et un masque. La question du bonheur ne s'était jamais vraiment posée à moi, elle s'était résolue avant même que d'être posée : être en phase avec son monde tel qu'il est et tel qu'il prétend avoir le droit d'être, c'est-à-dire avec toute la réalité, afin de mettre en pratique les impératifs de la vulgate hédoniste en sa version utilitariste ; cumuler le plus grand nombre de plaisirs au prix du plus petit nombre de déplaisirs ; le bonheur ainsi conçu, réduit au plaisir, est bête comme chou, il ne contient aucun mystère, il est maîtrisable à loisir, et tout le monde peut y accéder.

Je dirai même que tous les hommes, dans cette perspective, sont également heureux : la réduction du bonheur au plaisir est éminemment démocratique, elle est tellement solidaire de l'idée démocratique que l'on ne saurait être démocrate sans, de manière inavouée, consentir à une telle réduction. Ce n'est pas là une provocation. Je sais bien qu'il y a des beaux et des laids, des chanceux et des malchanceux, des bien dotés et des indigents, et il n'y a pas lieu, au reste, de s'en indigner. Mais il me semble que le rapport des plaisirs et des déplaisirs, supposé mesurer le degré de bonheur de chacun, est identique pour tous. Le magnat qui perd une fortune en Bourse ne souffre pas plus que le clochard qui se fait ravir son camembert. Mademoiselle Univers souffre plus de ses varices naissantes que n'en souffrira la paysanne, mais en retour sa vanité sera plus flattée. Inversement, les délectations du prolétaire savourant un sandwich accompagné d'une pinte de bière égalent en intensité celles de l'industriel qui dîne chez Lasserre. Et les hurlements de Johnny Hallyday inspirent à l'ouvrier des élans sentimentaux aussi puissants que les pleurs du quintette pour clarinette de Mozart n'en suscitent dans l'âme du mélomane averti. Quand mes élèves agités entendent le bruit strident de la sirène annonçant la fin du cours, ils ont autant de plaisir que lorsque les députés européens sont libérés d'une session fastidieuse. Quand le tôlard obtient sa libération anticipée et se précipite dans l'antre d'une fille publique, le degré de son plaisir est aussi intense que celui du cadre moyen obtenant une promotion flatteuse. Que le rapport des plaisirs et des déplaisirs, dans le déroulement d'une vie d'homme, soit identique pour tous, explique que les inégalités économiques soient si aisément supportées, dussent-elles l'être à contrecœur ; elles sont sans cesse dénoncées, et en même temps elles ne suscitent pas de réaction révolutionnaire. Car enfin, quand une société se propose méthodiquement pour fin d'améliorer indéfiniment les moyens d'existence, c'est-à-dire d'accroître la quantité et la variété des plaisirs, outre le fait qu'elle devient absurde (les moyens deviennent des fins), elle est mise en demeure de flatter indéfiniment, par une publicité brutalement invasive, les appétits des consommateurs. Il n'est plus question dans ce contexte de faire mesurer les besoins par un état social, comme en ces temps ordonnés où le chevalier seul avait besoin d'un destrier et d'une armure, quand le laboureur seul pouvait aspirer à posséder un percheron : n'importe qui ne consommait pas n'importe quoi, et il ne serait venu à l'esprit de personne d'essayer de vendre n'importe quoi à n'importe qui. Tous les hommes, dans nos sociétés avancées, doivent être tenus pour également consommateurs, et il ne se peut pas — ce faisant — qu'ils n'en viennent pas à se vouloir des consommateurs égaux. Pourtant, la compétition entre producteurs requise par l'efficacité industrielle induit nécessairement une inégalité croissante, et donc des frustrations incessantes. Les sociétés libérales sont donc, nécessairement, des machines à produire de l'envie, par là, de la haine, laquelle devrait se consommer en violence révolutionnaire, ce qui n'a pas lieu, pour le malheur des hommes. C'est donc au fond l'art diabolique de réduire le bonheur au plaisir qui, en dernier ressort, en même temps qu'il asservit les peuples et les rend méchants et amers, les émascule en les rivant à leurs vices. Cela dit, que la complexe machine à produire massivement du plaisir — laquelle fait croire à l'identité du bonheur et du plaisir — en vienne, par une crise économique non maîtrisée, à s'enrayer, alors cette identité fictive devient moins incontestable ; l'identité, pour tous les hommes, du rapport entre plaisir et bonheur n'est plus le garde-fou des effets de la frustration et de l'envie ; alors se mettent en place les conditions d'une insurrection populaire.

Madame Millerat comprenait tout cela, d'intuition, et elle était pour le moins pessimiste. Mais, avec une bonté que j'ai toujours été incapable d'acquérir, elle ne méprisait pas vraiment son prochain. Elle n'avait de cesse, sans pour autant négliger leur responsabilité, de dire que si tant de bonshommes sont des « baltringues » aussi méchants que bêtes, si tous les hommes sont potentiellement des salauds, c'est parce qu'ils ont été humiliés, qu'on leur « avait fait des coups en vache », qu'ils sont meurtris par d'autres et qu'ils ne savent plus quoi faire de leur agressivité sortie, qu'il faut bien qu'ils la laissent se dégorger ; que depuis qu'il y a des hommes on transmet à ses semblables innocents, pour n'en pas être étouffé, un capital de haine qui les rend méchants eux aussi, dans une infernale réaction en chaîne que presque personne n'avait le courage de briser en prenant sur lui de digérer sa haine « sans emmerder son voisin ». Elle ne méprisait pas son semblable, elle le plaignait, imaginant que sa propre mort prochaine serait comme le prélude à l'agonie du monde, dans un pressentiment qui la dispensait de nourrir quelque regret que ce fût à l'égard de la vie.

Cela dit, que tout le monde pût être également « heureux » m'avait donné, dans ma longue vie d'inconscience, une espèce de bonne conscience confortable, telle la confirmation du bien-fondé de mon point de vue sur la question du bonheur. En même temps, cette bonne conscience me dispensait de m'intéresser à mon prochain.

Être spectateur pur permet de dissiper les troubles émotionnels qui masquent l'accès à une vision objective de la réalité, ainsi d'accéder, jusqu'à un certain point, à sa compréhension. Mais me mettre à la comprendre me fit connaître qu'elle avait un envers, un dedans au-delà de ses apparences obvies. Et c'est ainsi qu'elle renvoya le spectateur que j'étais au-dedans de lui-même. Si, pour m'expliquer, il m'est permis, à défaut de leur assigner les mots techniquement adéquats, de tenter de donner un visage à mes concepts, je dirai que le sens, en général, ne subsiste que dans le signe qui, en retour, n'est qu'à renvoyer au sens : si le baiser amoureux se révèle irréductible, en son essence, à un échange de gaz carbonique, c'est parce que la plasticité des matières qu'il met en mouvement est comme investie d'une intentionnalité affective qui, en retour, ne s'actualise que dans l'échange physique, tout comme une caresse qui, dès le stade physiologique de la sensation, touche non la peau mais la personne. Si le sens et le signe se présupposent réciproquement, tout comme le dedans et le dehors du réel, c'est qu'il est nécessaire de posséder l'un pour accéder à l'autre, lesquels, cependant, ne se donnent que de manière successive, et cela serait strictement impossible s'ils ne s'identifiaient l'un à l'autre dans un troisième terme qui est, en vérité, le premier ; ils s'identifient dans la cause dont ils procèdent, et qui est aussi cause de leur congruence. Nicolas de Cues, pour représenter cette unité de l'intérieur et de l'extérieur, évoquait une sphère dont le centre est partout et dont la circonférence n'est nulle part : douée du pouvoir de se contracter au point de se réduire à son centre, et de se détendre à l'infini sans cesser d'être réduite au centre, une telle sphère fait s'identifier son centre à tous les points de l'espace tout en renvoyant sa circonférence pourtant spatiale au-delà de l'espace ; or cette concomitance de diastole et de systole désignait, dans l'esprit du philosophe, à la fois la forme de l'univers, celle de l'âme humaine et celle de Dieu. Comprendre que le réel, en moi et hors de moi, a un dedans, c'était pour moi poser la question de l'absolu, unité du Moi et du Tout, autoposition du Tout dans la forme de la Moïté. Et c'est bien là ce qu'il est convenu de nommer Dieu.

Une telle advenue de la vie intérieure ne pouvait pas ne pas m'inviter à reposer — ou plutôt à poser — la question du bonheur. Mais j'entrevis en même temps qu'on ne pouvait s'interroger sur l'essence du bonheur sans poser la question de la religion.

J'ai dîné il y a quelques jours dans un restaurant d'Alençon, près de la gare bien sûr, en solitaire évidemment, accompagné d'un mauvais roman policier dont je ne lus que quelques pages. Je viens de comprendre pourquoi j'aime les gares. Pleurant comme un veau dans les colonies de vacances où mes parents tentaient, aux beaux jours, de dresser les travers de ma mauvaise nature en me pliant à la vie de collectivité, j'oubliais de temps à autre mon chagrin en me captivant pour les jeux auxquels les responsables tentaient de m'intéresser. Puis brusquement, envahi par le sentiment de trahir ma tristesse, mais avec elle par la charge d'espérance dont elle faisait négativement mémoire, je refoulais mes larmes et mon désir de geindre, me ressaisissais brusquement, agité d'un soudain et méthodique emportement ; je ramassais fébrilement toutes mes affaires et me mettais, obstinément, à tourner en rond sans me lasser.

« Qu'est-ce que tu fais là, Paul ? Tu crois, mon grand, que tu pars en voyage ? Va jouer avec les autres, reste pas dans nos pattes. C'est bien un gosse à problèmes, un fils unique.

— Non, non, on va venir me chercher, maman va arriver bientôt, j'ai tout avec moi, il faut être prêt. »

Et j'observais d'un air grave les portes de la grille d'entrée de la propriété, soucieux d'accélérer, par mon attente ostensible, le retour de ceux qui me libéreraient. Bien sûr, je voulais ignorer que trois longues semaines me séparaient encore de ma délivrance. Aujourd'hui, je crois que ce goût pour la proximité des gares relève du même mécanisme : je suis en prison, ou en quarantaine, ou en exil partout où la vie me fait échouer, et la gare est le symbole du départ pour la patrie, le foyer, les miens, le réconfort et la sécurité.

Tout en avalant mes andouillettes accompagnées d'un Bordeaux seulement buvable et dont la médiocrité qualitative était compensée par la quantité déraisonnable, je laissais fonctionner mon oreille en direction du bar. Un homme seul racontait ses misères à l'employée qui le servait. Il avait les gestes lents et le débit verbal hésitant d'un homme qui se sait en passe de se retrouver ivre mais qui tient à conserver sa dignité, et qui ne se laisse pas aisément surprendre par les effets de l'alcool. Les bruits devaient lui parvenir très atténués, parce qu'il ne se rendait pas compte qu'il parlait assez fort, en dépit de ses efforts de discrétion, et que je ne perdais rien de son propos lamentable.

« Mon histoire est banale, vous savez, tout ce qu'il y a de plus commun, et nous sommes tous, les cocus ivrognes, conscients de ce qu'il y a de commun dans notre condition. C'est gentil de m'écouter, ça vous fera rire, à défaut de vous passionner ; je sais que ce n'est pas passionnant ; vous êtes une brave fille.

Je me suis marié avec une femme beaucoup plus jeune que moi. J'étais dans les assurances. C'est pas très glorieux comme métier, c'est pas très gratifiant pour une épouse, mais ça peut être lucratif. Ah, ça n'a pas le prestige du statut de PDG, ou d'homme politique, ou d'artiste, ou d'aventurier. Avec ma tête de chien battu, j'ai pas cette étincelle de folie dans le regard qui fait qu'une femme suit un homme jusqu'au bout du monde. »

On comprenait qu'il n'avait pas toujours eu, en fait, ce visage effondré de vaincu, terrassé sans résignation ; que sa peau n'avait pas toujours été aussi halitueuse et malsaine d'homme gras transpirant son whisky, son amertume et ses regrets. Mais il n'était pas nécessaire d'être grand psychologue pour comprendre que même au mieux de sa forme, il avait toujours été un homme ordinaire, un pauvre type destiné à grossir la houle médiocrement agitée des perdants.

« Non, ça n'est pas très glorieux, ça n'en jette pas comme les "Médecins du monde", qui d'ailleurs sont des petits cons, ils s'offrent à bon compte le rôle de sauveurs de l'humanité, généreux et désintéressés et tout et tout, alors que leur premier souci, après l'argent et la notoriété, c'est de se payer, avec leurs médicaments et leur prestige, des filles à tire-larigot dans les pays où ils sévissent. M'enfin, bon. J'étais pas un jeune premier, mais je lui offrais la sécurité, la patience, la douceur, une relative aisance, et je lui foutais la paix, j'étais pas exigeant. Elle dépensait sans compter pour ses machins de femme, ses fringues et ses produits de beauté, elle me prenait à témoin, fallait que je m'extasie, que je lui sois toujours reconnaissant de partager son plumard et sa vie, et je l'étais sans me forcer ; pour moi cette fille, c'était le Pérou ; ça, elle était capricieuse, c'est rien de le dire. Quand je l'ai rencontrée, elle était neurasthénique, c'était pas un cadeau, elle s'était fait souiller par une multitude d'aigrefins, je la plaignais, je voulais pas savoir qu'elle l'avait probablement cherché. Madame avait des exigences culturelles, fallait qu'elle ait la possibilité d'exprimer les élans de son âme, elle a essayé d'apprendre à dessiner et à peindre, elle arrivait à rien et elle se lamentait devant ses croûtes, elle m'en rendait responsable, que je savais pas l'inspirer, que j'avais aucun goût, que j'étais trop prosaïque, que je la déconcentrais. Après elle retombait dans la déprime : "je suis une merde, je ne sais rien faire, tout m'emmerde, bonne à rien, même pas à te réjouir le bas-ventre" ; et je la rassurais, et elle me serrait dans ses petits bras, et je la flattais en mentant généreusement. Et puis ça recommençait, les doléances, les chantages, les mensonges grossiers, les dépenses et tout le bataclan. »

L'homme poursuivait son exposé, douloureusement mais sans larmoyer. Il expliqua qu'un jour, par une espèce très impure d'aspiration romantique à la pureté, de retour aux sources et à l'authentique, elle s'était mis en tête de retourner à la vie naturelle, de vivre à la campagne, au milieu des oiseaux et des « bons paysans ».

« Comme si les paysans d'aujourd'hui étaient bons ! Ils l'ont jamais été : fourbes, âpres au gain, envieux et médisants ; comme s'ils étaient "naturels" ! C'est les plus grands pollueurs, aussi pourris que les gens de la ville qu'ils n'arrêtent pas d'imiter en les jalousant. J'avais encore à l'époque des économies assez substantielles, je projetais de prendre ma retraite et de nous installer à Paris, dans un appartement modeste mais coquet — c'est déjà foutrement cher un quatre pièces en plein Paris, croyez-moi, le prix suffirait largement à vous acheter votre beau restaurant — du côté de la rue Monge, vous connaissez pas mais ça fait rien, c'est un joli coin plein de charme, avec une vie de quartier presque provinciale, un marché en plein air. Jadis, je pouvais apercevoir, le dimanche matin, l'écrivain Jacques Perret — vous connaissez pas non plus mais ça fait rien — s'acheminer lentement, à pied, appuyé sur le bras de sa petite-fille, avec son mouchoir rouge autour du cou, vers Saint-Nicolas-du-Chardonnet, pour la grand-messe. Pas très loin de là, il y avait un restaurant de couscous assez correct, rue de Bièvre, juste en face de l'hôtel particulier de François Mitterrand. J'y allais assez souvent pour flâner et pour affaires. Bref, ma petite femme m'a tanné pendant des mois pour que je renonce à ce projet. On a visité des tas de maisons en province, elle a eu le "coup de foudre", aussi peu éclairé que le reste de ses envies, pour une espèce de grande baraque flanquée sur huit hectares, au milieu de la cambrousse, loin de tout. Dans l'Orne dite profonde. Il y avait sur ce terrain des sangliers et des chevreuils, et des lièvres en liberté, avec tout un tas d'autres bestioles ; elles y sont toujours, mais moi j'y suis seul avec elles maintenant. Le type qui vendait nous a vus venir ; avec son sourire mielleux et ses yeux durs, il a compris tout de suite que j'étais un cave, un pigeon mené par son tendron par le bout du nez, et qu'elle était une petite conasse bavarde complètement déconnectée de la réalité. Il faisait beau, il y avait du soleil et des fleurs partout, ça sentait le foin, il a fallu qu'on signe tout de suite, je me suis fait entuber sur-le-champ d'au moins cent mille euros. Mais c'était pas fini. Madame voulait un tracteur et tout ce qui suit, et des chambres d'amis, et un chien et des moutons ; il a fallu faire refaire la toiture, transformer une écurie en maison d'amis, mansarder et isoler des greniers, changer l'installation de chauffage au gaz, acheter du matériel, faire mettre des clôtures. J'étais inquiet évidemment, je savais qu'il me faudrait me convertir en agriculteur pour que la propriété ne devienne pas une jungle. La mare si bucolique en été s'est transformée, à la fin de l'hiver et au printemps, en masse de flotte sale et agressive, ça a débordé, il a fallu faire creuser des canaux d'évacuation. Avec tout ça, ma jolie était tout le temps sale, crottée même, à cause des travaux et des obligations liés à l'entretien du terrain ; elle s'est aperçue que les guêpes piquent, que le travail physique fatigue ; il y avait des frelons asiatiques vindicatifs et vraiment dangereux, et des couleuvres énormes, et des souris, araignées, mulots, cafards, mouches, fourmis, puces, tiques et autres saletés avec lesquelles il fallait vivre. Ma Sabine s'est vite dégoûtée, elle pouvait plus voir la campagne en peinture. Sans compter que ses petits copains artistes, théâtreux, psychologues, branchés écolos, aussi faux-culs flagorneurs qu'égoïstes et cruels par plaisir, vous pensez bien qu'ils risquaient pas de venir gentiment partager avec Sabine ses rêves de bergère ; il y en a pas un qu'est venu, elle avait plus de public pour faire son cinéma devant, et alors là elle s'est sentie vraiment confrontée à la réalité qu'elle fuyait depuis toujours. Ça n'a pas traîné longtemps, elle a seulement jeté un coup d'œil pour s'en détourner vite fait, de la réalité.

Elle en est venue à me reprocher d'avoir acheté là, de lui avoir imposé une vie rude qui offensait ses états d'âme, elle m'a jeté un ultimatum : tu vends ou je m'en vais. Quand je me suis résolu à vendre, j'ai appris, de la part des notaires et agents immobiliers goguenards, que ma baraque serait difficilement vendable, et que je perdrais entre deux et trois cent mille euros, si l'on tient compte des investissements opérés. Et alors là, que voulez-vous, malgré mon besoin de sentir son petit fessier chaud coincé dans mon ventre le matin quand je me réveillais tout ému et infiniment lâche et faible, j'ai tenu bon : on ne peut vendre tout de suite, je perdrais quarante ans d'économies, il faut attendre au moins cinq à dix ans, et plus près de dix que de cinq, que les prix consentent à remonter un peu.

Elle est foutue le camp avec la voiture et les chéquiers et ses fringues et ses bijoux, elle a fait la java au Mans pendant des mois avec un gigolo de passage qui l'a dépouillée ; elle a bouffé des sommes considérables, et comme un benêt je l'ai laissée faire, attendant qu'elle consente à revenir. Bien sûr qu'elle reviendra pas ; je me suis fait couillonner, je suis un type fini. Elle est repartie sur Paris, aux dernières nouvelles, pour se trouver un autre protecteur. Et moi je suis ici, avec cette baraque que je suis incapable d'entretenir convenablement. Si j'arrive à vendre, je perdrai encore plus d'argent que prévu. Il me restera à tenter de me faire accepter dans une maison de retraite qui pue la mort. Voilà mon destin, ma petite dame, c'est-y pas exaltant ? Remettez-moi un autre Ballantine's, faut bien que ma retraite serve à quelque chose. »

La serveuse lasse, qui avait l'habitude de ce genre de confidence, le servit lentement avec l'esquisse d'un sourire déformé par la pulsion d'un bâillement que, en sa simplicité, elle ne chercha pas à dissimuler.

« C'est quand même quelque chose, mon pauvre Monsieur, se mit à déclarer Jeanine la serveuse ; on se demande pourquoi il y a des gens qui donnent l'impression d'exister seulement pour emmerder leurs congénères, qui n'aiment personne en fait, ne font aucun effort pour s'adapter, parce qu'ils n'aiment qu'eux-mêmes ; et ils n'aiment qu'eux-mêmes parce qu'ils ne s'aiment pas, ils sont pas ce qu'ils voudraient être ; résultat : ils emmerdent la Terre entière, on ne sait par quel bout les prendre, ils finissent toujours par vous mordre et par vous chier dans la main que vous leur tendez ; ça fait des histoires toujours et partout ces filles-là. Mais vous vous abîmez la santé Monsieur Jean, et vous vous ruinez à boire comme ça, votre sauterelle n'en vaut pas le coup. Vous pourriez avoir encore des bonnes années devant vous. Plus vous essayez de noyer votre chagrin dans les bars, plus vous lui donnez raison, au fond : vous vous comportez comme un perdant. C'est pour vous que je dis ça, moi ça m'arrange de vous avoir comme client, vous essayez pas de me draguer et vous êtes tellement gentil, vous faites pitié, c'est dit sans méchanceté. »

Je me demandais, dans mon coin, une tasse de café à la main, pourquoi en effet il existe tant de personnes si difficiles à vivre, tant de profils humains si ingrats qu'ils en sont propres

— tels ces bâtons brenneux qu'on ne peut tenter d'attraper sans se salir — à vous dégoûter *a priori* de l'existence du genre humain. S'il est vrai que le rapport des plaisirs et des peines est identique pour tous, si par ailleurs toute pulsion agressive naît d'une frustration, la quantité de méchanceté dont chaque homme est porteur devrait être identique pour tous. Or ce n'est manifestement pas le cas. Il y a des gens à problèmes qui sont exceptionnels dans leur genre. L'idée me vint que cela venait de la donnée suivante : tous ne sont pas également dotés de la même aspiration à justifier leur existence. Jeanine et son interlocuteur malheureux — elle plus que lui d'ailleurs, qui manifestement se posait des questions — faisaient de toute évidence partie des « gentils », ceux pour lesquels l'acte d'exister n'est pas un problème. Ils se contentent de faire leur temps sans éprouver le besoin de se demander à quoi un tel temps devrait servir. Telles des marionnettes, ils font trois petits tours et puis s'en vont, ils sortent par hasard des tourments impersonnels de la matière, et puis ils retournent dans le néant sans faire d'histoire, en essayant seulement de ne pas trop souffrir. Que ceux qui ne sont pas « gentils » fassent un usage pénible pour autrui — injustifiable, injuste et proprement odieux — mais aussi en fait pour eux-mêmes de leur malaise existentiel n'en révélait pas moins, en eux, un souci en son fond métaphysique. Et cela même me confirmait dans l'idée que le bonheur ne saurait consister dans la somme des plaisirs, diminuée de la somme des déplaisirs.

Jeanine ne comprenait pas le véritable mécanisme psychologique animant son client lamentable. Il se fait du mal, pensait-elle, à ressasser ses déboires passés, et sa manière de les oublier dans l'alcool n'est pas la bonne méthode puisqu'il s'abîme physiquement par là. Mais en fait il entretenait, par la boisson, l'acuité douloureuse de ses souvenirs, il voulait être malheureux, se réfugiait en son malheur suicidaire, afin de se dispenser de faire naître en lui le souci de la vraie nature du bonheur, parce qu'il pressentait, à juste titre — je l'ai compris plus tard — qu'elle est paradoxalement assomptive de souffrance, mais de souffrance plus terrifiante que l'autre, parce qu'on ne peut l'affronter qu'en la voulant. Il n'est pas de bonheur sans consentement guerrier à la souffrance, c'est là probablement la raison de la nature énigmatique du bonheur, de sa rareté et de son inaccessibilité. C'est aussi pourquoi si peu de gens sont heureux. Ils ne le sont pas parce qu'ils ne veulent pas l'être.

Dans ma réflexion sans contours précis d'homme rêveur digérant, je revenais sur mon enfance, plus curieux de discerner les raisons de l'émotion que ces souvenirs suscitaient que de me livrer à la délectation de la faire vibrer. L'enfance est faite pour passer, me disais-je. Les inadaptés, les perdants, les ratés, les insatisfaits, sont tous ceux qui n'ont pas voulu se rendre victorieux des délices de l'enfance, laquelle est en dernier ressort non un état parfait qui aurait raison de fin, mais une espèce de matière sacrificielle de genèse de la maturité. L'esprit d'enfance tant vanté, c'est le despotisme des petites brutes capricieuses hantées sans le savoir par une ambition naissante infinie, et impersonnelle parce que naissante. C'est l'exigence, monstrueuse dans sa candeur, de petites natures ingrates, égoïstes, spontanément criminelles sans une once de remords et de compassion. C'est aussi celui, il est vrai, de la curiosité naïve, de la confiance touchante, de la reconnaissance à l'égard des adultes non encore corrompue par le souci de l'amour-propre. C'est l'esprit de l'émerveillement, la révélation d'un pouvoir d'étonnement que les préoccupations de la misère quotidienne envahissante n'ont pas encore étouffé, bientôt happé qu'il est par le trou noir du souci de soi. Mais les deux acceptions sont en fait si intimement liées dans le même sujet qu'elles ne peuvent se contenter de coexister sans nourrir l'une à l'égard de l'autre une inavouable complicité, qui confère dignité au premier aspect, et leste le deuxième d'une ambiguïté suspecte. Le deuxième aspect de l'esprit d'enfance, c'est en vérité l'appel, dans le petit d'homme, de cette fraîcheur que l'enfant n'a pas encore et qu'il a vocation à conquérir. Il en est de l'esprit d'enfance comme du « naturel », résultat précaire d'une longue et difficile éducation. Sacraliser l'enfance comme on le fait aujourd'hui, c'est inviter l'homme à adorer l'homme. Un « bon petit diable » reste un diable, une subjectivité visqueuse, une intériorité répulsive, abjecte en tant que non soumise à une fin qui se la subordonne et seule la justifie.

Ce que je regrette dans ma vie d'enfance, c'est cette moiteur confortable qui correspond à cette partie actuellement non aboutie de moi-même, que j'aime en la sachant non aimable. Ernest me le disait souvent, avec cette agressivité dans l'amertume destinée à conjurer la tentation du désespoir : « C'est Paul Léautaud qui a raison contre Hugo. "Lorsque l'enfant paraît, le cercle de famille applaudit à grands cris…" Connard ! Lorsque l'enfant paraît, "je prends mon chapeau et j'en vais". Les enfants ne sont bons que de cette bonté propre à la maturité conquise qui s'anticipe dans l'enfance et lui fait crédit de ses propres perfections. »

Ces considérations me faisaient aboutir, moi qui suis tenu pour un pédagogue professionnel subissant la tyrannie doucereuse de l'esprit maçonnique, à l'idée qu'une orthodoxie coercitive est supportable, qui prétend élever l'homme et l'orienter vers le haut ; qu'un dogmatisme de la tolérance concocté pour sommer l'homme d'adorer l'homme en l'homme a quelque chose de monstrueux et d'absolument intolérable, qui vraiment dispose au crime de manière invincible. La fin des temps, pour les catholiques, se caractérisera par la perte presque totale de la charité : on y tuera son prochain pour la plus petite blessure d'amour-propre. Et tel est ce résultat en lequel se consomme l'esprit de tolérance et de respect contemporain de la personne humaine, cette cité mondiale de la haine construite par des prêtres sataniques que j'imagine aujourd'hui devoir ressembler à ces figures aux visages effroyablement calmes et doux, en blouses blanches de scientifiques éclairés, qui m'inspiraient une grande révérence accompagnée d'espérances inouïes, et qu'il m'était donné de voir opérer, enfant, au Palais de la Découverte, manipulant les éprouvettes : société dirigée par des savants qui n'élèvent jamais la voix, en lesquels la morale se réduit au culte de la dignité humaine, sans dogmes, sans interdits déterminés, sans cette mauvaise conscience inhérente à la reconnaissance d'un bien et d'un mal objectifs.

Des lois régissent la Nature à laquelle on ne commande qu'en leur obéissant ; les désirs humains sont en soi tous légitimes, que l'on doit apprivoiser seulement pour leur éviter de faire du mal à l'homme qu'ils habitent ou à ceux qui l'entourent, et puis c'est tout. Il n'y a pas, dans cette perspective ouatée, aseptisée, purgée de toute angoisse, de ce désir effréné infini d'infini qui hante le catholicisme, paradigme de la répression morale. J'étais encore habité, précisément, en ma honteuse admiration pour ces scientifiques, par l'esprit d'enfance. Et la répulsion que m'inspire encore le catholicisme, lequel m'intrigue et me fascine de plus en plus depuis que le passage par le jeu du spectateur pur m'a contraint de n'être plus à la surface de moi-même, est encore un reliquat non digéré de l'esprit d'enfance, modalité de la fascination de l'être en puissance insurgé contre l'être en acte, envers indéterminé de l'infini actuel, mais aussi, peut-être, miroir de ce dernier.

Je ne sais si c'est l'instinct de survie qui m'a fait embrasser le souci de la réalité religieuse afin de conjurer l'incoercible désir de dormir toujours plus, ou si c'est le souci religieux qui réveilla en moi l'instinct de survie. J'ai récemment reçu une lettre d'Ernest, qui m'invite à visiter un prêtre comme il les aime et dont il a entendu parler, et qui est installé non vraiment loin de chez moi : visite envisageable lors de vacances scolaires, quand j'aurai expédié les copies à corriger. Ernest m'a assuré qu'il ne me parlerait pas de la dignité de l'homme, mais du péché, de l'ordure qu'est l'homme, de la souffrance et de la justice de vindicte. Dans ces conditions, je veux bien tenter la visite.

Le sentiment de ma déchéance, dont la solitude est un aspect, m'a contraint de circonscrire, dans mon langage non religieux, ce que je crois être le problème fondamental de l'homme. Il peut paraître risible de prétendre exhiber, avec plus de lucidité que les autres, les données d'un tel problème. La position des données d'un problème est une opération d'autant plus difficile à exercer que ce problème est plus universel. Alors LE problème… Cela dit, s'il est vraiment universel, il est tel que tous les problèmes particuliers sont autant de modalités de ce dernier qui, sous ce rapport, est immanent à chacun d'eux, se révélant en eux tout entier, même s'il ne s'y révèle pas totalement. Il est ainsi possible à chacun, en toute circonstance, de ne pas se noyer dans la méconnaissance du problème qui le tourmente en tant qu'il est un existant conscient d'exister.

On se lève le matin, on se lave, on se rase, les femmes se maquillent, on se prépare pour la guerre : c'est un combat que d'oser se lever pour affronter une nouvelle journée aussi décevante que la précédente, et qui mène l'homme à la mort en le faisant passer par tous les désenchantements. On travaille, on mange, on se distrait ; on s'offre des satisfactions de vanité en se donnant des airs de personne intelligente incomprise ; on passe des heures au téléphone pour ne rien dire, sinon du mal de son prochain et, quant aux femmes, surtout de sa prochaine ; elles font les magasins, elles se regardent dans les glaces, elles se comparent ; elles jouissent du regard des hommes, indiscret, niais et concupiscent, auquel elles répondent par un air savamment excédé ; elles ont peur de vieillir, elles mentent, elles médisent, elles jouent sans vergogne sur les deux tableaux de la faible femme attendant protection et tous les égards que l'on doit aux choses précieuses et fragiles, et de la femme forte insurgée contre le despotisme masculin. Les hommes ne sont pas en reste : hâbleurs, veules, concupiscents, arrivistes et vénaux, grossiers, abouliques, vaniteux, obséquieux, impuissants à pardonner, fainéants, maniaques, égoïstes et mesquins, incapables de maîtriser leur force physique et intellectuelle et cédant aux abus d'autorité. On s'abrutit devant la télévision en feignant de s'informer ; on s'accroche aux plaisirs de l'amour comme à une bouée de sauvetage, les seuls qui semblent excéder par leur intensité celle de la douleur de leur manque ; on tremble de vieillir, puis on vieillit, on regrette, on s'ennuie, on s'aigrit, et l'on meurt à l'hôpital où l'on est torché par des Nègres, entouré d'Arabes et soigné par des Juifs condescendants mais grassement rémunérés par les goyim contribuables. Il n'est pas jusqu'à la famille qui ne soit décevante : trop jeunes pour être des parents en tout point responsables, les géniteurs commettent des erreurs que leur progéniture, en retour, se révèle incapable de dépasser, préférant nourrir un ressentiment irrémissible qui les dispense d'assumer leurs devoirs de piété filiale et les fait se comporter, mais en accusant leurs travers, comme leurs parents ratés, en se roulant comme des porcs dans l'ingratitude au nom de la justice. C'est peu dire que de conclure qu'on va de désillusion en désillusion, de déception en déception, de renoncement forcé en renoncement forcé.

La grande question, quand on commence à se lasser de vivre comme tout le monde, c'est-à-dire non seulement sans raison, mais sans le souci de se trouver une raison d'exister, c'est la détermination des limites.

Au vrai, on est toujours *a priori* limité par quelque bout, et c'est pourquoi il me paraît nécessaire de préciser de manière liminaire qu'il n'est pas seulement question, en fait de limites, de celle de notre taille, de notre tour de poitrine, de notre QI ou de nos héritages sociaux et biologiques, de nos performances sportives ou de notre puissance de séduction. Chacun a, comme un legs, son maximum idéal qu'au reste il n'atteint jamais, parce que l'être humain se surestime ; il est fainéant, sceptique et orgueilleux ; il préfère se dénigrer et ne rien faire, ainsi subir sa vie, plutôt que de faire avec ce qu'il est : recevoir le don de ce qui le constitue dans son être propre, qui le fait être mais qui le limite à n'être que ce qu'il est.

Une telle préférence, c'est là le plus bas degré de la révolte, mais c'est aussi son essence et la racine de toutes les révoltes. Les autres formes plus circonscrites de révolte ne l'amplifient qu'en l'explicitant, sans cesser de se nourrir d'elle. Et c'est pourquoi, comme l'enseignait Bossuet, le plus grand dérèglement de l'esprit est de vouloir que les choses soient non telles qu'elles sont, mais telles que l'on voudrait qu'elles fussent. Toute la question est de savoir si cette chose qu'est notre propre réalité a les moyens de vouloir la réalité telle qu'elle est.

Je parle en fait, en évoquant la question des limites, de disponibilité à l'égard de la réalité, parce que la limite de cette disponibilité dépend de nous. Quelle que soit la situation dans laquelle nous sommes placés sans l'avoir choisie, nous sommes confrontés à la nécessité de renoncer à certains biens qu'il nous a plu de convoiter, ce qui revient à dire que nous sommes toujours mis en demeure, à un moment donné, de crucifier nos désirs. Accepter la réalité, c'est toujours consentir à la frustration. Accepter sa condition, c'est apprendre à choisir, et choisir n'est pas moins qu'exclure, ainsi crucifier, se mutiler dans ses appétits. Toute la question est de savoir s'il est possible de faire grandir son être en mutilant ses appétits, et s'il existe un appétit de faire grandir son être.

Dans notre monde contemporain, il n'y a probablement, depuis que l'homme s'est réduit à sa subjectivité vide, plus aucune loi morale qui n'ait été ou qui ne soit destinée à être remise un jour en cause. Inutile de rentrer dans les détails, tout le monde me comprendra. Il est seulement interdit d'interdire. Il y a en retour une inflation de lois positives, parce que la vie sociale a pris la place de la vie humaine, ce que l'on appelait jadis la vie intérieure. Les principes, les religions, les valeurs, les choses même, n'ont le droit d'exister que si la société les y autorise. Les médiats sont devenus comme le critère de la réalité du réel ; c'est ce que signifie le slogan publicitaire « vu à la télé ». L'exigence morale, de manière générale, prescrit inconditionnellement de vouloir et de faire le bien : « *bonum est amandum* ». S'il y avait une condition au choix du bien, ce dernier n'aurait pas en lui-même la raison suffisante de son appétibilité ; mais hors du bien il n'y a que le mal, et il faudrait faire du mal la raison du bien, ce qui est peu intelligible, parce que le mal est privation du bien : comment pourrait-il donner ce dont il est privé ? Cela dit, parce que la vie sociale et les lois civiles se sont substituées à la vie individuelle et à la morale, la société, qui se réduit à la fusion des subjectivités qui la font être, devient cette instance qui tient lieu de juge moral suprême ; les Droits de l'Homme remplacent les Dix Commandements, les Sages du Conseil constitutionnel, maçons et juifs, ont proscrit saint Pierre ; ce sont eux qui possèdent désormais les clés du royaume des cieux ; mais ce ne sont plus les cieux de saint Pierre. D'où cette impression palpable de menace, de peur sourde, cette impression d'être étranger parmi les hommes immanquablement perçus tels des ennemis potentiels ou actuels, ce sentiment d'inquisition, opérée par des millions de caméras, par des psychologues toujours soucieux de détruire l'autorité parentale, par des inspecteurs du fisc, par des services secrets et des polices parallèles favorisées par les gouvernements, par des agents de l'administration pénétrés de l'importance de leur tâche, par les maires, par les médecins, par les éducateurs de toute espèce, par les contribuables qui « se sentent concernés ». Sous le couvert de lutter contre le terrorisme, on s'est mis à ficher tout le monde, à surveiller la population en permanence, et c'en est au point où l'on se demande souvent si les actes terroristes ne sont pas téléguidés, à tout le moins permis, pour justifier cette surveillance désormais ablative de toute intimité. D'où ce sentiment de crainte sans objet d'autant plus incapacitante qu'elle est plus indéterminée, mais que supportent les esclaves consentants parce qu'ils reconnaissent, en sa vigilance, l'expression de leur souveraineté, c'est-à-dire la consommation de leurs aspirations démocratiques, l'actualisation infernale de leur subjectivisme.

Cela dit, les lois positives peuvent, elles aussi, être remises en cause à tout moment. Il y a bien les lois physiques, cautionnées par l'autorité de la science, mais enfin, les scientifiques nous disent eux-mêmes qu'il s'agit là d'interprétations du réel, de manières de le décrire qui permettent, à un moment donné de le manipuler dans notre intérêt. Le réel physique, capricieux et inaccessible, en perpétuel devenir, consent ainsi à se laisser manipuler et, pour ce faire, s'offre à telle interprétation à tel ou tel moment. Et c'est tout. Il n'y a pas, dans le discours scientifique, une once de véritable connaissance qui nous révélerait l'origine du réel et la manière dont il s'y est pris pour être ce qu'il est, non plus que ce dont il avait décidé de faire de luimême en décidant d'exister. C'est pourquoi les lois qui prétendent le décrire sont le fruit de stratégies humaines expressives des désirs des hommes. Les lois scientifiques sont aussi fragiles que l'intangibilité supposée des lois humaines. C'est peu dire que de conclure qu'elles ne nous apprennent pas à vivre.

Il y a quand même quelque chose qui est la vraie et seule règle du jeu, celle qui régit la manière dont on affronte le seul fait de l'existence humaine qui soit indubitable, ou plutôt la seule épreuve de l'existence humaine qui soit incontournable : on ne peut vivre sans décider soit d'accepter la réalité telle qu'elle est, soit de la refuser.

Ceux qui la refusent se suicident, directement ou indirectement, à court ou à long terme, choisissant de n'être pas par refus de n'avoir pas été tout.

Ou bien ils se réfugient dans le rêve, ce qui revient à dire qu'ils attendent la mort lentement, mais en décidant d'oublier qu'ils l'attendent, en évitant de grincer trop fort des dents.

Quand on l'accepte, on consent à vivre au prix d'un renoncement à certains biens induits par certains désirs. Nous tenons pour admissible que le réel puisse se gausser de nos appétits quand nous acceptons, dans le fait du réel, son droit à être ce qu'il est ; et à dire vrai nous ne l'acceptons qu'à la condition de le tenir pour rationnel : tout ce qui arrive doit avoir une raison, prochaine ou éloignée, ou être une instance de contingence dont le jeu n'excède pas les lignes générales de la rationalité. Car enfin, quelle raison y aurait-il à accepter de crucifier ses désirs — à tout le moins certains d'entre eux — si le réel, à savoir tout ce qui résiste, tout ce qui nous arrive et qui nous fait souffrir, était sans raison aucune ?

Il y a donc trois espèces d'humains.

Ceux qui n'acceptent pas la réalité, adoptant à partir de là diverses stratégies qui relèvent de l'insurrection directe ou larvée ; ceux qui ne se posent pas la question ; ceux qui acceptent que la vie nous déçoive toujours, et qui tiennent quand même pour meilleur de vivre plutôt que de ne pas exister.

Il y en a qui ne renoncent pas à faire de leur volonté la mesure du réel, quelque insistants que soient les échecs et déconvenues, et qui s'obstinent, et qui se perdent dans la réitération stérile des mêmes tentatives avortées, qui se complaisent dans l'aigreur de la frustration, décidés à discerner dans la douleur de l'échec ce réalisme dont ils se targuent et la preuve de leur ténacité, gage supposé de réussite future ; quand le voile de l'illusion se déchire enfin, il ne leur reste qu'à se tuer, dans un dernier sursaut d'énergie en forme de rage impuissante ; ce faisant, ils ne savent même pas qu'ils continuent à se mentir.

Il y a aussi la solution de la folie, le refuge du délire paranoïaque par lequel ils exténuent en eux tous les êtres réussis qu'ils auraient pu devenir en consentant à être un tout petit peu plus souples. Ils peuvent aussi choisir d'être schizophrènes, faisant jouer en eux, le plus longtemps possible, deux personnes qui se méconnaissent : l'une qui refuse la réalité, l'autre qui « fait avec » ; mais ces deux personnes finissent toujours par se rencontrer un jour, et elles s'entre-dévorent.

Ceux qui sont prompts à renoncer se résignent au malheur, à la conscience de leur médiocrité, à la souffrance de ne pas s'aimer, sans faire aucun effort pour s'estimer, et ils en viennent à prendre plaisir à s'abaisser pour se détacher de ce qu'ils abaissent et s'en libérer. Ils se font un devoir et un honneur d'être frustrés, nourrissant plus ou moins consciemment l'idée qu'ils sont maîtres de la situation parce qu'ils osent en prendre conscience : « j'ai raté ma vie », affirment-ils à tout bout de champ. Au fond ils se supportent en se regardant vivre : « Voyez comme je suis détaché, héroïque, stoïque dans ma condition d'homme terrassé par le destin. Jamais personne n'est parvenu à me briser, je sais regarder le soleil en face. » Ils passent leur vie à se crisper sur eux-mêmes dans la crainte d'être abaissés, et ils y épuisent leur énergie ; ils ont déjà eu leur récompense, se nourrissant d'eux-mêmes. Ils représentent les individus plutôt doués qui préfèrent ne rien produire plutôt que de prendre acte du fait qu'ils n'ont pas de génie. Ceux-là aussi sont des candidats au suicide, quand ils en viennent à comprendre que leur orgueil amer est stérile et ne parviendra plus longtemps à se résoudre en vanité, mode de délectation dérisoire mais réel.

Et puis il y a ceux qui savent conjuguer l'abnégation et la conservation des désirs vigoureux, qui savent qu'ils ne sont pas maîtres de leur sublimation, qui les maintiennent insatisfaits et osent croire à la possibilité de leur réalisation, laissant à la Providence, à la vie du monde autour d'eux et en eux, le soin de faire se sublimer ces désirs ou de les satisfaire plus tard. Ils conjuguent humilité et ambition, oubli de soi et affirmation de soi, humour, distance par rapport à soi et fidélité à soi. Ils ont le secret du bonheur, ils sont très rares. Ils parviennent à aimer la terre tout en sachant qu'ils ont vocation à la quitter, qui l'aiment comme leur Patrie sans jamais oublier qu'elle n'est qu'un lieu de passage.

Le monde moderne a été inventé pour sauver du désespoir les hommes qui se refusaient à affronter l'abnégation, en leur permettant de vivre à vau-l'eau, à la surface d'eux-mêmes, de s'en remettre aux caprices de leurs désirs futiles, pour pallier les déficits de leurs désirs profonds.

Tout homme sensé sait qu'il n'est pas maître de son destin, sa liberté n'agit qu'à l'intérieur d'un complexe de relations causales avec lesquelles il lui faut composer, et auxquelles elle est suspendue.

Pour ceux qui tiennent le réel pour irrationnel, certains s'en accommodent et vivent à vau-l'eau, ou bien ils plébiscitent cette irrationalité en se réfugiant dans la foi la plus aveugle.

Il y a encore les faiseurs qui font profession d'être orgueilleux et cyniques, qui se réjouissent de cette absurdité et se sentent invités à donner sens au monde en créant des valeurs, mais ils ne parviennent jamais à y croire puisqu'ils savent qu'il est arbitraire et gratuit, ils finissent par sombrer dans l'hédonisme réchauffant et la routine des petits-vieux gourmands.

On peut s'insurger en tentant de manière prométhéenne de rendre le réel rationnel, et c'est là le choix des idéologues, mais il se dérobe toujours, de sorte que leur activisme se convertit en quiétisme de l'impassibilité, par lequel ils réduisent stoïquement le réel aux représentations qu'ils en ont. Ainsi ils réduisent l'être à l'être pensé, cependant que le réel s'impose à eux malgré eux, au point qu'ils en viennent à douter de la valeur de la pensée de cet être, ce qui malgré eux les fait sombrer dans le scepticisme, autre niche assez confortable mais périlleuse elle aussi, parce qu'en doutant de tout on en vient à douter de la pertinence du doute, et l'on finit chez les diseuses de bonne aventure dans la superstition la plus dérisoire.

Pour d'autres le réel est rationnel en droit et non en fait, il est scandaleux qu'il soit irrationnel, injuste, arbitraire, immoral, et ils en appellent à l'insurrection contre Dieu, Législateur injuste, pour se croire ensuite tout permis en se persuadant que, Dieu étant injuste, Dieu n'est pas divin mais imparfait, de sorte qu'ils se proposent de réparer l'œuvre de Dieu, et de sauver Dieu de la faillite, en s'imaginant qu'ils sont du divin aliéné.

Ou bien ils en appellent à Dieu contre les hommes et se jugent incompris et victimes : chaque souffrance se solde par un « ce me sera compté en paradis ». C'est là une modalité de la foi aveugle, de la foi qui se veut aveugle parce qu'elle fait tressaillir le caprice du Moi volontariste.

La typologie des rêveurs éveillés, c'est-à-dire de l'immense majorité de mes contemporains, ne serait pas complète si je n'ajoutais deux figures ultimes à la liste de mes monstres ordinaires.

Celle de ceux pour qui le réel est rationnel, mais qui pensent que le péché a introduit du négatif en lui, ainsi de l'irrationnel, qui peut être surmonté soit dans un autre monde, soit ici-bas par l'acte de se réformer avec les grigris de la piété calculatrice et le travail escompté, en eux, de la grâce ; mais ils continuent de rêver d'un paradis terrestre sans conflit, et ils se réfugient dans un mysticisme surnaturaliste. Ils déclarent renoncer au monde pour aller au Ciel alors qu'ils rêvent de vivre tout nus sous les cocotiers, sans travailler, sans maladie, sans lutte, sans l'épreuve de la mort. Le paradis promis de la Vision face à face est confondu pour eux avec une image hollywoodienne du paradis terrestre : Joseph de Maistre version Coca-Cola.

Celle enfin des spéculatifs qui déifient la raison ; ils reconnaissent que le réel est rationnel, et qu'il est rationnel qu'il y ait de l'irrationnel, mais ils croient qu'à long terme tout se résout sur terre, que l'histoire du monde et des hommes est le tribunal de la raison ; ce sont les optimistes panthéistiques, qui en fait rêvent la rationalité du réel plutôt que de la plébisciter comme pourtant ils le prétendent, qui veulent ignorer le tragique de l'existence. En vérité, les contradictions ne se résorbent jamais ici-bas, elles sont même le moteur à raison duquel l'homme peut rationnellement aspirer à quitter ce monde. Leur réalisme réconciliateur ou leur réconciliation du réel et du rationnel, du monde et de la justice, est encore le produit d'un sentiment irrationnel, et d'une fuite devant le réel : les grands bourgeois hégéliens à mentalité maçonnique, fichtéo-spinozistes, toujours d'accord avec tout le monde et en phase avec tous les temps, assurés que tout est moment du rationnel qui est à leur mesure, alors que le vrai rationnel est démesure de leur rationalité qui peut au mieux attester qu'elle est dans le sillage de l'autre.

Les « *happy few* » conservent l'espérance d'un monde rationnel, mais sans s'inventer des mythes, sans se réfugier dans cette espèce de foi dévoyée que l'on vit tel un pari gravide de toutes les frustrations ; ils ne reculent pas devant la présence du tragique et du négatif dont ils savent qu'il n'est peccamineux et stérile que quand il est refusé ; ceux-là ont l'héroïsme de l'espérance qui sait demeurer réaliste. Une rationalité s'accomplit dans l'irrationnel, mais elle ne se conclut pas dans le réel mondain. Être absolument réaliste, c'est avoir la force de discerner, dans les contradictions mêmes de cet océan de la Dissimilitude, quelque image atténuée, mais fidèle — ainsi aimable — de ce qui se produit dans l'absolu divin où se subliment toutes les contradictions.

Six mois plus tard.

Dans sa sacristie, l'abbé Garcia Muños se prépare, en milieu de semaine, pour offrir la messe vespérale. Il est seul, aucun enfant n'était disponible pour la servir. Il sait qu'il n'y aura presque personne. Dans ce méchant bourg de Loire atlantique, sans aucun charme — à la différence de maints villages séduisants qui l'entourent —, formé de maisons utilitaires dépourvues de caractère, et peuplé de gens mal embouchés, il s'efforce à sauver les âmes depuis plus de trente ans. Quand il arriva d'Argentine, envoyé par l'évêque qui l'avait ordonné sans mandat romain, il disposait de quelque argent pour s'installer. Il acheta ce terrain que longe une nationale bruyante, fit construire une chapelle, s'étonna presque que les choses fussent, d'un point de vue administratif, relativement faciles à obtenir dans un pays réputé pour sa tradition républicaine et « résistancialiste », son fanatisme laïciste et la pesanteur de la domination maçonnique à tous les échelons de la société. Il est vrai qu'il n'avait aucun compte à rendre à l'évêché, puisqu'il était tenu — il l'est toujours — pour un prêtre « *vagus* » par la hiérarchie officielle. Dans la ligne des enseignements du jésuite mexicain Joaquín Sáenz y Arriaga ayant conclu fort tôt à la vacance du Saint-Siège depuis 1958, date du rappel à Dieu du pape Pie XII, Mgr Morello, évêque argentin sacré par un successeur de Mgr Guérard des Lauriers, fonda une petite compagnie religieuse inspirée de l'ordre ignatien, dont les membres furent ordonnés par lui. Le Père Garcia Muños en est issu. Il refuse en bloc l'enseignement moderniste de Vatican II, tient pour invalides les ordinations effectuées selon le nouveau rite, rejette le nouveau code de droit canonique ; la hiérarchie officielle le tient pour excommunié *ipso facto*, mais considère que son ordination est valide, même si elle est canoniquement illicite. Il ne se sert que de l'ancien rite dit de saint Pie V, en latin évidemment. Quelques fidèles enthousiastes l'ont aidé au début, puis la ferveur s'est refroidie. Ne le visitent désormais que quelques bonnes femmes malades le plus souvent, et toujours âgées, quelques retraités, une petite dizaine de familles d'agriculteurs, et, de manière épisodique, quelques intellectuels isolés, fort inactuels et presque tous caractériels, venant pour certains de fort loin pour assister à ses messes. Le rejeton d'une famille bretonne fortunée tenant le haut du pavé dans la jungle de l'immobilier, gagné, par on ne sait quel caprice de la Providence, à la cause du catholicisme traditionaliste, l'a aussi soutenu lors de son installation, et il continue de le faire. L'abbé pense à ses paroissiens réguliers, fidèles et effacés, qui ont été déçus toute leur vie, souvent trahis par leurs enfants séduits par le monde, pauvres, incompris, amers parfois, mais au fond résignés et pitoyables. Dans ce pays ingrat auquel il consacre sa vie loin de son Argentine natale, après une révolution sanguinaire qui détruisit, il y a bientôt deux siècles et demi, la religion catholique en mettant le feu à l'Europe et au monde, les derniers fruits vénéneux de la décadence se font sentir avec une acuité presque physique, dans une atmosphère pesante, depuis deux décennies au moins.

« Ah Padre, bonsoir. Il y a un Monsieur que je connais pas avec une drôle de voix, qui vous a appelé cet après-midi. Il a dit qu'il rappellerait pas, rapport à que vous savez pourquoi qu'il a appelé. Il m'a dit que vous le connaissez. Vous savez, il m'a déclaré où qu'il faut que vous allez, c'est au même lieu et pour la même date que l'année dernière, qu'il a dit.

— Bonsoir Madame Chevillart. Merci pour la commission. Oui, je vois. Ce n'est pas très important, mais il me faudra m'absenter pendant deux ou trois jours. Vous voudrez bien essayer de contacter mon confrère Monsieur l'abbé Billemont, à Rennes, afin qu'il desserve ici en mon absence, au moins pour les offices du dimanche. Ce remplacement aura lieu dans quinze jours. »

Le Père Garcia Muños aperçoit un objet enveloppé dans un torchon dans les bras de Madame Germaine Chevillart ; il sait que c'est un gâteau qu'elle lui a confectionné avec un amour maternel. Il entrevoit qu'il lui faudra en manger une part devant elle après la messe, avec une tisane, en sa compagnie, en guise de collation du soir. Il devra lui montrer un appétit reconnaissant, écouter le récit de ses douleurs à propos de son mari ivrogne qui vote socialiste et qui passe ses derniers jours devant la télévision ; il sera mis en demeure de supporter ses plaintes relatives à son petit-fils qui fume du haschich, vit en concubinage, est au chômage six mois sur douze. Toutes ces âmes qui sont le trésor dont il a la garde sont enrobées de mesquinerie ordinaire et d'ignorance, affligées de plaies diverses, déçues, languides, terriblement communes, tout attachées à la recherche des moyens de vivre, gâtées par les préjugés et le mauvais goût. Nantes, où il dessert de temps à autre, fut toujours républicaine, on y fusilla Charrette. La région nantaise conserve un souvenir vivace des désordres et de l'esprit aigrement rebelle de mai 68, mélange misérable de revendications consuméristes égalitaires et de justifications écologistes. Le Padre a connu, quand il est arrivé, de vieux paysans encore dignes, ayant vécu dans des fermes dont le sol était en terre battue, sans eau courante, sans télévision ; des hommes simples dépourvus de ce souci d'imiter, dans le ressentiment des provinciaux mêlé d'admiration et d'envie, les mœurs de Paris, et d'épouser les idées fausses qu'elles traduisent. Il y avait même à l'époque, pour peu de temps encore certes, deux célibataires, les frères Fougère, qui se chauffaient et cuisinaient exclusivement à l'âtre et faisaient leur beurre au moyen d'une baratte, qui écrivaient à peine et ne se lavaient guère. Les femmes mûres étaient en noir, on lavait son linge au lavoir, il était inconcevable qu'une ferme fût munie de douche et de cabinet d'aisance à l'intérieur de l'habitation. Aujourd'hui, les jeunes agriculteurs ont fait des études, écoutent toutes les musiques de la ville, « sortent en boîte », sont antiracistes, de gauche et ont perdu la foi, consomment des drogues et aspirent à partir en vacances aux Baléares ou aux Seychelles ; les femmes d'agriculteurs vont chez le coiffeur, lisent des revues de mode, se font avorter, divorcent et vivent souvent en concubinage. Ils sont presque devenus aussi dénaturés que les citadins, aussi américanisés par le biais de l'individualisme jacobin introduit depuis longtemps dans les veines malades des mentalités traditionnelles. Il n'est pas rare, dans la campagne, d'être importuné par une « teuf » improvisée au milieu des champs, qui répand ses sonorités abrutissantes à des lieues à la ronde. Au vrai, depuis la « Libération », ce processus de désertification des campagnes et d'endoctrinement du pays profond n'a pas cessé de s'accélérer, sous les efforts conjoints du clergé progressiste, des députés MRP puis gaullistes, et enfin socialistes. De même qu'il n'y a aucune différence entre pays réel et pays légal, il n'y a aucun écart entre esprit citadin et psychologie rurale ; il y a même dans le monde agricole une acrimonie dans la revendication qui dépasse, exacerbée par des mentalités de complexés susceptibles, celle des Parisiens envahis par le Tiers-Monde. Des âmes aussi décevantes à vue d'homme n'ont, se dit l'abbé, d'autre raison d'exister que de servir, au mieux, de moyen à l'entretien matériel d'âmes plus nobles, si tant est qu'il en existe encore. Et pourtant, se reprend-il aussitôt, elles sont à l'image de Dieu, dotées d'une profondeur proprement infinie, telles des fleurs non écloses. « Je les découvrirai Là-haut dans un état parfait, se dit-il, complètement déployées ; nous sommes ici comme dans un rêve pesant et tourmenté, où tout est flou, évanescent, indécis, et d'apparence absurde. Et c'est en ce rêve que tout se joue, c'est lui qui décide de l'éternité vigile et réelle qu'il précède ; je me dois d'être à elles, nul ne sait leur richesse, fors notre Père des Cieux ; il y a en elles de l'être en puissance, de l'être qui est complètement là mais qui est irréductible à sa manifestation ; je le sais sans l'atteindre ni par mes yeux ni — au vrai — par mon cœur, je le sais par ma raison et par ma foi. »

Portant, selon la simplicité d'une solennité habituelle, le calice recouvert de la pale et du voile, le sacrificateur quitte la sacristie et se dirige lentement vers l'autel.

« *Introibo ad altare Dei…* »

Germaine Chevillart l'a quitté depuis une heure. Dans cette maison récente sise au milieu du bourg et qui lui tient lieu de cure, il s'autorise, entre l'élaboration de son sermon de dimanche et ses dernières prières, un temps de méditation libre qui, régulièrement, tourne à la libération de sentiments refoulés. Chaque fois qu'il éprouvait de la lassitude dans l'exercice de son ministère, le Père se disait ces choses qui, à la sacristie, lui venaient à l'esprit, et qu'il voulait édifiantes, et qui l'étaient ; il savait trop que l'amour ne se maintient que par la volonté, et plus radicalement que seule la volonté aime, et alimente de son amour le sentiment dont les éclats diaprés lui font croire qu'il vit d'une vie *sui generis*. Mais ces méditations furtives inspirées par la charité, destinées à développer cette charité en butte avec les aversions turbulentes du cœur terrestre, convoquaient l'office de la raison. De ce fait, elles se laissaient de temps à autre aller à des dérives que d'aucuns pourraient qualifier d'inquiétantes et de dangereuses.

Le monde moderne est l'effet de l'oubli volontaire du péché, et du refus de la Croix. En ce moment, l'abbé se disait que tous ces gens sont malheureux, affreusement mutilés dans leur âme, profondément insatisfaits, immergés dans un monde qu'ils ne pouvaient pas réellement avoir voulu ; il constatait que les moins oublieux de leurs devoirs moraux et obligations spirituelles étaient ceux qui souffraient le plus, même dans leur chair. Ces petites vieilles pieuses affligées de varices, de goitres, de dents cariées et plus souvent de dentiers jaunis, de pieds déformés, courbées, moustachues, répandant une odeur d'hôpital, de chair malade et de vieille crasse, n'avaient pas commis plus de péchés que les autres et probablement moins ; elles souffraient pourtant plus que les autres. D'où vient que la souffrance et l'échec soient le privilège des humbles, le salaire des élus, la récompense des héros de la foi ?

« Si l'ordre naturel est soigné par la grâce qui le surélève, d'où vient qu'il soit si malmené par elle, au point qu'il semblerait qu'ils fussent en relation inversement proportionnelle l'un par rapport à l'autre ? Nul ne saurait se mettre au-dessus du Maître, qui a voulu souffrir, subir les crachats, le mépris et la haine. Mais enfin, pourquoi fit-Il de la Croix son arme, et le moyen de manifestation de sa puissance ? S'Il a mérité pour tout et pour tous, que reste-t-il donc à payer ? Et s'Il n'a pas mérité pour tous, comment parler encore d'amour, de cet amour qui prend sur lui les exigences vindicatives, ainsi réparatrices, de la justice et les assume en les sublimant dans le pardon ? La distance entre Dieu et l'homme étant infinie, la moindre injure faite à Dieu — et le plus petit péché est une injure — mérite des peines infinies : soit ; en retour, le plus petit sacrifice consenti par Jésus pour racheter les péchés des hommes a aussi valeur rédemptrice infinie. Pourquoi la Croix ? La souffrance n'est-elle pas, dans le domaine physique, le signe, l'expression subjective d'un mal, ainsi d'un désordre ?

Comment ne pas voir dans la souffrance une épreuve contre nature ? Comment la douleur peut-elle être exaltée par ce qui a pour propos de restaurer l'ordre naturel dans l'acte où il le surélève ? Les hommes de notre temps n'ont pas cru à l'Amour, parce qu'il s'annonçait dans la Croix. »

L'abbé Garcia Muños n'est pas dupe des descriptions bien-pensantes relatives au passé adorné. Il serait plus conforme à l'ordre des choses qu'il y eût plus de monde à la campagne qu'à la ville, comme c'était encore le cas avant 1945, malgré ce qu'ils ont appelé l'exode rural, c'est-à-dire la désertification des campagnes françaises opérée dans les années 1920, qui prolétarisa maints agriculteurs dans des conditions laborieuses qui, en une génération, les convertissaient, sous la pression de la propagande du PC, en communistes déchristianisés, non sans les endurcir dans leur propension à l'ivrognerie. Mais le paysan n'a jamais été un tendre. Dissimulateur, mauvaise langue, calculateur, sournois, pingre ; il n'a jamais manifesté une générosité démesurée. Il est vrai que cette brutalité ostensible, portée comme une carapace, protégeait l'homme de la terre de cette tendance à se mentir propre aux matérialistes qui ne cessent de vanter les vertus de l'esprit. Sur le fumier de préoccupations prosaïques envahissantes et d'appétits triviaux, fleurissaient une poésie délicate recueillie dans les folklores, et des actes de générosité discrets ; dans la pratique religieuse et les prières quotidiennes grevées d'un lourd capital d'amour-propre (le qu'en-dira-t-on) et de superstition, se nourrissait une foi sans intelligence d'elle-même mais solide ; par cette dernière se développait tant bien que mal une humilité simple dont le premier mérite était de disposer ceux qu'elle touchait à accepter de vivre, et même à le vouloir, dans l'univers terrestre comme dans une vallée de larmes ; ils consentaient à ce que le monde fût toujours trompeur, inadéquat à leurs aspirations infinies, décevant, de sorte qu'ils savaient recevoir la moindre joie, le plus petit plaisir, la plus insignifiante manifestation de bonne fortune, avec reconnaissance.

« Aujourd'hui au contraire, se laisse-t-il dire, on ne parle que d'épanouissement culturel et psychologique, on entend combler les besoins de son âme en ne se souciant concrètement que d'argent, de satisfactions de vanité et de délectations physiques. »

L'abbé ne se faisait donc guère d'illusions.

« Il reste que le monde pensait plus à son salut, et corrélativement actualisait mieux ses richesses spirituelles, quand la souffrance était présente en tous les moments de la vie, quand elle était comme l'état naturel de l'homme sur le fond duquel se détachaient sporadiquement des instants — sinon de bonheur — de plaisir puissant et cru, et même de joies authentiques, dont celle du travail bien fait. Quand le fond de la vie est supposé consister dans le plaisir, alors la moindre contrariété, la plus infime frustration, font figure d'offense impardonnable, et c'est ainsi que se développent l'insondable déception, le ressentiment et la révolte.

« Oui bien sûr, tout cela est tristement vrai, j'en sais quelque chose en tant que confesseur ; dès que les choses vont un tout petit peu mieux pour l'homme, il se met à repenser aux mêmes saletés, la tête lui tourne, le courage lui manque, le ver de l'amour démesuré de soi le dresse à nouveau sur ses ergots ; c'est dans l'épreuve seule qu'il est supportable, brisé, humilié, souffrant, vaincu ; c'est dans ses moments d'expiation contrainte qu'il est seulement tolérable. Si les hommes savaient ce que je sais ! J'ai développé un habitus du confesseur qui me rend supérieur à tous les psychiatres et psychologues. Je connais, moi qui ne suis qu'un homme, l'envers du décor, l'arrière-fond putride des consciences et des belles apparences sociales. Quand on les connaît, on se rend à la triste conviction que seul un Dieu peut supporter qu'ils existent. Quelle engeance irrécupérable ! Quelle graine de racaille… Que reste-t-il de cette bête quand on lui a ôté ses ulcères, ses plaies purulentes, ses vomissures qui lui tiennent lieu de sentiment, cette immonde duplicité qui lui fait oser revendiquer ? Plaise à Dieu qu'il souffre, il ne comprend que le fouet ; c'est l'amour divin qui lui enjoint de souffrir, parce que la souffrance expiatrice est la seule chose qui puisse le rendre moins mauvais.

« Mais cela, se disait-il, ne répond pas à mon interrogation. L'homme est une vipère insurgée, refermée sur elle-même, qui fabrique son venin dans son intériorité fétide : soit encore. Seule la souffrance, tel un brise-glace, peut forcer la croûte de ses plaies envenimées ; c'est par le feu de la souffrance que l'embrocation de la grâce peut les atteindre : oui encore ; mais après qu'elles ont été nettoyées, leur guérison devrait annoncer la bonne et grande santé du corps resplendissant, la vitalité de l'âme sans scories mesquines ; pour le moins, ce n'est pas ce qui se produit. Il en est, sociologiquement, des traditionalistes comme des personnels de l'Éducation nationale : on les reconnaît à leur comportement maladif d'inadaptés sociaux, oiseaux fragiles et déplumés qui prennent leurs carences pour des signes de vertu. La décadence atteint son terme ; ceux qui croient s'en préserver en sont aussi atteints ; le remède convoqué doit contenir quelque vice, il n'en peut être autrement.

« Comment donc a-t-on pu, en moins d'un siècle, chasser Dieu de la vie des hommes au point que le militantisme athéiste en devient inutile désormais ? On ne part même plus en guerre contre Dieu, on n'y pense pas, la question n'a plus de sens. Comment a-t-on pu en arriver là ? Faut-il croire qu'on est entré dans les prémices de la Fin des Temps ? »

« Demain, messe du jour, visite des malades et catéchisme ; écrire à ma mère au pays, téléphoner au maire, porter ma voiture au garage, puis récitation du chapelet ; faire quelques courses, donner mon repassage à Madame Chevillart, recevoir mesdemoiselles Bessier qui vont encore se plaindre, ranger les livres de la bibliothèque de prêt, ne pas oublier de prier pour le père Levesque qui va partir bientôt, essayer de l'inviter à se confesser — voilà peut-être cinquante ans qu'il ne communie plus. Ainsi va ma vie, sans réconfort humain, c'est un miracle que je tienne le coup. Ah ! Et puis recevoir ce Louis-Hubert de Laon, venimeux inspiré qui se prend pour le Grand Monarque et le Grand Pape réunis. C'est fou ce que les Français, toutes tendances confondues, quelque opposées entre elles qu'elles puissent être, peuvent être juifs dans leur mentalité prétentieuse. Ce sont, en Espagne, avec l'avènement de Philippe V, les Bourbons qui, par leur politique centralisatrice bien française, incitèrent le fisc à vampiriser les forces vives du Nouveau Monde latin, provoquant en retour chez les ressortissants de ce dernier une aspiration à l'indépendance dont profitèrent les libéraux maçonniques. Les Français ont mis le monde à feu et à sang avec leur Révolution, et ils voudraient continuer à se poser en modèle pour l'univers entier. Ce personnage ne cesse de me reprocher de ne pas parler assez de sainte Jeanne d'Arc et de la mission divine de la France, du marquis de La Franquerie et de tous les agents subversifs qui infiltreraient la paroisse. Lui aussi est une âme, il croit certainement qu'il fait du bien, la Providence se sert de tout et de tous ; même de lui, probablement. Dans ma latinité du Nouveau Monde, on est moins paralysé qu'ici par les pesanteurs et les mythes à elle attachés de la légitimité monarchiste ; on ne confond pas Hitler et Staline ; j'aime scandaliser les Français en leur présentant mes condoléances à chaque anniversaire de la défaite de 1945, qui signa la mort de la France, mais aussi du monde blanc, et de la chrétienté. »

Dans le bercail des sédévacantistes, le Père Garcia Muñoz faisait figure de modéré. Les plus radicaux le prenaient pour un traître à la Cause, et il souffrait en silence de son isolement intellectuel. Lors du déroulement du premier concile du Vatican, deux tendances s'affrontaient, lui avait-on appris. Il y avait les maximalistes qui entendaient élargir indéfiniment la zone d'infaillibilité des déclarations papales en matière de foi et de mœurs, qui par là tenaient pour acquis que l'ordre catholique terrestre est de nature théocratique. La perte des États pontificaux aurait été une injustice effroyable, le pape posséderait les deux glaives et confierait au prince le glaive temporel ; il pourrait faire et défaire les empereurs ; il lui appartiendrait d'instituer les sociétés civiles. Nul ne peut être sauvé s'il n'est soumis au pape, et cela même est déclaré dans *Unam sanctam* de Boniface VIII, qui est infaillible ; le reste de la bulle l'est-il aussi ? Mais il y eut aussi les minimalistes, qui se fussent volontiers passés du dogme de l'infaillibilité, l'acceptant de mauvaise grâce et jugeant ses déclarations en soi vraies mais politiquement et apostoliquement inopportunes ; ceux-là étaient des libéraux toujours attachés à contourner les interdits, à relativiser la portée des déclarations, à rendre toujours plus étroite la zone d'infaillibilité du magistère, à émanciper la politique de la religion. Du conflit de ces deux tendances résulta un enseignement inachevé, issu d'un compromis conservant, dit-on, des traces de l'influence libérale, ainsi un enseignement qui ne se prononce pas sur les conditions d'infaillibilité du magistère ordinaire.

« Nos frères ennemis lefebvristes, se disait-il, jouent sur ces indécisions pour développer depuis toujours un tropisme "ralliériste" qui les fera sombrer un jour dans la fange moderniste. Et la levée de boucliers menée par l'évêque lefebvriste Richardson est un cautère sur une jambe de bois. Il a fait parler de lui en cautionnant les thèses révisionnistes dont il a montré qu'elles dénonçaient une entreprise théologique d'inspiration judéo-maçonnique : le peuple juif est à lui-même son propre messie, il meurt au Golgotha d'Auschwitz et ressuscite en Israël, il est l'immanence du divin dans l'histoire, l'unique médiateur, le vrai corps mystique de Dieu, le Verbe. C'est très bien ça, ces audaces lui ont valu son expulsion de la Fraternité sacerdotale Saint-Pie-X démangée par le tropisme du ralliement ; c'est bien de dénoncer toutes ces horreurs, mais enfin, si le magistère est norme prochaine de la foi, comment dénoncer les hérésies modernistes de l'occupant du Premier Siège sans remettre en cause la question de son autorité ? Par ailleurs, si la visibilité n'est pas une note expressive de l'essence de l'Église, elle en est un accident propre, elle est exigée par les notes d'unité, de sainteté, de catholicité et d'apostolicité ; l'apostolicité, par exemple est bien cette caractéristique permettant à l'Église d'attester qu'elle procède des Apôtres par transmission ininterrompue de la doctrine et de l'autorité ; pourrait-elle encore l'attester si elle perdait sa hiérarchie, faute d'un dépositaire du pouvoir de juridiction seul habilité à nommer des cardinaux ? Quelque chose me gêne dans l'acrimonie des gens de mon camp, dans leur juridisme, dans leurs syllogismes maniés comme des rasoirs infectés, dans leur catastrophisme apocalyptique, dans leur exclusivisme hargneux, dans leur propension à se réjouir du malheur d'autrui ; ils ne conçoivent pas que l'Église puisse être souffrante et défigurée comme le fut Celui dont elle est l'épouse et le corps mystiques, ils interdisent à l'absolu d'assumer la faiblesse jusqu'au bout ; les Juifs le lui avaient interdit aussi, récusant le fait et la possibilité même de l'Incarnation. Juridisme, hargne exaspérée, pathologie de l'indignation s'enivrant de ses propres effusions, complexe de supériorité des "*catharoi*", médisance et volonté de puissance contrariée : c'est cela, il y a du Juif dans ces gens-là, tout simplement.

« Le monde est une vallée de larmes, l'homme est ici pour souffrir, la foi doit s'efforcer à faire taire les questions insidieuses suscitées par une curiosité porteuse de révoltes inavouées ; toutes les formes de l'esprit de révolte, surtout les plus rusées, ont besoin de justification pour se manifester, et elles trouvent en ces questions humainement sans réponse le prétexte à faire valoir leurs exigences. Il y a de la sainte prudence dans le consentement à l'ignorance. Et pourtant l'Église enseigne que la nature reçoit la surnature qui la présuppose. Pourquoi est-on mis en demeure d'être un résidu de fausse couche, une rinçure de sperme, un raté professionnel ou un arriéré mental pour s'habiliter à faire fructifier la grâce pour aller au Ciel ? »

La formation religieuse de l'abbé le disposait à se référer à une lecture théologique de l'Histoire, la seule qui soit vraiment compréhensive : capable d'embrasser tous les âges d'un même regard.

« Les Juifs ont refusé le Christ, ils sont tombés pour que les Gentils fussent sauvés ; les Gentils tomberont — c'est bien ce qu'ils sont en train de faire avec une complaisance obstinée qui me remplit d'effroi — pour que les Juifs soient sauvés, Dieu enfermera tout le monde dans la désobéissance pour faire miséricorde à tous. Les Juifs ont refusé le Christ dont le

Royaume n'est pas de ce monde, ils aspirent à un royaume terrestre ; ils sont insurgés contre leur propre vocation, ils se haïssent, et leur haine de soi les rend haïssables à tout le monde qu'ils haïssent en retour ; ils sont faibles à tous égards ; ils refusent la médiation du Christ et se veulent leur propre médiateur, ils s'intronisent Christ collectif et entendent se faire reconnaître telle l'immanence du divin dans l'Histoire ; puisqu'ils sont en petit nombre et extrêmement faibles, ne jouissant d'aucun talent exceptionnel en dépit de leurs prétentions délirantes, il ne leur reste que l'arme de la duplicité, de l'incitation à la décadence, et du mensonge, de la subversion par l'argent ; presque toutes les hérésies depuis deux mille ans ont été inspirées par eux, ils sont derrière toutes les formes de pourriture. C'est Menasseh Ben Israël, chef kabbaliste de la communauté juive d'Amsterdam, qui inventa la première presse juive ; c'est lui qu'appela Cromwell en Angleterre, et de là vient la puissance bancaire anglo-saxonne qui maîtrise les émissions de monnaie dans le monde entier. Oh je sais, se disait le religieux, ce serait leur faire beaucoup d'honneur que de leur imputer toute la responsabilité de la décadence. Un corps sain affronte les microbes, c'est au moment où il s'affaiblit qu'il devient vulnérable à leur agression. Le mystère d'iniquité ne date pas d'hier, et cela n'a pas empêché la naissance de la civilisation chrétienne. Les Juifs ne sont forts que parce que nous avons consenti à nous affaiblir avant qu'ils ne s'élevassent. Et nous ne sommes tétanisés par leurs mensonges que parce que nous avons bien voulu l'être : quelque chose en nous y a consenti. Une petite minorité impose sa loi terroriste à une majorité objectivement plus puissante, c'est donc que cette dernière a déjà renoncé à elle-même et, en subissant l'abrasion de ses racines, elle se contente d'avaliser un projet qu'elle nourrissait en elle-même sans oser se l'avouer. Les blondes portent des coupes de cheveux africaines, on astreint les populations à une fiscalité écrasante pour enrichir les banques, on impose la parodie du mariage pour les paires homosexuelles, les méthodes contraceptives et de procréation les plus antinaturelles, on supprime la peine de mort, on incite la jeunesse à ne plus faire d'enfants, on fait l'apologie — tout en prétendant s'en désoler ou les mépriser — de la pornographie banalisée envahissante, des paradis artificiels, des médications à base de psychotropes, tout en exaltant le culte narcissique du corps, des voyages et de la santé physique ; tout est prétexte à déraciner. Le peuple entrevoit que dénoncer ces formes de la décadence lui enjoindrait logiquement de faire son propre procès, et c'est pourquoi il choisit de vivre sa servitude sur le mode d'une fatalité subie qui par là l'innocente et le dispense du labeur de s'insurger contre ses corrupteurs. »

Malgré ses convictions, l'abbé savait les dangers surnaturalistes du sédévacantisme. Les « penseurs » qui visitaient sa chapelle, hantés par la crainte d'infiltrations et de trahisons, furieusement conspirationnistes, renchérissaient dans l'intransigeance ecclésiologique pour pallier psychologiquement les effets douloureux de la rancœur que leur inspirait leur marginalisation par leurs pairs, du fait de leurs idées réactionnaires. La haine du subjectivisme devenait chez eux une haine du sujet. Le rêve des déterministes matérialistes, c'est de développer un discours en forme de rationalité mécanique abolissant l'intervention de la subjectivité, de cette intériorité honnie qui s'ouvre à l'infini non manipulable.

« Et, se disait l'abbé malgré lui, les intellectuels sourcilleux de mon troupeau, pour des raisons opposées, rêvent de quelque chose d'analogue en fait de rationalité catholique : une cascade de dogmes liés par un droit canonique coercitif absolu, une évacuation de toute forme d'épikie qui convoque toujours la subjectivité ; la prohibition de toute forme de doute, l'érection d'un système juridique impersonnel permettant de se passer de l'intervention d'un juge et d'un herméneute toujours sujets à caution. La subjectivité est le mal, elle ne peut pas ne pas tourner, depuis la Chute, au subjectivisme, et c'est pourquoi la réflexion, la méditation, ont pour eux, comme au reste pour mes supérieurs, quelque chose de congénitalement peccamineux. L'habitus des scientifiques est identique à celui des sédévacantistes, et c'est pourquoi maints décideurs de mon camp sont de formation scientifique. Et les philosophes de ma famille spirituelle raisonnent comme des mathématiciens, au mieux comme des juristes. Suis-je sédévacantiste ? Je ne sais au fond, l'Église tranchera ; je suis là pendant la crise, parce qu'il faut bien être quelque part, et que cette place me paraît la moins imprudente. Mais je ne puis le dire publiquement. Je sais ce qu'il faut penser de la valeur historique de la Donation de Constantin, des fausses Décrétales, des *Dictatus papae*, des prétentions théocratiques des Grégoire VII, Grégoire IX, Innocent III, Innocent IV et Boniface VIII ; l'esprit théocratique exténue la vitalité politique ; pour en faire de bons chrétiens soumis, on les a réduits à des veaux ; c'est bien ce que visait leur Action catholique autoritaire et personnaliste : réduire les laïques à des sous-curés destinés à seconder le clergé dans sa fonction apostolique supposée convertir la société civile de l'intérieur et conquérir l'État par elle. On a vu le résultat : en plébiscitant la démocratie, on a démocratisé l'Église, on a perdu sur tous les tableaux. »

Et cette réticence de l'abbé à l'égard de son positionnement canonique était corrélative de ses interrogations sur la souffrance. Ce n'est pas qu'il ait été tourmenté par les appétits charnels suscitant des questions morales et métaphysiques téméraires afin de faire sauter les barrières qui retiennent les hommes de leur donner libre cours ; il avait maté en lui la bête, presque autant qu'il est possible à un homme de le faire. C'est plutôt une convoitise intellectuelle qui l'animait : comment en est-on arrivé là ? Le mal ne peut à lui tout seul faire de tels ravages, il ne le peut qu'avec la complicité du bien, son affaissement sur lui-même, la perte de sa pugnacité. Et il ne pouvait pas ne pas en venir à penser que les causes de la décadence s'enracinaient dans son camp.

« N'y a-t-il pas une secrète connivence, effet du diable pieux, entre dolorisme et subjectivisme, comme entre fascination pour l'impersonnel mécanique et l'exaltation subreptice du moi ? »

Le souvenir du jansénisme le tourmentait. Si l'homme est devenu complètement mauvais, tout pouvoir naturel de l'homme sur l'homme devient producteur de désordres, toute autorité devient contestable, et alors il en résulte deux choses. D'une part, le pouvoir étant tel qu'on ne peut s'en passer, il est un mal nécessaire, de sorte que l'on doit le diviser en autant de parcelles rivales entre elles qu'il se pourra, à la manière dont l'orgueil français judéomorphe, en Richelieu, voulait diviser l'Allemagne pour donner libre cours à l'hubris du gallinacé national ; on doit procéder ainsi afin, faisant se limiter le pouvoir par lui-même, de le conserver tout en conjurant les effets supposés pervers de son exercice ; et c'est là tout simplement l'idée démocratique. Mais parce que la démocratie est une pétaudière par essence, elle ne peut fonctionner — ou plutôt faire semblant de fonctionner — qu'à l'intérieur d'un régime qui n'est pas démocratique ; et puisque l'homme est supposé tellement mauvais que tout pouvoir de l'homme en deviendrait pervers, alors seule l'autorité surnaturelle peut l'exercer sans trop de dégâts. On assiste bien, avec de telles prémisses aussi complaisamment pessimistes, à la genèse de cette vieille solidarité entre esprit théocratique et clérical, et esprit démocratique et personnaliste, qui sont le milieu dans lequel a pu fleurir Vatican II.

Mais si la nature est exténuée, où va habiter la surnature ? Tels ces conifères au bois tendre et vite putrescible donnant l'impression, par leur grande taille, de puissance et de longévité, la morgue théocratique des tenants austères des « sociétés d'ordre » fixées dans une hiérarchie statique est peut-être l'écorce trompeuse qui cèle des petits curés démocrates bavards et caporalistes « jaunes de toute l'envie des parvenus de l'intelligence », comme le dit Bernanos. Ainsi pensait le Père Garcia Muños dans un demi-sommeil anxieux.

« Il doit bien y avoir dans la vie divine éternelle et parfaite, impassible et bienheureuse, quelque chose dont le mode d'existence nous échappe, mais dont la souffrance liée à notre finitude est l'analogue. Il doit en être ainsi, pour que cette invitation à la souffrance soit une participation à la vie divine en tant que telle, par là une coopération obligée à l'acte rédempteur, et non seulement une coopération accidentelle à l'œuvre du rachat, puisque tout a été payé par le Sauveur.

« Tiens, me vient à l'esprit le souvenir de ce converti inquiétant par ses questions agressives, que j'évite depuis quelques
semaines, mais qu'il me faudra bien recevoir à nouveau un
jour en accueillant sa détresse, même si je ne me sens guère de
taille à l'apaiser. Que m'a-t-il "sorti" l'autre fois ? Ah oui : "La
souffrance n'est pas belle, n'a pas de beauté qui lui soit propre ;
la seule beauté qu'elle contienne est celle du courage et de la
violence qu'elle appelle quand il s'agit de l'affronter pour la
vaincre. Ou bien alors, si elle est belle — s'évoque en moi le
Greco, tandis que je pense à vous, Monsieur l'abbé —, c'est
qu'elle est le terreau que la jubilation fait être en s'anticipant
en lui pour s'en faire jaillir." Il y a du gnosticisme là-dedans,
du dualisme, du satanisme qui vous fait, du mal, un moment
nécessaire à la constitution du bien ; cela ne tient pas debout.
C'est impie, et c'est bête.

« Quand même, le fini est privation de l'Infini, et pourtant
il ne relève pas par essence du mal, autrement toute créature
serait intrinsèquement mauvaise. S'il n'est pas de la maison du
mal, il est de celle du bien et, s'il est du bien, il est assumé par
le Bien. Si l'Être qui est le Bien est le Parfait, il est aussi maître
de sa perfection, autrement il la subirait, mais par là il *aurait*
cette perfection qu'il ne *serait* pas. Et comment le Parfait peut-
il exercer cette maîtrise, sinon en assumant tous les degrés de
sa perfection sans cesser d'en être la réalisation plénière ? *Non
coerceri maximo, contineri tamen a minimo, divinum est.*

« Ce Monsieur m'embête. On dirait qu'un molosse féroce
est en train de prendre chair dans cet ectoplasme à figure de
chien battu. Ses questions sont les miennes, elles m'engagent
personnellement, et c'est pour cela qu'elles me font peur. Mais
je me dois à tous, même à ceux qui me déstabilisent. Peut-être
a-t-il compris, du haut de son inexpérience de la vie religieuse,
ce qui ne va pas "chez nous". Il faudra peut-être que je l'asso-
cie à notre cause. »

L'abbé s'endort enfin, une biographie de Donoso Cortés lui
échappe des mains et glisse sur son drap rude et encore
humide, dans sa petite chambre intentionnellement mal chauf-
fée. Le sommeil l'a surpris au moment où s'efforçait à naître

en lui l'idée que si l'Acte pur, le Parfait, est tel que son immobilité absolue, convertible avec sa perfection, est le résultat victorieux d'une absolue mobilité qu'il inaugure en tant qu'il en est aussi l'origine ; s'il en est ainsi, lui disait cette idée, alors il existe dans l'Être une négativité, une inquiétude ontologique souveraine qui n'est pas peccamineuse ; bien plutôt, c'est son édulcoration, dans l'élément fini des créatures qui ressemblent à leur Auteur, qui fait le péché.

Ce « converti inquiétant », c'est moi, visiteur devenu régulier du Père Garcia Muños. Dire que je suis inquiétant, cela me flatte ou m'offense, je ne sais trop ; mais dire que je suis un converti, c'est beaucoup dire. Je ne le sais pas moi-même. Mais je ne sais pas si je ne lui suis pas, ce qui signifie peut-être que je le suis déjà. Ils appellent cela le travail de la grâce. À dire vrai, le Père m'attribue des pensées hétérodoxes beaucoup plus élaborées que celles auxquelles je suis parvenu. Je lui ai simplement fait observer que je m'étais adonné à une nouvelle manie. Auparavant je me contentais, comme beaucoup, de me jouer la comédie en faisant correspondre le nombre de mes pas, dans les rues piétonnières, avec un repère arbitrairement choisi sur la façade d'une maison non encore longée, en me persuadant que, si ce nombre se révélait impair, j'aurais dans la journée une heureuse surprise ; c'est là de la superstition ordinaire pratiquée au second degré. Mais c'est peut-être aussi un jeu malsain avec la Providence, comme le révèle plus explicitement ma nouvelle manie : je remplis mon sac de divers objets scolaires le matin, j'enfile mon manteau, je descends les escaliers, je m'aperçois au rez-de-chaussée que j'ai oublié quelque chose ; et je me dis : si Dieu est tout-puissant, tout est maîtrisé, même ce qui est pour nous hasard, aussi ce contretemps a-t-il lui aussi un sens, comme tous les détails les plus infimes de la vie ; tout a un sens pour Dieu, sans quoi, reconnu sans raison, quelque chose du monde créé serait superflu. Mais quand et comment un tel sens se révélera-t-il ? Il serait heureux qu'il nous fût accessible, à nous pauvres mortels occupés la moitié de notre vie à tenter vainement de purger notre existence de ces impedimenta aussi exaspérants que fréquents. Peut-on sans infantilisme supposer que les pesanteurs de cette espèce seraient autant d'invitations utiles à mon progrès spirituel, autant d'invitations faites à l'homme de se faire le coopérateur de sa rédemption ? J'en viens, avec de tels enfantillages malsains, aux questions plus dangereuses : si Dieu est tout-puissant, pourquoi permet-Il le mal ? On dit que Dieu le permet pour en tirer un bien plus grand. Mais enfin, si Dieu n'a pas besoin d'un tel mal pour faire et communiquer le plus grand bien, pourquoi l'existence du mal ? Et si Dieu en a besoin, c'est que le mal est utile et qu'il est lui-même du bien.

Que s'est-il passé en moi pour que je me pose de telles questions ? Il est abominable de demander des comptes à Dieu, mais je m'absous complaisamment en me déclarant que c'est encore une manière de penser à Lui.

J'ai été toute ma vie un « bobo » au petit pied, un imitateur servile, entretenu par l'État, des bobos bourgeois, un fonctionnaire voué à fabriquer des ilotes soigneusement ignares et consommateurs passifs employés à nourrir la caste élitiste des bobos. Je suis un grand enfant sénile du jardin d'enfants de l'Éducation publique, immense machine onéreuse faisant coexister, comme tous les jardins d'enfants, de petits despotes cruels et suffisants, haineux, comme tous les parasites, dans la conscience de leur dépendance. Je n'ai connu que l'école et l'université, grande école si l'on veut, c'est-à-dire école pour petits devenus physiquement grands mais irrévocablement fixés dans l'irresponsabilité de l'enfance. J'ai ignoré la vie réelle, telle une fleur ingrate poussée dans une forcerie. Rien, mais vraiment rien ne me destinait à devenir un marginal assez remonté contre le conformisme pour contracter, avec ce qu'il y a de tragique dans le consentement à la lucidité, le profil psychologique d'un révolutionnaire. Une telle mutation réjouit le révolutionnaire que je suis devenu : les moins mobilisables du marais sociologique peuvent aussi — j'en suis la preuve vivante — muer, se transfigurer, voire basculer dans l'activisme insurrectionnel ; les tièdes peuvent se convertir en extrémistes, les zombies en hommes vivants. Nul ne sait ce que peut un homme ; quel monstre endormi, momentanément vaincu, cachent cet ecclésiastique équilibré, cette mère de famille dévouée, cet enfant pur surélevé par une crise mystique ? Quel héros contient ce personnage falot ? Et si tout homme, aussi sordide soit-il, contenait, tel un trésor inexploité, la possibilité réelle d'être un saint ?

Je porte pourtant les mêmes vêtements que jadis, je traîne la même carcasse, j'ai les mêmes tics et les mêmes misères qu'avant ; et je ne suis plus le même homme en ce fond de moi-même plus conscient que ma conscience, et dont ma conscience entend la respiration plus qu'elle ne l'atteint.

Je suis un homme ordinaire, mais exceptionnellement ordinaire, et à ce titre je suis exceptionnel, parce que c'est en moi, en ma médiocrité substantielle, que se réfracte l'esprit du monde contemporain, atrocement mesquin, prodigieusement médiocre. Il suffit de me regarder pour connaître l'état réel du monde. Mais on conviendra qu'il est difficile d'en faire un titre de gloire.

Avant, je ne faisais attention à rien, tout allait de soi, je gobais tout, tenant pour probablement légitime tout ce qui s'imposait avec une telle apparence d'invincibilité que cela ne pouvait relever que de la fatalité contre laquelle, par définition, on ne peut rien faire, de telle sorte que la meilleure façon de ne pas se casser la tête est de recevoir cette fatalité comme un décret de la nature des choses. Depuis que s'est annoncé en moi ce bouleversement qui me déniaise, j'en viens à l'idée que l'état normal de l'homme est d'être un héros, un saint, et que la médiocrité, qui se définit tout simplement tel le consentement à se laisser vivre, est contre nature. C'est le grand nombre qui est anormal, ce sont les autorités morales et intellectuelles, et politiques et financières, qui ont tort. On vit dans un monde inversé, c'est le marginal, le proscrit, l'exclu désigné à la vindicte populaire, qui est dépositaire de la mémoire de l'ordre des choses. Évidemment, cela ne se voit pas sur sa figure ; un proscrit est malheureux, dans une situation qui, douloureuse, le marque d'un rictus permanent donnant l'impression qu'il est un anormal, un malade, un type obstinément enfermé dans l'erreur. Sociologiquement, c'est un déclassé, un raté selon les critères de la normalité, un névropathe, et il a en général une sale gueule qui ne donne pas envie de l'écouter, encore moins de lui ressembler ; la frustration, par sa lucidité, de sa vocation à vivre en société, induit en lui des dysfonctionnements qui semblent manifester un caractère insociable. En vérité, il est comme un homme sobre condamné à vivre au milieu des ivrognes qui le brocardent et l'insultent, et vomissent sur ses chaussures et l'empuantissent et le rendent malade.

« Avenue Guy Môquet », « rue Roger Sémat », « stade Léo Lagrange », « avenue Karl Marx », « boulevard des Fusillés », « place Picasso », « espace Simone Veil », « école Martin-Luther King », « allée Gambetta », « place de la Libération », « métro Robespierre », « square de la Résistance », « avenue de la République », « impasse Mandel »… On peut parier sans grande crainte de se tromper que, à tout moment de la journée et de la nuit, sur au moins une chaîne de radio ou de télévision, il est question de Shoah ou d'antisémitisme. S'est instauré un climat de conditionnement permanent opéré par les minorités agissantes destructeur de toute bonhomie, générateur de tensions, comme si la guerre civile était un état normal. On a l'impression de s'approcher d'un point de non-retour non encore complètement acquis, de sorte qu'une réaction de survie non maîtrisable de l'ancien monde est encore à redouter, et c'est pourquoi on renchérit dans le formatage des esprits et des sensibilités. L'esprit républicain se fait de plus en plus virulent, en particulier dans ce qui tient lieu d'école en France. On leur a tant dit que le racisme est ignoble, que l'antisémitisme est stupide et sacrilège, que la conscience individuelle est souveraine, etc. Mais ils ont bien voulu l'entendre, en refoulant le témoignage infaillible de leur conscience morale éclairée par la réflexion. Si cette conscience est parvenue à se faire jour en moi, qui suis de l'espèce des moins disposés à laisser ce dévoilement s'opérer, c'est qu'elle peut et doit se faire jour en tous. Ils sont injustifiables.

Tous ces interdits exorbitants se font au nom de la liberté de pensée et d'expression, corollaires de la démocratie. Le problème est que la démocratie est intrinsèquement contradictoire :

Un être libre s'autodétermine, il est sujet et objet, opérant et opéré, actif et passif, maître et esclave sans contradiction. Mais il est une personne. Une communauté n'est pas une personne, elle ne l'est que par analogie, elle accède au mieux à la conscience et au vouloir d'elle-même dans un chef qui, numériquement distinct de la foule qu'il gouverne, instaure une césure entre dirigeants et dirigés, fait s'opposer une volonté à d'autres volontés, et c'en est fini du rêve d'une société dans laquelle chacun serait son propre maître. Quand — supposé, ce qui n'a jamais lieu, qu'elle ne soit pas troublée par les entreprises de sidération organisées par les puissances d'argent — une majorité quantitative parvient à se dégager, elle fait fusionner des volontés ainsi devenues non conflictuelles entre elles, mais elle laisse de côté des minorités qui subiront leur échec tel le pouvoir arbitraire, ainsi despotique, de la puissance du nombre. Quand bien même on parviendrait — ce qui n'a jamais eu et n'aura jamais lieu — à faire fusionner toutes les volontés privées d'une communauté en une volonté générale dont l'élu serait la personnification, rien ne garantit qu'une telle unanimité serait l'expression de ce qui est objectivement requis par la situation pour réaliser le bien commun, de sorte que, prises par des gens incompétents, des décisions démocratiques génératrices de consensus populaires charrient nécessairement de potentielles désillusions produisant des discordes et des contestations en tout genre, et derechef la fusion des volontés en une seule est brisée. Une démocratie ne sera jamais qu'une oligarchie vénale parce qu'une multitude ne sera jamais une substance personnelle.

Parce que la démocratie est contradictoire dans son principe, ses attributs le sont aussi. On soutient la liberté de pensée, de conscience, d'expression, mais on tient pour nécessaire d'habiliter la démocratie à se défendre contre les antidémocrates. Or pourquoi serait-il prohibé d'être antidémocrate, si la liberté de conscience, d'opinion, d'expression est souveraine ? On arrive à ce scandale ordinaire, tellement énorme qu'il n'est plus aperçu de personne : on ne peut être démocrate qu'avec les démocrates, libéral qu'avec les libéraux ; mais c'est là concéder que le libéral n'autorise à vivre que ceux qui sont de son avis, et telle est la définition des antilibéraux. Il y a quelque chose qui m'agace tout particulièrement dans le discours convenu des démocrates : la démocratie est le meilleur régime, et même le seul régime recevable ; mais le peuple vote mal et se laisse aller aux discours de haine et d'exclusion, attaché qu'il est à ses préjugés passionnels ; il est donc nécessaire d'orienter sa pensée pour lui faire entendre raison, ainsi pour l'aider à découvrir ce qu'il veut vraiment ; les hommes doivent être mis en liberté pour apprendre à faire usage de leur liberté, mais il faut les surveiller discrètement ; le Surveillant bienveillant terriblement autoritaire, c'est le Législateur de Rousseau, et la forme qu'il se donne aujourd'hui, c'est la maçonnerie spéculative et tout ce qui s'y rattache. Ces gens se foutent de notre gueule, comme le disait Ginette Millerat ; il n'y a pas d'autre mot. Mais les peuples occidentaux sont tellement gâtés par le subjectivisme qu'ils préfèrent de beaucoup cette tutelle insidieuse — qui sporadiquement, de plus en plus ouvertement aujourd'hui, se convertit en poigne de fer — à la reconnaissance d'une autorité légitime qui crucifierait leurs prétentions à la souveraineté ; et c'est parce qu'ils savent cette tutelle en soi illégitime qu'ils la supportent si aisément et en viennent à la plébisciter.

Le Père Garcia Muños ne croit pas à la démocratie. Il n'a pas eu besoin de m'en convaincre, j'étais déjà convaincu. Il ne croit pas non plus à la pesanteur d'un sens de l'histoire qui se substituerait aux libertés. Il aime la politique, il sait le combat politique indissociable du combat religieux, et *vice versa*, même si certains activistes politiques, peu religieux — voire antireligieux ou anticléricaux ou les deux — ne le voient pas. Il sait que pourtant ces derniers sont souvent plus lucides, dans le domaine politique, que les croyants. Il m'a parlé, tout en me recommandant la discrétion, d'une réunion qui se tiendrait bientôt non loin de Metz, à Woippy. Il me plaît d'éprouver, avec la même peau, ma nouvelle âme en ce lieu qui connut mes heures de cécité corrélative de ce substitut de bonheur qu'est l'absence d'angoisse, mais qui aussi me chassa. J'irai, par curiosité, observer les proscrits du meilleur des mondes, repérer leurs tics et leurs dissensions, afin de me persuader qu'il n'y a rien à faire, en dépit de leur optimisme naïf de conjurés immatures.

À la même époque.

« Pourquoi vous plaignez-vous, très cher, de votre manque d'espérance ? L'espérance est un leurre, une invention de chrétien, c'est-à-dire de païen judaïsé. Je n'ai pas d'espérance, Dieu merci, ce que je possède me suffit. Je tire plaisir de ma perversité, en rendant pervers mes plaisirs les plus anodins. J'aime mentir gratuitement, comme vous le savez, et je puis vous assurer qu'en ce moment je ne mens pas. J'aime trahir sans vergogne, vous le savez aussi, humilier mon prochain, défaire les bonnes réputations, insinuer le doute dans les âmes simples, avilir les cœurs purs. Ce m'est une joie d'observer les hommes de bonne volonté luttant contre un vice, qui s'embourbent en lui à la manière des guêpes incapables de remonter le goulot glissant des bouteilles de solutions alcooliques et miellées en lesquelles leur convoitise les fit s'introduire.

— Mais je ne me plains pas !

— Bien sûr que si, vous libérez une plainte, du seul fait que vous ne jubilez pas à pécher.

— Je jubile en péchant, je ne jubile pas du caractère peccamineux de ce que je fais. Pourquoi vous complaire dans le sarcasme facile ? Vous me damnez et me tenez si bien que j'en viens, quand je suis auprès de vous, sinon à ne point regretter de faire le mal et d'offenser Dieu, à tout le moins à oublier complaisamment l'adage de l'Apôtre : *"Deus non irridetur"*. Rémy de Gourmont se plaisait à dire que ce qu'il y a de terrible quand on cherche la vérité, c'est qu'on la trouve. J'ai envie de professer, dans le même esprit, que ce qu'il y a de terrible dans le mal, c'est qu'il est bon, tellement délectable qu'il nous enferme au point de ne plus concevoir qu'un bien lui soit supérieur ; c'est en cela que le mal fait mal : il détourne du bien, il en confisque l'appétibilité. Pourtant, il fait mal, aussi, au sens trivial, il déçoit, il finit par dégoûter. Un jour, vous me dégoûterez, vous m'inspirerez la nausée, votre chair se révélera pour ce qu'elle est : de la viande destinée à se résoudre en charogne, en passant par le moment de la vieille peau édentée, à mauvaise haleine, hémorroïdaire et aux yeux chassieux. »

Et ce jour, pensait Edmond, n'est peut-être pas très éloigné : comme Diane subjuguant le jeune Henri par son corps toujours resplendissant, Eva était un fruit mûr dont les sucs encore verts annonçaient, telle une limite indécise, les prémisses du pourrissement dans l'acmé d'une vitalité assagie. Mais Edmond n'était pas Henri, il était moins naïf et beaucoup moins jeune.

« Et pourquoi, reprit Eva, glisser aussi vulgairement dans le cynisme ? C'est déplaisant, non parce que c'est méchant, mais parce que c'est commun. Tout le monde sait, depuis votre saint Augustin, que l'homme advient à l'existence, aveugle et glaireux, entre l'orifice de la pisse et celui de la merde. Mais que l'esprit, la grâce, la perversité puissent habiter un tel tas de boue, au point de le spiritualiser, devrait inviter à rendre hommage à la chair en tant que chair ; l'esprit habite la chair, mais il s'y manifeste, il s'y extériorise, par là s'y réalise, car l'intérieur sans l'extérieur se réduit en fumée, dégénère en réalité virtuelle : un possible qui ne se réalise jamais n'est pas réellement possible. La chair doit avoir beaucoup d'esprit pour donner à l'esprit d'exister comme esprit. Ce qu'il y a de plus profond dans une femme, c'est sa peau ; c'est la même chose pour les hommes, sauf que les hommes ne veulent pas le savoir. »

Edmond jubilait dans sa lassitude.

« On dira ce qu'on voudra, la chair n'est pas triste ; seules les passions ravageuses font que la vie mérite d'être vécue. C'est là, je sais, le langage des passions qu'à bon droit la raison condamne, mais pourquoi diable la raison — qui, en dernier ressort, a toujours raison, et tout le monde le sait bien, c'est pourquoi tout le monde est coupable — est-elle incapable de nous dégoûter des passions ? Les théologiens disent que la Vision béatifique, dont le stupre est une pâle et misérable image, est un acte d'intellection ; cela prouve au moins que la raison sait aimer, par là éprouver une passion. Voyez Eva, je ne désespère pas, je veux à ma manière aller au Ciel ; mais c'est long d'attendre, il faut tuer le temps ; le désir est tellement désir de Dieu ! Il est essentiellement désir de Dieu, et il faut bien donner un os à ronger au désir puisque la raison semble incapable, icibas, de faire valoir ses puissances jubilatoires. Vous êtes l'os à ronger diabolique de mon désir de Dieu. Je ne désespère pas, ce qui revient à dire que je ne désespère pas de la raison ; simplement, sa lenteur m'exaspère. Et puis Dieu, que vous moquez, est patient ; je n'irai pas en enfer, tout simplement parce que je ne veux pas y aller ; je prends, avec vous, mon élan pour me jeter dans les voies de la sainteté. Au moins aurai-je le mérite, quand il sera temps de vous quitter, de savoir ce à quoi je renonce. »

Un petit matin blême, dans l'appartement, jadis cossu, du boulevard de Sébastopol, Edmond s'éveille auprès de sa maîtresse, femme du monde cultivée, élégante, sophistiquée dans sa simplicité, sauvage en son élégance de grand couturier. Il est encore humide et chaud des humeurs liquoreuses et musquées de sa compagne de péché, mêlées au parfum capiteux et poivré de ses aisselles trempées. À l'aube, à l'heure des condamnés à mort, après deux cafés forts et trois cigarettes rugueuses effaçant l'haleine épaisse des nuits trop courtes, ils ont repris leurs ébats endiablés et visqueux, entrecoupés de souffles rauques et d'échanges verbaux conjuguant le sordide charnel et le raffinement littéraire, dans le jeu d'une ostensible impudeur jouissant de son relâchement réfléchi. Il a toujours eu du goût pour les femmes du monde, pour leur sens aigu du péché, leur chic vénéneux, leur esprit provocant chargé de contrastes, leur aspiration déchue à la grandeur morale, leur manière de confisquer, pour la faire servir à la débauche, cette maîtrise de soi acquise par l'éducation. Épouse protestante infidèle d'un Juif richissime et athée, Eva s'y entend pour proférer les insanités les plus noires, les blasphèmes les plus irréversibles, du moins le croit-elle.

S'il est un point qui les avait rapprochés, c'était cette désillusion à l'égard de la vie chrétienne.

« J'ai été une bonne petite fille chrétienne soucieuse de plaire à Dieu, à ses parents sévères et bien nés, et à ses maîtres tantôt austères, tantôt obséquieux et vénaux, parfois les deux à la fois ; j'ai pris au sérieux le devoir de renoncer à soi ; j'ai été amoureuse, humiliée, bafouée, j'ai voulu pardonner puisque telle est la loi de la charité, et on a pris mes pardons pour autant de lâchetés et de faiblesses implorantes, ma magnanimité pour un goût débordant d'être aimée, mon sens de la justice pour de l'idiotie, mon scrupule pour de la maniaquerie. Rien de tel que l'invitation à la grâce pour vous castrer un homme et réduire une belle plante à un géranium fané. C'est fini, j'ai donné ma part de bonne volonté ; la bonté sans la cruauté est fadeur ; Dieu se passera de mon concours s'Il entend me sauver. »

Pas même dégoûté par ce riche et frais fumet d'entrailles et de muqueuses vaginales, mais aussi d'exhalaisons peccantes issues de divers orifices, suffocant à force d'être agressif, qu'elle laissait parfois derrière elle dans la salle de bains sans aucun amour-propre, sûre de son emprise, il était subjugué par son insolence, sa vitalité inventive, sa superficialité calculée, sa grâce de bel animal admirablement dressé, son humour, son audace, ses raffinements sporadiques et soudains de cruauté, son goût très sûr, sa manière de frôler les précipices de l'angoisse métaphysique pour s'en tirer, négligemment, avec une pirouette de succube obscène. Non sans pressentir que ses propres sarcasmes induiraient un résultat tout opposé à celui qu'ils étaient supposés produire, elle dissuadait Edmond, ostensiblement, de renoncer à sa vie déchue, pressentant que l'effort qu'il ferait pour embrasser une voie rédemptrice aboutirait à un échec lui-même porteur d'une rechute encore plus sûre dans la voie du désespoir complaisant ; ce qui s'appelle user des méthodes du diable pieux.

Qu'avait-il fait de sa vie jusqu'à présent ? Dans son adolescence, il avait cru, un moment, être appelé, séduit par l'héroïsme caché d'une vocation religieuse exigeant le sacrifice des talents naturels, dans un don de soi total où la provocation surnaturelle, dans l'élan amoureux d'un potlatch sans limite, invite la nature investie par la grâce, saisie d'une folie divine, à coopérer à sa propre déformation en s'exténuant, en renonçant aux fruits de son génie propre. Surnaturellement exaltée, l'âme est alors prête pour toutes les folies, au point d'en venir, dans un abandon de ses bornes qui se confond avec le risque d'estropier sa nature, à se rendre incapable d'exercer sa vocation de sujet récepteur de la grâce ; on veut tout donner par amour, même ce qui est condition d'exercice de l'amour, comptant — dans un gracieux abandon qui est encore, comme espérance infinie, une marque d'amour — sur l'amour de l'Aimé pour pallier les excès du don de soi. Puis la tentation périlleuse de la sainteté l'avait abandonné, le restituant à lui-même en sa finitude rassurante. Le spectacle, il est vrai, tantôt de ces idiots chimériques à l'air franc, tantôt de ces adeptes des pratique solitaires, languides et crasseux — pieds odorants, raie huileuse sur le côté agrémentée d'épis rebelles, haleine aigre, peau marquée par l'acné, regards faux et tartufferies envieuses — qui peuplaient le séminaire qu'il faillit intégrer, le dissuada de prolonger longtemps sa velléité de quitter le « monde », si l'on ajoute que bien avant Vatican II l'esprit démocrate-chrétien avait corrompu l'âme catholique, envers et de ce fait complice de l'esprit compassé, constipé, formaliste du jansénisme ; même Mgr Ducaud-Bourget et Mgr Lefebvre avaient été, lors du dernier conflit mondial, du côté des « résistants ». Aucun des futurs ténors de la Tradition catholique n'avait vraiment critiqué le suicidaire Ralliement de Léon XIII. Et très peu, vraiment très peu de catholiques de haut rang avaient su reconnaître dans la croisade des fascismes, menée par l'Allemagne hitlérienne, moelle épinière de l'Europe, l'ultime chance de survie de l'Occident et de la catholicité.

La plupart des contemporains d'Edmond se choisissaient des convictions, des idées, une vision du monde et de la vie, en fonction de leurs désirs, de ce qu'ils étaient ou s'étaient laissés devenir sous la pression de la paresse et de leurs renoncements, de leurs lâchetés et de leur envie. En refusant toute prédétermination naturelle — ainsi divine, leur assignant une fin qu'ils n'auraient pas choisie —, ils se laissaient choisir par les passions basses auxquelles les prédisposait la minorité contrôlant les médiats. Il avait préféré quant à lui demeurer fidèle à ses certitudes et vivre dans son cœur la croix d'une distorsion entre ce qu'il se savait être et ce qu'il savait devoir être. Son tort était de croire à la possibilité de trouver, dans le remords qu'il entretenait, quelque chose qui aurait eu valeur d'un repentir ou d'une contrition, et dans sa souffrance une raison de s'estimer dont la principale tare était qu'elle le dispensait de se convertir véritablement ; il avait la foi, mais une foi morte. Jusque dans le désespoir gît la naïveté du mensonge à soi : c'est toujours Judas qui, choisissant l'enfer, croit — ce faisant — se donner une forme d'absolution. Nonobstant ses misères, Edmond était resté catholique, homme d'ordre, homme de droite. Se privant d'aller s'agenouiller au banc de communion, il demeurait pratiquant.

Eva pérorait :

« Il faut être hypocrite ou sot pour être optimiste, et le désespoir cultivé est encore une forme d'optimisme béat, la plus naïve peut-être, où l'on croit trouver le repos dans la damnation consentie. Entre ces deux écueils trop communs pour être intelligents, je préfère, telle l'Hélène de Marcion tirée d'un bordel de Tyr, me faire disciple de Carpocrate. La preuve, j'ai épousé un Juif. C'est un raffinement d'antisémite dont vous n'êtes pas capable, pauvre Edmond ; vous êtes un gros cochon, vous me le prouvez assez, mais sous le gros cochon gît l'enfant de chœur ; Marcion et Sabbataï

Tsevi ont la même métaphysique issue des sources ancestrales de l'humanité déchue ; les Juifs croient se subordonner la gnose. Ce faisant, ils roulent pour elle sans le savoir, et les produits ultimes de sa perversion dissoudront les Juifs eux-mêmes, les grands cocus de l'Histoire sous leurs dehors orgueilleux et tenaces ; les "*kikes*" en font toujours trop, leur méchanceté non dissimulée leur retombe toujours sur le nez ; ils s'approchent, fébriles, de la réussite finale, leur déconvenue en sera d'autant plus grande. »

C'est pour Eva — ou plutôt pour Eva et pour lui, pour leurs ébats et leurs conversations, les uns se faisant renforcer par les autres — qu'il avait acheté cet appartement un peu délabré, inactuel et moyennement sale. Semblables conversations étaient en effet éminemment honteuses, non par impudicité lubrique, mais par excès d'impudeur dans le déballage des aveux, par lequel on entend se soustraire à ses petitesses en osant se les objectiver. Il aimait bien ce quartier aujourd'hui envahi par les Arabes, les Noirs, les immigrés de tout poil, les bourgeois-bohèmes et les touristes. Il avait connu dans son enfance un cinéma, le « Pygmalion » longtemps remplacé par un magasin du groupe FNAC, qui projetait de mauvais films d'action, et dont la sortie de secours donnait sur la rue Saint-Denis, sortie qu'il empruntait pour se faufiler sans payer au balcon duquel le délogeait parfois une vieille femme affreusement maquillée qui vendait des glaces à l'entracte. C'était le temps des hippies voisinant avec les rescapés du temps des Halles qui déjà ne fonctionnaient plus, bien que les pavillons Baltard fussent encore debout. C'était aussi le temps des travaux bénévoles rue de la Cossonnerie, dans un ancien entrepôt destiné à faire mûrir les bananes, pour construire une chapelle qui deviendrait Sainte-Germaine ; avec quelques adolescents de son âge, il y avait descendu maintes cloisons à coups de masse et de barre à mine. Mgr Ducaud-Bourget venait encourager là les jeunes gens qui s'y déployaient, et qui l'écoutaient distiller ses mots d'esprit, le travail du jour achevé, pendant qu'ils dévoraient des sandwiches aux merguez — les kebabs et les McDo n'étaient pas encore nés — après avoir observé, non sans concupiscence, les filles de joie ridiculement harnachées qui déambulaient dans les rues voisines. Il y avait aussi le local d'Ordre Nouveau qu'avaient fréquenté les plus âgés d'entre eux, rue des Lombards, occupé par de gros buveurs de bière, des muscadins en mal de sensations, quelques brutes efficaces, et des indicateurs de police aussi nombreux que les rares idéalistes y officiant par devoir. On pouvait encore croire à l'époque que les flux de l'immigration mis en place par le gaullisme et les grands patrons seraient encore susceptibles d'être inversés, que la mâchoire américano-soviétique étouffant l'Europe et montant contre cette dernière le Tiers-monde en viendrait à se relâcher, les deux Grands vainqueurs de 1945, opposés dans leur complicité, en venant à s'exténuer l'un par l'autre. On pouvait encore espérer — un tel espoir était ridicule, mais on ne l'avait pas encore compris — que la race blanche n'était pas encore condamnée ; que le catholicisme se contentait de vivre une crise après tant d'autres plus anciennes ; et, sous ces divers rapports, indépendamment du fait qu'il s'agissait de sa jeunesse, c'était encore le bon temps. Les Juifs du lycée Charlemagne, rue Saint-Antoine, arboraient encore cet air mêlant arrogance et crainte séculaire, qui sentait bon son ghetto protecteur des gens honnêtes.

La petite soixantaine encore athlétique, le teint rouge brique des buveurs de whisky tourbé et de Bordeaux millésimés, la tignasse poivre et sel mais jadis très noire, Edmond était un loup non amadoué, assez dangereux pour séduire Eva, mais un loup fatigué, un prédateur aux instincts désamorcés. Il se séparait de plus en plus de lui-même, ne faisait plus un avec ses appétits, se regardait vivre, désavouait sa vigueur en la laissant se déployer tel un spectacle qu'il se donnait à lui-même, désinvesti de son rôle de loup qui ne croit plus à sa férocité.

Titulaire d'un double doctorat d'histoire et de droit, Edmond enseignait à l'université de Paris I Panthéon-Sorbonne. Ayant eu l'heur d'accomplir son service militaire en compagnie du fils médiocre — dont il devint l'ami après en avoir été le compagnon de bordel — d'un mandarin puissant ayant fini ses jours à l'Académie des Sciences morales et politiques, il avait pu intégrer l'Université en dépit de ses certitudes et engagements sulfureux conjuguant l'horreur que suscite le fascisme et le dégoût qu'engendre le catholicisme intègre ; une telle promotion serait impensable aujourd'hui, les Loges et les réseaux judéo-sionistes ayant littéralement verrouillé tout accès à l'Université, laissant quelques miettes du pouvoir à quelques rescapés des vieux réseaux marxistes d'une part, à une poignée de papolâtres de l'Opus Dei d'autre part, libéraux dans l'âme et tout heureux d'être supportés par leurs bourreaux pour lesquels ils ne constituent évidemment aucun danger ; il y a bien aussi le système des promotions-canapé, mais cela demeure relativement marginal et a toujours sévi ; il n'est pas jusqu'au lobby LGTB qui ne soit l'obligé des Loges auxquelles il doit son existence, et dont il n'est que l'instrument bruyant. Ce mandarin, vieille gloire plutôt bon enfant, avait aussi introduit sa maîtresse dans la Maison, en même temps que son fils, ses deux protégés nourrissant l'un pour l'autre une haine sans borne. Edmond était spécialiste des sectes, des hérésies, de l'histoire officieuse et des thèses conspirationnistes. Il savait mesurer l'impact de la petite histoire sur la grande et n'était pas conspirationniste, au moins au sens où l'entendent les fanatiques du complotisme. Il ne croyait pas lui non plus à la distinction supposée subtile entre pays légal et pays réel ; chaque peuple a les gouvernants qu'il mérite. On ne se laisse jamais abuser que parce qu'on y trouve un intérêt ; les trompés sont toujours complices des trompeurs, et l'on peut même dire que ces derniers n'existent — tels ces dieux de l'Antiquité qui mouraient faute d'adorateurs — que dans l'exacte mesure où leurs victimes consentent à les faire exister. Tout le monde sait bien, se disait-il, que la démocratie est une ploutocratie, que les élus sont les marionnettes de leurs bailleurs de fonds, et que les véritables maîtres sont les manipulateurs de l'opinion. Tout le monde sait très bien que ces manipulateurs sont en assez petit nombre — quelques dizaines de milliers de personnes pour quarante-cinq millions d'électeurs — ; qu'ils se concertent pour lancer les modes, les idées, les slogans, de sorte que tous les faiseurs d'opinion vont dans le même sens et visent à produire le même effet ; que ceux qui financent les élections sont ceux qui possèdent la presse écrite et télévisuelle, qu'ils font la pluie et le beau temps dans les jurys littéraires et les maisons d'édition ; qu'ils se cooptent à tous les niveaux des sphères de la petite et de la haute administration, de la Police à l'Armée (en particulier la Gendarmerie et les services secrets) en passant par la Basoche et les grands patrons ; que par là ils manipulent les nominations professorales dans les Grandes Écoles et les Universités ; que toutes les associations supposées exprimer les vœux et concrétiser les buts de la société civile sont téléguidées et financées par les mêmes ; que même le domaine de l'art, déjà gangrené depuis au moins deux siècles par l'argent, est tout entier idéologiquement orienté par eux ; que l'exploitation — en forme de discret chantage — des vices inavouables des exécutants est le moyen efficace pour les empêcher de se soustraire à ces férules aussi puissantes que discrètes ; que l'acte de brocarder les théories du complot est un élément essentiel des complots ; qu'un journaliste libre — comme l'affirme Alain Soral — est au chômage et qu'un journaliste qui travaille est une putain. Tout le monde sait aujourd'hui que l'histoire est régulièrement réécrite pour donner l'illusion d'une fatalité justifiant le présent, que la science économique n'existe pas mais consiste à enfumer les lecteurs et petits épargnants pour les mieux spolier, mais surtout pour cacher les initiatives des véritables possesseurs de fortunes colossales plus puissantes que les États, qui sont en même temps les véritables opérateurs des crises économiques présentées comme autant d'événements sans cause efficiente réelle ni intention délibérée. Nul n'ignore que la concentration financière n'a jamais été aussi grande qu'aujourd'hui, que le rôle des États, à notre époque, se limite, pour l'essentiel, et par le moyen de la fiscalité, à jouer les factotums des puissances financières en apparence anonymes et réellement vagabondes dans leur entreprise de dépossession des classes moyennes et du patrimoine national culturel et industriel.

Tout le monde sait cela, et personne ne bouge. Tout le monde consent. La judéo-maçonnerie est connue depuis long-temps de tous, elle est seulement moins discrète qu'avant, parce qu'elle n'a plus besoin de l'être : non seulement elle a conquis le pouvoir réel de décision à tous les niveaux, mais encore elle est parvenue à se faire avaliser par la masse qui sait qu'elle ne pourrait faire leur procès qu'au prix du sien. Seule une dictature pourrait arracher le pays à la tyrannie de l'argent, imposer des mœurs publiques invitant au dépassement de soi, au service du bien commun, au culte de l'effort et du travail bien fait ; imposer la paix sociale et le respect des règles, libérer le territoire des envahisseurs qui le conquièrent, libérer les intelligences des pourritures intellectuelles qui les avilissent ; le peuple sait très bien qu'une minorité entend le métisser pour lui faire perdre la conscience de ses racines et lui ôter toute pugnacité, toute identité, toute mémoire, afin de le réduire au statut de consommateur engraissé, pendant que cette minorité s'affirmera au détriment de toutes les autres ; il a compris que le féminisme, l'avortement, le « mariage » des homosexuels, le travail des femmes contribuaient à abaisser autant que possible la natalité afin de rendre économiquement nécessaire l'immi-gration de masse. Le peuple aspire confusément, au fond de lui-même, à tous les bienfaits de la dictature, mais il ne consent pas à la condition requise par ces bienfaits : sortir de la démo-cratie, supprimer le primat de la subjectivité. Et c'est en quoi le peuple est irrécupérable et qu'il n'y a plus rien à faire : on ne peut rien sans son aval, on doit agir contre sa volonté, or on ne dispose d'autres forces que de celles — éminemment problé-matiques — du peuple.

Edmond n'était pas complotiste, en ce sens qu'il considé-rait que l'explication par les complots des grandes irruptions historiques n'atteint qu'un certain niveau d'intelligibilité de la réalité humaine, qui n'est pas le plus élevé ; elle éclaire l'ordre des causes instrumentales, non celui des causes principales. On peut toujours dire que la Révolution française est le fruit de l'activité fébrile des Loges et plus généralement des sociétés de pensée, et cela est vrai ; mais on peut observer avec plus de profondeur que la maçonnerie est un produit de l'esprit démocratique, et non la cause première de la république démocratique ; si la maçonnerie n'existait pas, la démocratie l'inventerait : une société ne peut pas se passer d'élites ; mais une démocratie est fondée sur le principe de l'égalité, qui exclut par définition toute forme d'aristocratie ; il est donc nécessaire que la démocratie se dote d'une élite inavouable et inavouée, qui est la judéo-maçonnerie. Les deux ou trois cent mille ouvriers de la Subversion, qui opèrent de concert en France, seraient évidemment balayés en une semaine, tout comme le pouvoir exorbitant qu'ont les banques de battre monnaie à la place des États qu'elles asphyxient par la dette et les intérêts de la dette, si le « *vulgus* », par une divine surprise, s'organisait soudain en « *populus* ». Mais pour qu'il en fût ainsi, il faudrait que tous les membres du « *vulgus* » décidassent de se libérer de leurs vices qu'entretient pour les amuïr la classe dirigeante réelle intéressée à les réduire à l'état de bêtes consentantes pour les faire servir à ses desseins de domination mondiale. Le dessus du panier n'est que l'écume de la plèbe.

Selon Edmond, il en est des vraies causes ultimes du devenir historique comme il en est de *La Lettre volée* d'Edgar Poe : elles sont accessibles à tout le monde, mais personne ne sait les voir, parce qu'elles ont vocation non à être vues mais à être pensées, et que l'image et la sensation seront toujours affectées, dans l'esprit de l'immense majorité des hommes, d'un plus grand degré de crédibilité que le concept. Les hommes agissent en fonction de ce qu'ils pensent ou croient ou veulent penser, de ces formes intelligibles par lesquelles ils laissent leur pensée se faire arraisonner. Il existe une logique des idées ; adopter telle thèse implique que l'on adopte telle autre thèse, qu'on le veuille ou non, et c'est bien ce qui se produit toujours, quand bien même la thèse induite par la première contredit les raisons subjectives ayant présidé au choix de cette première thèse. Si l'on est démocrate par envie, jalousie, ressentiment et subjectivisme, on sera nécessairement mondialiste tôt ou tard, quand bien même le mondialisme contredirait les pulsions subjectivistes ayant présidé au plébiscite de l'esprit démocratique. De

Gaulle pouvait bien affirmer fortement que la France est un pays de race blanche, de culture gréco-latine et de religion chrétienne, il dut céder aux pressions immigrationnistes en ayant embrassé l'idéologie démocratique et résistancialiste. Théodore de Bèze pouvait bien condamner la liberté de conscience et justifier l'exécution de Michel Servet, il était dans la logique du calvinisme de se laïciser et de se consommer en cet esprit relativiste de la philosophie des Droits de l'Homme.

Rapidement conscient de ce que le peuple n'avait aucune envie d'être sauvé, et de ce que l'on ne peut jamais rien, politiquement parlant, sans le peuple, Edmond s'est vite senti désarmé ; il ne milita jamais longtemps dans les groupuscules de vraie droite. À défaut d'agir selon sa pensée, il pensa son action, ce qui l'invita à penser ce que devrait être l'action si elle était possible, mais aussi à méditer sur les raisons d'agir en général. D'où son goût pour l'histoire et l'histoire des idées.

Edmond n'avait jamais été heureux, il avait toujours attendu, et le temps avait passé, l'action du temps opérant son œuvre délétère et digérant, sans qu'on s'en fût aperçu, le court temps de l'action : le présent, seul réel (le passé n'est plus, le futur n'est pas encore), est à la fois ce présent qui n'est jamais le même, et la présence même — intemporelle — du monde agité par des mouvements dont le temps est la mesure intestine ; de sorte que chaque instant présent peut faire mémoire de l'éternel, pour autant qu'on y pense et décide d'y penser, mais il faut un singulier courage pour « *kaïron arpazein* », une audace qui confine à l'imprudence, et il faut beaucoup de temps pour comprendre qu'il est imprudent d'être trop prudent ; quand on l'a compris, il est trop tard, le jeune dieu s'en est allé, et l'on vieillit en ruminant ses regrets.

Il avait peur de tomber amoureux d'Eva, n'étant séduit, dans sa fibre d'esthète, que par les blandices de son corps élégant et de son esprit caustique, mais conscient de ce que la chair fait toujours mémoire — c'est là sa vraie ruse et son danger mortifère — de l'origine spirituelle de ses élans ; aussitôt que la crainte d'être amoureux accède à la conscience, c'est qu'on a déjà été mordu. Il vivait, dans le tréfonds spirituel de ses fibres charnelles, cette espèce de sympathie, qui définit la damnation, entre son destin et celui de son temps décadent : je suis en phase avec le monde, je consens à ce que je suis, une plante qui pourrit dans et avec son univers qui meurt. Son péché fondamental, faute d'avoir cru aux pouvoirs de l'action révolutionnaire, était de s'être progressivement laissé glisser dans l'indifférence, comme spectateur de soi-même et de ses semblables, de son monde et de sa vie. Vivre à côté de soi, ne jamais consentir à coïncider avec soi, dans cette unité qui empêche de s'objectiver, par là de prévoir ce que l'on devient ; à la manière dont un mauvais boxeur, trop prévoyant, incapable de laisser parler la spontanéité irréfléchie de ses réflexes, se fait démolir le portrait pour avoir trop cultivé le souci de le protéger, il se regardait agir plutôt qu'il n'agissait ; il aspirait, pour le maîtriser absolument, à voir se dérouler son agir et, de ce fait, se rendait incapable d'agir. Celui qui refuse de coïncider avec soi ne veut pas que la vie s'exerce en lui, il prétend en dernier ressort se faire l'origine de la vie à laquelle il puise.

« Avez-vous seulement entendu pérorer cette petite horreur de Jacob Attazid ? Il annonce que la capitale de l'État mondial sera Jérusalem, que les nations n'existent plus, que le nomadisme est le mode d'être des élites, que l'enracinement est la condition servile des goyim. Renseignez-vous à propos du rabbin Toutim ; il se réjouit publiquement de l'islamisation prochaine de la Fille aînée de l'Église, de la chute d'Édom par les Mahométans, qui doit annoncer le retour de leur Messie. Ils ne savent pas, les pauvres, que ce messie sera l'antéchrist, et qu'il les congédiera comme des larbins intérimaires quand ils auront achevé leur séculaire travail de sape. Les pauvres… Comme ils sont touchants dans leur animosité fielleuse !

— Mais enfin, Eva, si vous croyez à l'antéchrist, c'est que vous tenez le Christ pour le véritable messie et que vous êtes chrétienne ; comment pouvez-vous vous déclarer gnostique ? Ce n'est pas Hélène la catin, c'est sainte Marie l'Égyptienne qui devrait être votre modèle.

— Quelle naïveté, cher Edmond. D'abord, je suis une "Bonne Dame", mais à ma manière : il existe en toute chose deux principes, l'un qui est ténébreux et inconscient, l'autre qui est lumière et conscience, mais la lumière non seulement luit dans les ténèbres qui ne la comprennent pas et ne se comprennent pas elles-mêmes, mais encore elle surgit des ténèbres : "*die Klarheit bricht erst aus der Nacht seines Wesens hervor*" ; et cela vaut même pour Dieu ; "*Der Anfang des Bewusstseins in ihm ist, dass er sich von sich scheidet, sich selber sich entgegensetzt*", le commencement de la conscience, en lui, vient de ce qu'il se sépare de soi, s'oppose à soi-même, comme l'enseigne ce bon Schelling. Dieu est l'être même, l'être des êtres, qui se fait provenir de sa propre aliénation immanente, et le Mal — la matière — est le Bien dans le moment de son aliénation nécessaire. Le monde matériel vient de Satan, la part obscure de Dieu, son autre intérieur dont il est la négation victorieuse, mais aussi la caution, et c'est pourquoi les Cathares célébraient leur pureté, la chasteté de Dieu, tantôt dans la victoire opérée sur le désir, tantôt dans l'abandon à lui, parce que le mal n'a pas de valeur : si le corps est le mal, tout mal corporel est permis ; prendre soin de son corps comme d'une valeur sacrée, c'est encore lui rendre hommage, c'est là un blasphème ; et lui donner d'exister hors du Bien, c'est encore le déifier, parce que cela revient à reconnaître un extérieur au Bien, un dehors qui le limite et nie son absoluité. Le Mal doit être haï comme mal et célébré tel un moment obligé du Bien. C'est ce que nous faisons tous les deux, mon chéri, en disciples vertueux du vrai christianisme : le dualisme dans le monisme, le monisme pour rendre l'infini accessible, le dualisme pour conserver le sentiment de la transcendance ; le monisme pour rendre le mal intrinsèque au bien qui par là le rend innocent, le dualisme pour l'opposer au bien qui le rend désirable en tant qu'objet de transgression. Venez donc me traiter comme une chienne avant de me quitter pour la messe, votre messe hérétique de catholique. *Komm, mein Geliebter*, je suis toute à vous, répandez-vous en moi. »

Il est des hommes qui, incapables de s'intéresser aux idées, laissent se défaire le monde qu'elles pétrissent, et dont elles sont tirées pour se faire principe de connaître de ce dont elles sont principe d'être ; il est des hommes qui font glisser le monde dans l'inconsistance, le condamnent à perdre ses formes ; Edmond subissait la pathologie inverse : étant parti du monde, du foisonnement phénoménal, de cette mer de Dissimilitude à lui familière en tant qu'étrange pour elle-même, il était remonté aux idées qui l'expliquent et dont la clarté, l'ayant ébloui, en était venue à le rendre aveugle, incapable de se satisfaire de leur spectacle mais tout autant impuissant à redescendre vers la diversité des choses. Edmond enviait ces gens qui s'intéressent aux jardins potagers, à la mécanique, aux astuces du bricolage, aux subtilités du bridge, aux microprocesseurs, aux semi-conducteurs, aux avantages comparés de telle marque de voiture par rapport à telle autre, à toutes ces futilités instrumentales dont la dérision effarante jouit du privilège de détourner l'homme du sentiment de l'absurde : le réel n'a d'intérêt qu'en tant qu'il renvoie à l'idée qui le justifie en le rendant intelligible mais qui, le réduisant à son sens, lui fait perdre cette opacité, cette consistance massive à raison de laquelle il est réel, et dont l'idée est par définition dépourvue, par là irréelle et vouée à confesser son évanescence et sa propre futilité. La spéculation, pour sauver l'acquis de l'effort ayant présidé au dévoilement de l'idée, renvoie à l'agir et au faire dont la facticité renvoie elle-même en retour à l'idée, dans une action réciproque indéfinie qu'il faut avoir le courage d'assumer sans se lasser, dans un effort continu fait d'espérance et d'attente, que doit couronner ce qu'il est convenu de nommer la béatitude : coïncidence entre le réel et l'idée, saisie de l'idée comme livrant le secret de son pouvoir producteur de la réalité, ainsi saisie de l'être se faisant idée de lui-même, s'intronisant concept de la position réelle de lui-même, se concevant telle l'essence positionnelle de sa manifestation, mais par là se révélant pensée de soi, conscience génitrice de son contenu, célébration infinie et éternelle assumant pour la sublimer la réciprocité d'action entre le moi et le tout. Quand manquent l'espérance et la patience, alors l'esprit — excédé par l'indéfinie réitération de cette action réciproque incapable de se sublimer, coupé de la vie qu'il dessèche par sa pratique réflexive exténuante mais qui n'est que par elle et le sait — renoue avec la vie dans ce qu'elle a de plus sombre, de moins cérébral, de plus solide en sa compacité organique, à savoir la luxure, le sport ou culte du corps, le divertissement des voyages à travers le monde et dans les travaux d'érudition, le culte de l'art pour l'art et la gourmandise. Point n'est besoin d'être métaphysicien de génie pour entrevoir que toute connaissance des choses réelles est suspendue à celle de l'être en tant qu'être dont elles sont toutes tissées ; quand on croit avoir tout dit d'une chose, reste à dire ce qu'elle est, en tant qu'elle est ; et parce que tout est de l'être, toute connaissance se résolvant dans l'être est suspendue à celle de l'être en tant qu'être. Mais être absolument, c'est vivre : perdre la vie pour le vivant, c'est cesser d'être, et vivre consiste à coopérer activement à l'exercice de son acte même d'être, au rebours des choses sans vie subissant un acte d'être auquel leurs entrailles ne sont pas intéressées. Si être absolument est vivre, vivre absolument est penser, et penser est réfléchir : le secret de l'être, c'est la réflexion mais, en aspirant à saisir sa réflexion, à savoir le point jaillissant du sujet se constituant en elle, on court-circuite la raison qui ne vit que de ce qu'il lui est donné quelque chose à penser. L'être, le souci de l'être en tant qu'être, cœur de toute l'énigme du monde, renvoie à la conscience, laquelle convertit l'homme en spectateur de lui-même, en celui dont toute la vie est de se regarder, qui n'a donc plus rien à regarder, fors l'acte même de regarder ; en se prenant pour objet, la vie devient stérile, et la conscience devient indifférente à une telle vie mais, parce que la conscience est elle-même une manifestation de la vie, la vie devient indifférente à elle-même en cette conscience qui la résume, œil unique du monde réduit à une ombre, œil qui exténue le monde en l'aspirant, et qui s'éclipse faute d'un monde à voir. Le nihilisme est le dernier mot de la spéculation. Et quand il n'y a plus à penser l'agir qui ne renvoie pourtant qu'à la pensée, il ne reste plus qu'à rêver ; or le rêve participe de la pensée mais exclut la réflexion : savoir qu'on rêve, c'est se réveiller. Edmond était condamné à rêver sa vie, ce qui est la meilleure façon de ne pas la vivre.

Il quitta Eva en catimini, alors qu'elle procédait à ses ablutions, après qu'il se fut imposé une douche froide excitante et pénible, comme si l'eau glacée pouvait laver son âme et réveiller son désir du bien. Elle ne parvint qu'à raffermir ses muscles détendus par l'amour, faisant disparaître le sentiment de grande fatigue physique et morale qui s'était emparé de lui. Excédé par la musique nègre qui sévissait partout dans les lieux publics, il se pressa d'avaler un autre café très fort dans une brasserie place du Châtelet, puis se dirigea à grands pas, respirant goulûment l'air du petit matin qui sentait encore la fièvre luxurieuse de la nuit. La Tour Saint-Jacques, le Marché aux fleurs et le Palais de Justice lui rappelèrent son divorce vingt ans avant, ses amis d'alors qui l'en félicitaient, ses velléités d'homme encore jeune non dégagé de toutes les naïvetés de l'adolescence, ses compromissions au sein du monde universitaire, ses maîtresses du moment, ses espoirs politiques aujourd'hui enterrés. Sa femme épousée devant un prêtre vivait encore, de sorte qu'il se savait dans l'incapacité canonique de se remarier religieusement.

Edmond Malteste, ainsi qu'il est aisé de s'en rendre compte, c'est un peu moi, Paul, mais en plus intelligent, plus sûr de lui, en retour plus assis dans son confortable désordre moral ; peut-être apprendrai-je qu'il fut moins humble que moi.

Plusieurs personnages singuliers s'étaient réunis dans cette maison délabrée mais encore solide et chaleureuse en divers endroits, non loin de Metz, en l'un de ces lieux incertains qui tiennent encore de la banlieue tout en parlant de la campagne, entre le champ de blé et la grande surface commerciale ; il s'agissait des communs d'un ancien château détruit pendant la guerre et sur les lieux duquel ne fut reconstruite qu'une maison bourgeoise ; mais, de l'ancienne demeure, restaient la chapelle et les douves qui donnaient à la ferme l'allure d'un manoir fortifié. D'immenses cheminées permettaient d'y brûler des troncs formidables et d'y rôtir des viandes de toutes sortes ; les convives ne s'en étaient pas privés, accompagnant leurs mets de bières, de vin blanc de Moselle et de Bordeaux rouges soigneusement choisis et offerts par les plus argentés d'entre eux ; ils en étaient aux liqueurs de prune accompagnées de cigares, tabacs à pipe et cigarettes divers. Ils étaient là pour élaborer un bilan de leurs vies respectives et de leurs désillusions, afin, avaient-ils supposé en acceptant cette rencontre, de mieux préparer leur avenir personnel et de relancer le combat politique : Pierre, Xavier, Pilar, Émérentienne, Charles, François Klein et François de Roth. J'étais le néophyte, l'invité importun, l'inconnu dont on se méfiait un peu, accompagnant l'abbé Garcia Muños dont la présence n'était pas incongrue, s'il est vrai que l'apostolat déconnecté du souci politique est voué à s'adultérer, dans la mesure où il ne peut trouver sa place que dans une démocratie. Edmond était là lui aussi, en spectateur actif. Ils avaient la tristesse des vaincus, l'amertume des hommes et des femmes trahis, l'espoir des irréductibles qui savent encore mourir pour une cause, ou qui croient le savoir, aspirent ou prétendent à le savoir. Ernest, qui les connaissait tous mais dont aucun ne faisait grand cas, était présent lui aussi, mais il ne dit mot de la soirée ; il nous quitta assez tôt, considérant qu'il en avait assez entendu.

« Les journalistes, dit Pierre, ce sont des individus de la même race que les critiques littéraires. Un critique littéraire est un écrivain raté qui, n'ayant pas renoncé à ses prétentions, entend satisfaire son souci de renommée en portant un jugement autorisé sur le travail des autres. Il se donne et veut donner l'illusion d'avoir le talent de celui qu'il juge, au point que, si l'on écoutait les critiques littéraires, les écrivains se réduiraient à servir de faire-valoir aux premiers. Le critique est un aigri envieux, et stérile, qui, incapable de produire, utilise le peu de moyens dont il dispose pour abaisser les autres à son niveau. Ce qui prouve que la critique a quelque chose de vicié à la base, c'est que ce n'est pas un genre littéraire, et ce n'est pas un genre littéraire parce que, si c'était le cas, il faudrait qu'il y eût une critique de la critique littéraire, et l'on serait renvoyé à l'infini ; évidemment, cela donnerait aux critiques l'illusion de la grandeur et de la profondeur, alors qu'il s'agit de la réitération du même, ou plutôt du vide qui croit se donner un contenu en se multipliant. C'est là, peut-être, l'explication triviale du désir des nihilistes : à défaut de produire de l'être, ils produisent du rien en détruisant ce qui est, ils s'échauffent à la tâche et croient saisir dans leur labeur destructeur la sueur de la création ; ils croient donner consistance au néant en le faisant se répéter. Et je pense que les journalistes sont du même tonneau. À défaut de faire l'actualité, et incapables de s'en tenir au rôle de rapporteur des faits, il faut que ces Messieurs se donnent de l'importance en commentant l'actualité, en distribuant des bons et des mauvais points à ceux qui la font effectivement. Bientôt l'action politique en viendra à servir et à ne servir que de matière au bavardage des plumitifs qui commentent l'histoire à défaut de la faire et qui croient la faire en la commentant. Je pense franchement que le temps n'est plus à tenter d'influencer l'actualité en l'analysant. De toute façon les gens ne lisent plus aujourd'hui, la réflexion demande de l'effort et personne ne veut réfléchir. Réfléchir, c'est admettre qu'on a encore des progrès à faire, mais un petit dieu est une personne qui sait tout. Les gadgets, la fesse, la nourriture, les voyages, l'audiovisuel, les satisfactions de vanité, c'est bien plus intéressant. Lancer une énième revue, essayer de convaincre par l'écrit, la parole publique et les manifestations, voire l'engagement dans le débat démocratique et la participation aux élections, c'est de l'effort et de l'argent gaspillés. Il y aurait aussi les tribunaux, la censure, les amendes ; et puis notre peuple est vraiment trop avachi pour mériter qu'on s'intéresse à lui, il veut sa propre mort. Comment voulez-vous sauver quelqu'un qui veut crever ? Je suis venu participer à cette réunion par égard pour vous, en mémoire du passé, de nos illusions brisées, de notre jeunesse fanée, afin de me persuader avec vous que toute démangeaison d'activisme est une folie dérisoire, et que nous n'avons qu'à tenter de disparaître dans les circonstances les moins dégradantes. Si nous n'avons pas réussi notre vie, essayons de ne pas rater notre mort ; parce que la mort fait partie de la vie, en réussissant sa mort on réussit sa vie, d'une certaine façon. Qu'est-ce qui nous tient debout, en fin de compte ? Un souci esthétique, un amour du geste et de l'attitude, le style est l'homme même ; et moi j'en ai marre des attitudes, elles m'ont coûté assez cher ; j'ai raté ma vie ; je m'en fous du style et d'être debout. »

Pierre était un homme vieilli sous le harnais du militantisme ; il avait négligé sa vie de famille et sa vie professionnelle, sa femme l'avait quitté depuis longtemps ; ses compagnes de substitution l'avaient fui l'une après l'autre ; il avait perdu l'estime de ses enfants que ses échecs professionnels et son obstination à provoquer ses contemporains en refusant la règle du jeu de la société actuelle avaient excédés ; il ne les voyait plus et désapprouvait leurs engagements intellectuels et conjugaux, qui contredisaient ses principes réactionnaires que sa profession de libraire habitué aux faillites, amoureux des livres et écrivain stérile, avait contribué à lui forger. Il était passé par toutes les couleurs de ce qu'il est convenu d'appeler le combat nationaliste. Il était allé assez loin dans le désespoir pour en venir à ne plus être affecté par les humiliations sociales. Il avait voulu rendre le monde meilleur, le monde n'avait pas voulu de lui et l'avait marginalisé, il n'avait plus qu'à mourir dans un coin sans faire de bruit. Il considérait que c'était là au fond le seul constat lucide, que ce dernier valait pour toutes les personnes présentes, et que cette réunion était en dernier ressort parfaitement vaine, en dehors de la joie — ternie par maintes rivalités, incompréhensions et susceptibilités — de se retrouver entre compagnons de combat. Au vrai, leur point commun n'était pas d'être pour la même chose, mais contre les mêmes choses.

« Nous pouvons décider, poursuivait Pierre, de nous suicider sans bruit, sauf pour ceux qui croient à l'immortalité de l'âme individuelle et dont l'éthique prohibe cette solution. Nous pouvons décider de nous perdre dans l'alcool et le stupre pour passer le temps. Il est loisible à chacun de s'offrir une crise mystique et de trouver la paix dans un couvent. Nous sommes trop vieux pour refaire notre vie, et de toute façon nous traînons trop de casseroles — nous sommes grillés partout — pour nous refaire une jeunesse. Nous sommes des poids pour les autres, nous n'intéressons personne. Alors je vous en prie, n'essayons pas de nous leurrer en élaborant des projets politiques, des bilans métapolitiques et des stratégies de prise de pouvoir. Nous mourrons dans un hôpital entre un Arabe et un Yougoslave, malmenés jusqu'au bout ; ou bien nous crèverons dans une poubelle au milieu des clochards, comme SDF dévorés par les puces, avec nos manies, nos rancœurs et nos vanités non digérées. Les plus purs d'entre nous, c'est-à-dire les plus niais, ont tout perdu. Les moins naïfs en sont venus à faire de leurs idées un fonds de commerce, avec leurs revues, leurs drapeaux, leurs boutiques nationalistes, leurs écussons, leurs affiches, leurs réseaux, leurs magouilles, leurs libraires, et leurs réunions d'arrière-salle de café. Cela fait cinquante ans que ça dure, n'êtes-vous pas fatigués de vous agiter pour rien ? »

À la différence des autres mâles qui l'entouraient, Pierre ne convoitait pas de séduire les femelles présentes. Un reliquat de vanité ne s'insinuait même pas dans son propos, qui l'aurait invité à essayer de les impressionner. Il était réellement désespéré et profondément las, sans ressort, sans arrière-pensée. Il désolait et agaçait toute l'assistance, fors peut-être ce charmant Charles, héritier d'établissements lorrains spécialisés dans la menuiserie métallique, et jouissant d'une aisance pécuniaire certaine en comparaison des déclassés lui ayant fait l'honneur de le joindre à eux. Charles, retraité depuis au moins dix ans, avait été, comme tous les autres, catholique dans sa jeunesse, mais il avait assez rapidement perdu la foi, pour des raisons identiques à celles qui l'avaient fait perdre à ses compagnons ; ce qui le distinguait d'eux, c'est qu'il prenait au sérieux les professions religieuses de paganisme typiques de cette aile antichrétienne du militantisme nationaliste : hydromel des ancêtres, feux des solstices, mariages tout nu dans les clairières, panthéisme diffus et romantique, symbolisme des runes, et tout l'attirail idéologique de ceux qui se voulaient les héritiers de la *Thulegesellschaft*. Sa femme et ses filles supportaient ses frasques avec indulgence. Il plaisait à tous parce que son attention soutenue, doublée d'un air presque béat, à l'égard de leurs propos contradictoires, leur donnait l'impression qu'ils étaient des maîtres tantôt de théorie tantôt d'action. Son appartement messin était célèbre pour les œuvres d'art très particulières qu'il contenait : le service à thé de Goebbels, des statues d'Arno Breker, des estampes d'Adolf Hitler. Parce que les orgueilleux vivent leur échec dans la haine, ils ne parvenaient pas à l'aimer franchement, en tant même qu'il les avait souvent aidés financièrement, de sorte que ce mélange contradictoire de reconnaissance, de bienveillance et d'animosité se résolvait en estime condescendante, ce qui ne le gênait nullement. Il était trop heureux « d'en être », de s'offrir une nouvelle jeunesse avec des « conspirateurs ». Le passé de « collabo » de son père, fondateur de l'entreprise familiale, l'avait dispensé d'être sollicité par les Loges de Metz, qui réunissaient en leur sein tout ce qui comptait dans la ville : médecins, avocats, professeurs, « enseignants », officiers de gendarmerie, experts-comptables, industriels et rentiers influents, sans compter, évidemment, une grande partie de la communauté juive — qui tenait les commerces — de la rivale traditionnelle de Nancy. Un crétin d'une rare niaiserie suffisante, démocrate-chrétien et socialiste gauchiste, était parvenu à conquérir la mairie, soutenu par cette engeance judéo-maçonnique dont il était le pantin ; il avait vidé les caisses, considérablement augmenté les impôts locaux, transformé la ville jadis relativement paisible en Cour des Miracles d'une repoussante saleté, infestée de clochards, de trafiquants de toute sorte, de prostituées de toutes les couleurs et de criminels issus d'Europe centrale en guerre incessante avec les Arabes qui occupaient les cités voisines de banlieue, véritables zones de non-droit dont les commerces illégaux avaient atteint un volume tel qu'ils étaient devenus nécessaires à l'équilibre financier de la ville, sans compter qu'il fallait les tolérer pour prévenir le chantage aux explosions sociales. Il s'était ainsi fait un grand nombre d'ennemis, ayant eu la prétention de se soustraire à ses maîtres et bailleurs de fonds. Presque tous les appartements du centre de la ville appartenaient à moins de soixante familles insurgées contre lui qui, par ses décisions démagogiques, avait fait chuter la valeur des biens immobiliers. Mais il restait en place, parce qu'il avait pour lui la communauté juive, une grande partie des Loges, et tout le clergé catholique et protestant. Charles nourrissait à son endroit une animosité compréhensible, et croyait encore à l'efficacité de l'action militante pour convertir ses concitoyens à la cause du néo-paganisme écologiste. En dehors de Charles, que ses histoires de runes, de société du Vril, de Terre creuse et d'ésotérisme nordique faisaient sourire, les membres de cette assistance — sauf Xavier, l'abbé, Edmond et peut-être moi, tous catholiques traditionalistes — étaient devenus athées, ou agnostiques.

« Ne pas agir est encore agir, tout comme ne pas décider est encore décider, à savoir décider de ne pas décider ; c'est encore une action que de se désengager de l'action, c'est agir contre l'action, dans une attitude typiquement bourgeoise qui donne raison à tous vos ennemis ; "après moi le déluge"… Mais c'est exactement le slogan de ceux contre lesquels vous avez lutté toute votre vie ; vous vieillissez mal, vous finirez très mal. Et puis, que savez-vous faire d'autre ? Vous n'avez fait que militer toute votre vie, sacrifiant tout à vos espoirs affichés qui masquaient un goût pour l'ambiance d'activistes et de conspirateurs vous tirant de la médiocrité de vos vies ordinaires. Même si l'action vous paraît aujourd'hui dérisoire, vous devez continuer à agir, ne serait-ce que pour être fidèles à vous-mêmes, à ce que fut votre vie ; nous ne sommes que la résultante de nos lectures et la somme de nos actes ; renoncer aujourd'hui serait admettre qu'on a existé pour rien, qu'une existence s'est révélée incapable de se donner une essence. Alors laissez tomber la séduction du repliement, l'exil intérieur n'est pas à votre portée. »

Ainsi parlait François de Roth, l'intellectuel du groupe. Il s'était forgé jadis une certaine notoriété en lançant un courant de pensée qui se fit connaître sous les noms de Droite réformée puis de Nouvelle Gauche, puisant dans la pensée anglo-saxonne pourtant abhorrée ses concepts fondateurs, tous issus du nominalisme et du primat de l'image sur le concept, sur fond d'élans littéraires et de sentimentalité nietzschéenne récemment reformulés dans le patois heideggérien. François de Roth avait toujours méprisé l'engagement politique direct, lui préférant l'action culturelle, métapolitique, laquelle lui permettait d'éviter tout positionnement compromettant, et d'aspirer à la possession d'un strapontin dans l'aréopage des penseurs stipendiés. Il était autodidacte, comme au reste François Klein qui avait vingt ans de moins que lui. Les autodidactes sont en général intelligents et plutôt doués, en cela qu'il faut un appétit inné pour les choses de l'esprit pour s'y intéresser de manière durable sans la férule d'un maître et de conditions scolaires dont le caractère coercitif pallie le manque de goût pour l'effort et favorise l'acquisition des disciplines. Le deuxième avantage des autodidactes, c'est qu'ils se laissent moins facilement berner par l'enfumage dont sont coutumiers les professionnels du savoir, ainsi ceux qui s'arrogent le pouvoir de l'institutionnaliser, qui par là entourent leur discipline d'une aura destinée à décourager les néophytes en compliquant à plaisir ce qui est à transmettre : l'obscur est ainsi gratifié des apparences du profond, ce qui rejaillit sur le prestige des manipulateurs et transmetteurs de tels savoirs. L'autodidacte, lui, ne s'en laisse pas conter, qui détrône volontiers les professionnels patentés de leur piédestal et leur fait sans vergogne ravaler leur insupportable morgue. Mais l'autodidacte a des défauts dont il faut bien convenir qu'ils sont assez pénibles. D'abord, il a tendance à brûler les étapes, contractant de mauvaises habitudes qu'il est ensuite bien difficile de déraciner, et qui retardent d'autant les progrès qui sont à faire passé le stade de la familiarisation avec les premiers éléments de la discipline. Ensuite, il croit avoir trouvé la lune en redécouvrant parfois quelque chose dont il ignore qu'il fut mis en lumière bien avant lui. En troisième lieu, il a tendance à se croire doté de génie du fait qu'il prétend n'avoir pas de maître. François de Roth avait assez de sens du ridicule pour celer cette prétention, il préférait faire dire par d'autres qu'il avait du génie ; mais François Klein, en sa présomption touchante à force d'être démesurément candide, avouait à qui voulait l'entendre que les dieux s'étaient penchés sur son front et qu'il laisserait son nom dans l'histoire. Les autodidactes ont enfin ce travers de se comparer en permanence, pressentant leurs lacunes et en attente de reconnaissance, ce qui les pousse à être toujours en peine de prouver leurs compétences, traquant, chez les gradués de l'université, l'erreur, l'oubli ou l'ignorance ponctuels, incapables de se soustraire à leur inquiétude fébrile.

« Écoute-moi quand même avant de te mettre à pontifier, lui rétorqua Pierre. Malgré ton gramscisme de droite, tu n'es pas parvenu à intégrer l'Institut — ta convoitise inavouée —, et tu n'y parviendras jamais. Tu as la même naïveté que les bourgeois de droite, lecteurs du *Figaro*, pétainistes puis gaullistes catholiques et reagano-papistes. Eh oui, mon vieux, tu as cru pouvoir berner les intellos en adoptant leur langage prétentieux, en cultivant le paradoxe, en épousant leurs thèses pour les faire se retourner contre eux, comme si les gens étaient assez bêtes pour ne pas apercevoir tes grosses ficelles dialectiques, ou plutôt rhétoriques. Ça ne peut plus durer comme ça. Nous sommes en train de crever, tes efforts n'ont servi à rien, sinon à convaincre les déjà convaincus tout heureux de croire trouver dans tes productions amphigouriques une sorte de légitimation conceptuelle conférant à leurs aversions et à leurs aspirations inavouées une espèce de légitimation universitaire ; tel est ton bilan, auquel il faut ajouter un accroissement de la confusion dans les rangs de ce que j'appellerai, faute de mieux, les ennemis de nos ennemis, à savoir notre camp misérable. Vois où nous en sommes ; tu n'as pas changé le monde, il y a toujours plus d'envahisseurs ici, tes idées de compilateur besogneux n'ont en rien freiné la grande décadence des esprits et des mœurs. Et tes grandes attitudes nous lassent. Il t'a bien fallu vivre pour les déployer, il t'a bien fallu de l'argent pour vivre, tu as dû t'adapter pour faire de l'argent, tu as dû mettre ton style sous le boisseau pour t'adapter ; et puis ton style nous agace souverainement, vieux beau qui ne fut jamais jeune ni beau ; tu as toujours été un cabotin nourrissant un grand sens de ses intérêts sous tes dehors hautains. On sait tes petitesses, je n'insisterai pas. Si nous renonçons à nous désengager pour céder à la mort douce oublieuse de toute grandeur, il nous faut agir, en effet. Mais alors il est nécessaire de trouver l'arme absolue, parce que le peuple est contre nous : il lui faudrait beaucoup souffrir pour devenir lucide, et il sera trop tard pour agir quand il souffrira suffisamment pour que sa souffrance devienne féconde. Tes stratégies d'entrisme et ta haine des tics, des contradictions, des réductionnismes de la vieille droite n'ont servi à rien, sinon à contribuer à déraciner les préjugés bienfaisants qui protégeaient le peuple des sophistes. »

Les deux François se sentent visés par ce discours désenchanté. Charles, qui nourrissait une grande admiration pour François de Roth, et qui aurait bien aimé que tout son petit monde fût toujours d'accord, prenait un air contrit. Il laissait se consumer son cigare et en oubliait son verre d'alcool de prune. S'adressant à François Klein, Pierre ajouta :

« Tout le monde s'en fout aujourd'hui des projets métapolitiques, et ces derniers n'ont aucune influence sur le cours des choses. Tout le monde ne comprend que trop bien la portée réelle des révolutions contemporaines : l'invasion migratoire, les décisions sociétales actuelles — le mariage entre homosexuels, la promotion des déviances, l'antiracisme, l'avortement, le divorce, la procréation médicalement assistée (comme ils disent), la destruction systématique de la famille traditionnelle, l'apologie du féminisme, la xénophilie pathologique —, l'entretien de la mauvaise conscience, l'extinction du catholicisme, l'inflation des jeux vidéo, de l'usage du téléphone portable, l'atmosphère sexuelle répandue dans toutes les branches du commerce, la vulgarisation de la pornographie et de l'usage des plantes hallucinogènes, toute cette pourriture obéit à un plan, et tout le monde le pressent. Tout le monde sait aussi que les hommes politiques nous mentent ; que les autorités morales, religieuses et scientifiques sont les valets des vrais maîtres qui nous gouvernent, que ces derniers sont les Juifs, les Maçons et les grands décideurs bancaires mondialistes qui sévissent dans le monde judéo-protestant. Ils n'ont besoin de personne pour comprendre que c'est là une entreprise de corruption destinée à nous avilir sans retour, à faire sombrer en moins d'un siècle trois mille ans de civilisation occidentale. Et ils y consentent. Ils savent très bien mesurer la portée de ces méfaits, ils n'ont pas besoin de nous pour s'en rendre compte, ils ne veulent pas des vrais remèdes ; et il n'est pas certain du tout, de surcroît, que nos deux François soient de taille à en élaborer la formule efficace. »

François Klein, que des verres de vin trop vite avalés commençaient à échauffer, et qui n'était pas encore parvenu à occuper le centre de la scène, prit la parole.

« Vous allez me faire regretter d'être venu. De toute façon, je ne suis pas de chez vous. Je suis parti d'en face, les mensonges d'en face m'ont rapproché de vous, et vous vous révélez indécrottables. Je suis assez d'accord, jusqu'à un certain point, avec les jérémiades désenchantées de Pierre qui croit être profond parce qu'il est cynique. Mais il y a toujours quelque chose à faire, parce que être, c'est faire. Tant qu'on est, on fait. Et on ne se pose jamais que les questions que l'on peut résoudre. J'ai tenté d'exposer la situation du pays et de l'Europe avec un minimum de mots, et de proposer une solution réaliste dont je sais qu'elle ne satisfera personne, mais enfin, c'est là la rançon de son réalisme effectif. Quand on aspire à changer le monde, il ne faut pas plaquer sur lui un idéal irréalisable, ou perdre son temps à célébrer les mérites d'un passé révolu. Il faut partir du monde tel qu'il est, avec ses faiblesses, ses préjugés, ses fondements intellectuels et moraux qu'il faut bien commencer par accepter pour se faire entendre : Droits de l'Homme, antiracisme, liberté-égalité-fraternité, autrement personne ne vous écoute, on joue à faire, on rêve qu'on fait, on fait du rêve et on est balayé. J'en ai assez d'être toujours du côté des perdants. Tu parles, mon pauvre, d'arme absolue. Tu la connais, l'arme absolue, celle qui permettrait d'acquérir une position de force inexpugnable, de buter les corrupteurs et les menteurs, de donner la parole aux gens honnêtes et intelligents, d'imposer pour leur bien et contre leur gré les solutions salvatrices à des peuples tellement abrutis qu'ils sont incapables de les discerner eux-mêmes, et encore moins capables de les vouloir ? Tu la tires d'où, ton arme absolue ? Le Grand Pape et le Grand Monarque ? Les armes secrètes de la société du Vril ? L'assassinat et le terrorisme ? Mais vous êtes tous fliqués, surveillés depuis des décennies, pauvres zigotos inoffensifs et puérils ! Dans vos groupuscules minables, il y a, depuis leur fondation, douze flics infiltrés pour onze militants inscrits… On fait avec ce qu'on a. Il y a la droite des valeurs et la gauche du travail, et vous savez bien que pour moi la gauche du travail c'est d'abord les classes moyennes, les vrais entrepreneurs spoliés par la Haute Finance. Les Identitaires sont tous achetés ou au moins soutenus par les sionistes ; les Musulmans sont excités contre les "Souchiens", les Manipulateurs travaillent pour favoriser le chaos afin de se poser en recours et d'enculer tout le monde. Les seuls à avoir encore le sens de la famille, de l'ordre des choses, de la conception virile de la vie, du travail, de la hiérarchie, de l'inégalité naturelle, les seuls à être moins femelles que les autres, moins décadents, moins américanisés, moins soumis à la judéo-maçonnerie, ce sont les ressortissants du monde arabe qui vivent en France, au moins ceux d'entre eux qui n'ont pas tourné à l'islamo-racaille. On ne fera rien sans eux. C'est pas la peine d'essayer de renverser non seulement la République mais l'esprit républicain, tout le monde y est attaché et aucune action n'est possible en dehors de ce cadre. Alors on reste républicain, et on aménage le discours républicain. On a ainsi contact avec les choses et avec l'histoire. Et puis vous m'emmerdez tous, je suis le seul parmi vous à avoir fait quelque chose qui ait produit des résultats. J'ai toute une jeunesse avec moi, je suis le seul à avoir donné à certaines vérités proscrites le moyen de se diffuser ; à avoir conféré à certaines idées traditionnelles une saveur révolutionnaire qui plaît à la jeunesse. Vous êtes des vieux cons, des débiles inactuels, et j'ai pas envie de me suicider. Tous ceux qui me critiquent du côté de l'Empire, je les comprends, ils se répandent en saletés sur mon compte, c'est pas étonnant de leur part ; mais ceux qui me critiquent du côté des victimes de l'Empire, c'est fondamentalement des cons, ou bien des envieux, ou des doux rêveurs, et en général ils sont tout ça en même temps. »

Personne ne s'étonna de l'agressivité de ce François le Jeune ; on l'avait, en fait, invité à venir pour cela, afin d'éviter à la soirée de dégénérer en réunion d'anciens combattants. Tout le monde prit acte, néanmoins, de la vérité contenue dans ses aveux provocants.

« … et tu les emmerdes, je sais, répliqua Pierre. Tu n'es pas réaliste, mon pauvre François, en dépit de tes prétentions sonores. Et le pire est que tu n'es même pas machiavélien. Tu as une trop haute idée de toi-même, ou plutôt tu as trop souci de nourrir une haute idée de toi-même, laquelle est encore mal assise à tes yeux, pour ne pas croire à ce que tu dis et écris. Et tu dis des bêtises. Tu as emprunté le seul créneau que, au terme d'une espèce de marché des idées mal vendables, tu pouvais encore occuper sans trop de concurrence pour faire parler de toi et te constituer une pelote.

— J'ai eu la faiblesse de dire que je voulais entrer dans l'histoire et laisser mon nom dans le dictionnaire, lui répondit François Klein. M'enfin je me suis contenté de dire tout haut ce que tous les plumitifs, écrivaillons et putains médiatiques pensent tout bas. Tout écrivain veut être un classique, ceux qui le nient sont des menteurs. J'ai eu les couilles de le dire en affrontant le risque du ridicule dont le maniement est l'arme des médiocres jaloux du talent et de l'énergie des autres. Il faut avoir effectivement du génie pour oser déclarer qu'on en a. Il y a ceux qui ont du talent et ceux qui n'en ont pas. Parmi les individus qui n'ont pas de talent — ceux qui en ont sont toujours ambitieux : quand on n'est pas con, on est quand même le premier à le savoir, et toute force aspire à se manifester —, il y a ceux qui sont ambitieux quand même, et ceux qui ont la sagesse d'accepter leur médiocrité. Et les ambitieux sans talent ont, en prenant des airs compassés de types sérieux et modestes, recours à la médisance, à l'intrigue, à la calomnie, au dénigrement, sous couvert de correction fraternelle, de critique constructive et autres sécrétions puantes de jaloux faux-culs et lâches. Ils sont comme les critiques littéraires dont tu parlais tout à l'heure. Et tu fais partie de ces gens-là quand tu me critiques. Et je t'emmerde en effet. De toute façon, on n'est pas là pour analyser les motivations des uns et des autres. Qu'est-ce qu'on en a à foutre de la cuisine secrète des bassesses de l'âme ? Avec des bons sentiments, on fait de la mauvaise littérature ; avec des cœurs tout propres et tout vertueux, on fait comme les kantiens qui ont les mains pures et qui n'ont pas de mains ; "moi qui ne suis pas vertueux, dit Dieu". C'est ce même Péguy qui disait ça, j'aime bien Péguy, un écorché vif idéaliste comme moi, même s'il était enjuivé. Oui, j'aime la réussite et le succès ; oui je fais se confondre en moi ce qui relève de ma pomme et ce qui relève de la cause que je défends ; mais au moins je fais quelque chose. Il y a une ruse de la raison qui se médiatise dans les passions inavouables pour produire quelque chose de grand. C'est pas avec les grandes gueules racistes à petites oreilles et à faces bovines qu'on fera quelque chose ; ils n'ont jamais servi que de repoussoir. Il y a dans la société des gens qui sont prêts à bouger, et les autres ; on n'a pas les moyens de faire bouger ceux qui pensent plutôt bien mais qui veulent pas bouger ; alors, à défaut de rendre la justice forte, on rend la force juste ; à défaut de faire agir ceux qui pensent, on essaie de faire penser ceux qui agissent ; et en fait il faut faire agir ceux dont l'action peut être effective, même s'ils partent de travers et vont dans tous les sens ; c'est le chaos qu'il nous faut ; faut que ça souffre, faut que ça saigne, on ne fera jamais rien sans les classes moyennes qu'ont pas assez souffert encore ; faut les laisser se faire prolétariser, c'est à ce moment qu'elles vont bouger ; il n'y a plus de prolétaires, il y a des beurs à la place, alors je suis du côté des beurs remuants qui diffusent l'antisionisme, c'est par eux que les classes moyennes accèdent à ce qu'elles doivent savoir pour s'insurger. Faites de la cause du peuple la cause des immigrés, et vous ferez de la cause des immigrés la cause du peuple. Faut vraiment être un con doublé d'un médisant pour penser que je roulerais pour les Arabes.

— On n'est pas là, en effet, rétorqua Pierre, pour disséquer nos personnalités respectives. Je vais te dire calmement ce qui ne va pas dans ta démarche. Et tu es tellement intéressé, fiévreusement, par toi-même, virtuose autoproclamé du Logos et roi de la savate, que tu vas m'écouter sans même essayer de jouer les gros bras. Je trouve que tu es très utile pour notre cause, jusqu'à un certain point ; que tu te débrouilles efficacement et, ma foi, fort courageusement, pour diffuser beaucoup de choses exactes, qui restaient avant toi cantonnées dans l'ergastule de l'extrême-droite, sans portée médiatique. Tu montres très bien que la Révolution française a été faite par des bourgeois et non par le peuple qui est toujours conservateur ; par des bourgeois voltairiens qui ont pris la place de l'aristocratie décadente et instauré un système de domination beaucoup plus radical que le précédent, lequel eut une fécondité intellectuelle et artistique sans commune mesure avec celle des nains qui l'ont suivi. Tu rappelles que la religion catholique aujourd'hui universellement salie avait du bon. Tes réflexes marxistes mal dominés te font parler d'elle comme de l'idéologie du pouvoir royal, ce qui au passage révèle l'étroitesse intellectuellement castratrice de ton point de vue, mais passons ; je reviendrai là-dessus ensuite. Le bon côté des régimes catholiques, entre autres choses et selon ce que tu en retiens, c'est que cette religion édulcorait la violence qu'exerçaient les nobles les uns contre les autres et contre les pauvres ; elle associait le roi et l'Église contre les prédations des Grands. Tu rappelles que le catholicisme a été balayé par la Raison des Lumières et la pression bourgeoise excédée par l'oisiveté de la noblesse et devenue indispensable à cause de leur impéritie. Tu expliques que le catholicisme s'est suicidé avec Vatican II, avec *Nostra Ætate*, programmée dès 1947 par les Juifs lors de la conférence de Seelisberg. Tu aurais pu, en passant, rappeler que ce suicide est l'effet de la défaite de Stalingrad et de la substitution du Golgotha d'Auschwitz à celui du Christ. Et tu rappelles à tes contemporains que la franc-maçonnerie est une Contre-Église qui constitue le clergé de la République laïque et jacobine, véritable théocratie au service du culte de l'Homme déifié, prenant conscience de lui-même dans un petit troupeau d'Initiés occultistes et officiellement rationalistes. Et tu expliques avec pédagogie le mécanisme corrupteur et rapace de la Banque et du Crédit, de la création d'argent *ex nihilo*, du mondialisme visant à créer un État mondial se substituant aux nations et dirigé par des Banquiers "satanistes" — peu importe que l'expression ait vocation à être prise au propre ou au figuré. C'est à ton crédit que d'avoir su vulgariser tout cela, mais enfin, tu me concéderas que les gens de "chez nous" le savaient bien avant que tu ne daignasses naître. Là où vraiment tu te mets à dérailler, en dénaturant le sens de toute ta pédagogie antérieure, et en corrompant franchement notre combat, c'est sur les points suivants :

D'abord, tu t'obstines à croire qu'il existerait une parenté entre christianisme et communisme ; que le catholicisme aurait des affinités naturelles avec le communisme et l'universalisme français du XVIIIe siècle, qu'à ce titre marxisme et "Lumières" seraient d'essence "hellénochrétienne". Quand tu veux nous faire avaler que l'économie originaire du don, sécrétée par la "fonction symbolique productrice de visions du monde" (qu'est-ce que c'est que ce truc-là ?), en est venue, sous la pression du progrès technique générateur de surproduits, à se canaliser dans une série d'offrandes aux dieux fondatrice de la caste des prêtres ainsi institués en premiers collecteurs d'impôts avec leur Temple ayant raison de premier Trésor public, tu es marxiste, tu prends au sérieux la dichotomie infrastructure-superstructure. Tu es encore marxiste, même si ton apologie poujadiste ou radicaliste des classes moyennes et des petits entrepreneurs semble parfois te faire préférer Proudhon, Bakounine et Sorel à Marx. Tu es toujours marxiste quand tu prétends faire dériver de ce processus l'organisation tripartite des sociétés indo-européennes, et réduire la théologie en général et les premiers développements du savoir à une codification destinée à légitimer un tel ordre social. Marxiste encore quand tu nous récites ton catéchisme sur les classes sociales déterminées par l'évolution des forces productives et les rapports de production qui en découlent. Et je vais te dire où gît le point de départ de ton erreur de perspective.

Tu veux nous faire croire que le projet des Lumières, conjuguant une sensibilité rousseauiste et une Raison kantienne, aurait eu le mérite de dépasser l'obscurantisme de la scolastique (que connais-tu de cette dernière ?) qui aurait ensanglanté l'Europe en rendant possibles les guerres de religion ; que ce projet était bon par essence mais par accident pourri sous la pression du libéralisme et du messianisme judéo-protestants distillés dans toutes les veines du peuple par la maçonnerie et les valets de la Banque et du

mondialisme. Tu crois sincèrement — et c'est là ta faiblesse — aux vertus libératrices de la Raison des Lumières
transformant l'ancien sujet en citoyen. Tu crois que le
Logos grec et la compassion chrétienne seraient les fondements historiques et moraux de l'humanisme européen
d'où naquirent la promesse et l'épopée démocratiques.
C'est cet humanisme européen, celui de la dite "Renais-
sance", de Montaigne à Pascal que tu citais, de Rousseau à
Kant, que tu oses nommer helléno-christianisme (l'expression désigne beaucoup plus adéquatement la scolastique
thomiste et, dans une autre perspective, le véritable Hegel),
qui forme la matrice de tes convictions et l'idéal de ta
réflexion. Tu pars du principe que la foi est irrationnelle et
que la Raison détruit nécessairement la foi, que cela est un
progrès, même si l'Argent a financé la Raison pour détruire
la foi et les sociétés d'ordre hiérarchisées afin de se retourner contre la raison humaniste dans le but d'instaurer le
contraire de la démocratie. Au fond, ton idéal est une
Révolution française qui n'aurait pas été liquidée par les
Thermidoriens ; une démocratie robespierriste assurant
l'éviction de la noblesse et du clergé par le Tiers-État ins-
taurant une égalité sociale effective célébrée en s'apaisant
dans une société mutualiste réconciliant le prolétariat et la
classe moyenne, sans aristocratie, sans clergé, sans Église,
et au fond sans transcendance. Ton idée est que ce projet
"magnifique" fut trahi par la bourgeoisie et réhabilité par le
socialisme dans le sillage de ce que tu appelles l'eschatolo-
gie chrétienne du partage et de l'amour. Tu te prénommes
François, et c'est très bien : tu es un *poverello* marxiste ;
mais ton philosophe de référence inavoué, c'est Alain,
Émile Chartier...

C'est ce poujadisme, cet individualisme à la Homais de
ronchon libertaire qui n'aime pas les fainéants et les impôts,
les curés et les métaphysiciens, qui te font embrasser un certain nombre de positions politiquement suicidaires pour le
salut de l'Occident.

N'ayant rien compris à l'essence du catholicisme dont tu ne retiens que la condamnation du prêt à intérêt, le refus de l'individualisme cynique et le souci du respect de la personne humaine, lesquels existent dans l'islam, tu n'es aucunement gêné par l'idée d'un recours à l'islam dit "islam de France" pour relever le niveau moral de l'Occident consumériste. C'est aussi ce qui te fait aimer Jean-Jacques Rousseau et sa prétendue apologie de la frugalité, de Gaulle et son prétendu souci de grandeur de la France. Il est vrai que les mondialistes exacerbent les tensions interethniques dans nos pays, pour foutre le bordel, faire liquider ce qui reste de la spiritualité catholique et de l'intellectualité grecque dans une guerre civile sanglante, et ramasser la mise en se posant en recours. Mais tu dois bien comprendre qu'on n'échappera pas à une guerre civile, qu'on ne saurait en faire l'économie, et qu'il faut s'y préparer, et s'y préparer autrement qu'en assimilant quinze millions d'Africains, d'Asiatiques et d'Arabes pour en faire de bons Républicains qui paient leurs impôts et portent l'uniforme aux trois couleurs de la France jacobine. Ce sont tes présupposés de radical-socialiste de droite qui te font méconnaître complètement l'essence et la grandeur du fascisme. Tu aimes les mots, tu te targues de développer un "monisme dialectique" contre un "dualisme transcendantal". Ta philosophie est au fond celle d'un monisme matérialiste désireux d'échapper à la trivialité du déterminisme scientiste et du consumérisme, pour cette raison paré du qualificatif de "dialectique" et ainsi supposé jouir de toutes les vertus de l'esprit. Parce qu'aucun monisme matérialiste n'est capable, sans tour de passe-passe, de rendre raison de la genèse de l'esprit — doté de réflexivité — à partir de ce dont le propre est d'être extérieur à lui-même (incapable de s'identifier à soi par réflexion), ton monisme dialectique est incapable d'expliquer le fait de la *diversité* des esprits, et il équivaut bien en dernier ressort, quoi que tu en dises, à un dualisme transcendantal ; et de ce fait tu es acculé à un monisme inintelligible (penser, c'est définir, circonscrire, différencier, *diversifier*) opposé à des représentations qui résultent d'une *interprétation* du divers : penser se réduit à organiser les phénomènes pour leur conférer l'unité d'un sens, à partir d'un principe d'interprétation choisi au petit bonheur, au gré des états d'âme de chacun, et à jamais indémontrable ; on retourne bien au dualisme kantien de la chose en soi et du phénomène, résidu moderne de l'éternelle tentation sceptique et volontariste, par là subjectiviste. Tu ignores la métaphysique, tu méconnais la puissance de la raison spéculative dont les déterminations idéelles sont celles du réel. Et c'est pourquoi ton matérialisme doté par décret imaginatif des pouvoirs de l'esprit méconnaît en retour les vrais pouvoirs de la matière sur l'esprit ; saint Thomas d'Aquin, défenseur de la thèse de l'individuation de la forme par la matière, aurait su faire sa part à un racisme bien compris, à toute distance de l'universalisme abstrait du subjectivisme. Tu méconnais l'importance du donné racial, dans un irénisme assimilationniste délirant. Même s'ils étaient tous agrégés de mathématiques et docteurs ès Lettres classiques, de surcroît (pour faire bonne mesure) catholiques, tes immigrés resteraient des Arabes et des Nègres. Jamais tu ne parviendras à mener tes troupes mahométanes pour les faire servir à ta cause jacobino-monarchiste, gaullo-maurrassienne. Tu ne comprends pas qu'un idéal jacobin, même saupoudré d'antijudaïsme et de nationalisme à la Barrès, reste dans son fond un matérialisme consumériste, parce qu'il est essentiellement individualiste. Alors tes bougnoules enrégimentés à ta cause antisioniste, je vais te dire ce qu'ils feront. Tant qu'il s'agira de casser du youpin, d'exalter la cause de la fierté arabe, ils marcheront peut-être ; tant qu'il s'agira, en les caressant dans le sens du poil, de freiner des quatre fers contre la politique du choc des civilisations lancée par les Juifs, ils se laisseront faire ; mais ils sont ici pour virer les "Souchiens", pour les mettre en esclavage ; quand ils comprendront qu'il faut se mettre à bosser pour s'assimiler, qu'il faut se désintégrer pour s'intégrer, qu'il n'est plus question de vivre aux dépens de l'ancien colonisateur et de le niquer, ils seront les premiers à reprendre la défroque de l'immigré geignard que les Juifs ont taillée pour lui, ils se remettront à faire la politique des Juifs. »

François le Jeune, assez avisé pour ne pas donner le spectacle d'un énergumène dont les menaces et déploiements d'intimidation physique ou rhétorique n'eussent pas suffi à lui donner gain de cause, resta calme, recevant la critique acerbe avec une bonhomie inattendue, prenant le temps de réfléchir en se versant un autre verre de vin rosé excellemment fruité. Sa détermination, son audace, sa témérité avaient eu raison de maints ennemis, maints roquets prétentieux lui avaient souvent mordu les chevilles, ses aveux désarmants emportaient l'adhésion de ses objecteurs honnêtes, et il pardonnait volontiers les offenses quand elles étaient mues par le souci de la vérité, franchement exprimée, par-delà les conflits de personnes et les querelles d'ego, de sorte que ceux qu'il respectait lui pardonnaient volontiers ses excès de rage et de confiance en soi confinant à la paranoïa, sachant qu'il subissait une tension peu commune de tous les instants, des médisances et insinuations minables, des menaces très réelles et des risques considérables. Il fallait vraiment beaucoup d'inconscience, c'est-à-dire de lucidité suicidaire, pour se permettre, comme lui, d'affronter le système de front ; sa surestimation de soi-même était pour une grande part l'effet d'une compréhensible terreur héroïquement surmontée.

« Alors tu plaides pour la guerre civile, le Grand Soir comme condition de l'avènement du Grand Matin ? Il y a peut-être du vrai dans tes éructations amères, mais ça ne te donne pas la clé de l'action efficace et, n'était le pinard que Charles a la bonté de nous offrir, j'aurais l'impression de perdre mon temps avec vous tous, pauvres cloches en fin de parcours. Je commencerai quand même d'abord, par égard pour toi, par te reprendre sur un point technique : tu te permets de me critiquer à propos du monisme. Mais le monisme hégélien est un système réussi, il est même *le* système et personne ne l'a jamais réfuté, en dehors des afféteries féminines et des banderilles de Kierkegaard l'impuissant qui lui fait dire ce qu'il n'a pas dit pour le mieux détrôner ; lire Marx avec les lunettes de Hegel, ça reste fécond.

— J'ai critiqué le monisme matérialiste, mais il y a quand même une difficulté, certes peut-être amendable, chez Hegel lui-même, et dont tu ne sembles pas apercevoir ne serait-ce que l'ombre. Tu crois avoir trouvé l'arme absolue avec ton Hegel, et tu penses pouvoir lorgner tout le monde de haut du fait que tu as lu Hegel — ce que beaucoup n'ont pas fait, j'en conviens —, mais je voudrais bien te voir nous commenter la Grande Logique... Cela dit, puisque tu joues au penseur, je vais te faire mordre la poussière sur ton propre terrain. Tu me contrains donc de jargonner, j'aurai l'air d'un cuistre devant les autres, et c'est tant pis ; tu aimes bien, toi, le jargon. Alors attache ta ceinture de virtuose du Logos.

Pour autant que l'hégélianisme soit un monisme de l'esprit — ce qui n'est pas acquis, parce qu'il n'est nullement acquis que Hegel ait vraiment su ce qu'il pensait lui-même — alors la conscience que l'homme a de Dieu est la conscience que Dieu a de Lui-même en l'homme qui est, dans cette perspective, un moment de Dieu ; Dieu est esprit, et tout est en Dieu, et la conscience est l'esprit en tant qu'il s'apparaît, s'exprime en attestant cette séparation de lui-même — dont il est l'unité principielle et victorieuse — en sujet et en objet que le sujet saisit phénoménologiquement tel un autre que lui mais qu'il sait spéculativement identique à lui ; l'homme, considéré en sa différence d'avec le tout qu'il s'objecte, c'est-à-dire avec le tout qui s'objective en lui, est l'esprit en tant que conscience ; or cet esprit comme conscience, en se faisant philosophe hégélien se déniaisant, accède à l'esprit absolu dans l'art, la religion et la philosophie ; mais précisément, le dernier mot du système est la position de l'être dont le devenir dialectique et circulaire est l'exposition du processus à raison duquel l'être se constitue comme sujet du processus qu'il est ; dès lors, quand le sujet philosophant parvient au terme du système, ainsi se rend à ce dont il procède, il devrait saisir l'être, à savoir le départ indifférencié, non seulement comme départ indifférencié en attente de sa réflexion constitutive comme sujet de son processus, mais encore comme ce résultat éternellement riche de tout le processus dont il est le vrai maître d'œuvre, notre conscience de lancer le processus n'étant que la conscience — déjà dépassée par lui — qu'il a de lui-même en elle ; ce qui revient à dire que nous devrions saisir dans la clarté, et non pas seulement présupposer, l'acte intemporel à raison duquel l'Un se diversifie sans cesser d'être identique à soi : l'absolu se libère de sa contradiction en la libérant comme la conscience qu'il a de lui-même en nous, mais c'est parce qu'il s'est de toute éternité libéré de sa contradiction qu'il est en soi sujet du processus dont nous sommes un moment, à savoir le moment conscientiel que nous vivons comme sujets du processus qui ne nous a pas attendus pour s'exercer, de sorte que c'est non seulement comme objet du sujet que nous sommes qu'il devrait être saisi, mais encore comme ce sujet du processus dont nous sommes un moment ; or cela n'a pas lieu, évidemment, et cette éclipse de la raison dans l'acmé de sa maîtrise d'elle-même a pour sens ultime que nous ne sommes pas l'absolu dans le sillage duquel, cependant, nous évoluons. Hegel aspire à nous dévoiler la pulsation intime de la Vie trinitaire, et il croit la vivre en développant son système, mais l'acte d'écrire son Livre, en droit reflet conscientiel de l'acte pour ce Livre de s'écrire lui-même, se révèle incapable de rendre raison de la genèse, par l'auto-écriture du Livre, de son auteur humain. Dire de l'absolu qu'il ne prend conscience de lui-même — ainsi ne se sait lui-même — qu'en nous qui en retour ne le savons que comme s'aliénant dans le relatif, c'est confesser que l'absolu n'accède jamais au savoir absolu de lui-même, lequel savoir absolu ne sera jamais — quoi qu'en disent les idolâtres de l'hégélianisme — autre chose que la réitération toujours avortée et sempiternellement relancée du processus par lequel l'esprit fini, pensant la nature et se pensant lui-même, s'achemine vers le grand X de l'identité effective de l'être et de la pensée. Et c'est pourquoi le kantisme, en droit dépassé par Hegel, a eu gain de cause contre Hegel dont la systématicité n'est pas le problème ; c'est bien plutôt son monisme qui fait problème.

Tu vois, je suis aujourd'hui agnostique par faiblesse, par manque d'espérance, je n'ose plus avoir la foi catholique ; mais si j'étais un peu plus habité par le désir de vivre, je redeviendrais ce catholique fervent auquel une lecture exigeante du dogmatisme absolu hégélien, par l'auto-réfutation de son monisme, conduit en droit. Et tu es un kantien honteux, alors ne viens pas me faire la leçon avec ton Marx replâtré par Hegel. Au reste, quand tu sembles te réjouir d'une montée en puissance de la Chine dont la suprématie enterrerait dix-sept siècles de prééminence du monothéisme abrahamique en Europe, tu rejoins les aversions de Roth et son irrationalisme nietzschéen. Tu as un problème avec le catholicisme parce que tu as un problème avec la transcendance, et c'est ce qui te rend incapable de t'ouvrir au fascisme. Tes positions de Troisième voie devraient t'y disposer, mais tu sens bien qu'il y a, derrière la morgue nihiliste des fascistes d'attitude, quelque chose de plus profond qui te déplaît, et qui relève d'un sens de l'abnégation crucifiant ton subjectivisme. Si le fascisme est bien, comme tu le dis dans le sillage des sociologues, l'effet d'une réaction des libéraux bourgeois entrepreneuriaux contre les libéraux financiers internationalistes, il n'est pas que cela, il n'est pas *essentiellement* cela. Tu ne comprends pas, à cause de ton individualisme de principe, que le vrai peuple aspire, sans savoir le formuler, sans même oser le penser, à la grandeur, au service de la Cité avec ses aristocrates et ses privilégiés, ses "oisifs" qui sont des spéculatifs, et que les fascismes furent une tentative de réinvention des sociétés d'ordre traditionnelles à partir du libéralisme polymorphe en lequel s'était effondré un Ancien Régime essoufflé par ses contradictions internes non résolues ; et cela était le cas même pour le national-socialisme dans lequel tu craches non seulement pour te faire bien voir ou par stratégie, mais encore parce que tu n'aimes pas, en jacobin égalitaire, ce qui te dépasse ; il faut de tout pour faire un monde fasciste, même des boutiquiers et des instituteurs rigides, mais il faut une élite, et c'est même l'élite qui finalise le tout, et c'est ça que tu ne supportes pas.

— Arrête tes conneries, rétorqua Klein. Je veux bien accepter les critiques impersonnelles, mais fais gaffe avec tes procès d'intention. Tu veux m'enfumer. En plus je chie dans la gueule de toutes les élites, elles ont toujours trahi le peuple en l'exploitant. Et enfin tu ne vois pas, avec tes salades pseudo-savantes, que tu tombes dans le piège des youpins en comptant sur une politique du pire ? Maurras que vous méprisez tous ici, et qui avait la sagesse de renoncer à la métaphysique, disait que c'est la pire des politiques, et Maurras valait mieux que vous tous, mieux que le constipé qui joue au prophète et me snobe parce que je marche sur ses plates-bandes, lui, là, qui joue au pape de l'anti-américanisme avec des airs de vieille cocotte inspirée. Tu peux jouer les méprisants, Roth, c'est bien de toi que je parle, tu finiras sénile, tu l'es déjà. De toute façon, on verra comment se comportent les fachos de salon et les nazillons déguisés en surhommes quand les cailleras sortiront des cités, bien entraînés, armés jusqu'aux dents et joyeusement enférocés ; ils ne feront de vous tous, les "BBB" ("bière, baston, baise") et les muscadins identitaires, qu'une seule bouchée ; vous allez tous vous faire niquer. »

Figé dans un mutisme agacé, Roth ne bronchait pas, grillant cigarette sur cigarette. Il se dispensa de sortir son couplet sur Proudhon et Pierre Leroux, sur le monothéisme hébreu désenchanteur du monde, et sur le « souci de l'êêêêtre ». En fait, il cherchait une réponse lapidaire pour clouer le bec de Pierre et de François, préparant sa sortie théâtrale d'intellectuel indigné, et il ne la trouvait pas. Il éprouvait en commun avec François une aversion rabique pour la mentalité pétainiste et franquiste, l'ordre moral, mais il ne voulait pas le reconnaître en ce moment, afin de ne pas se rapprocher de son remuant et irascible rival qui lui faisait de l'ombre. Et il se gardait de s'immiscer dans le débat sur le marxisme, n'ayant jamais rien compris à la dialectique. Pilar et Émérentienne, émoustillées, auraient bien voulu que tout cela tournât au pugilat, mais rien ne venait et elles commençaient à s'ennuyer. Elles n'ouvraient pas la bouche afin de ne pas montrer qu'elles étaient ignorantes. Roth n'était plus consommable à leurs yeux, mais elles redoutaient quand même son jugement. Le numéro de François soutenu par une réputation d'anti-féministe farouche et de prédateur de la séduction leur plaisait. Elles attendaient d'être remarquées, changeant les assiettes et remplissant les verres, non sans tortiller du croupion en prenant l'air blasé. En fait, elles jouaient à être des femmes soumises qu'elles n'étaient nullement, elles s'offraient le plaisir de donner l'illusion d'être idiotes pour désamorcer le souci chez les mâles de paraître intelligents, afin de laisser ces derniers montrer, en oubliant d'être en représentation, combien ils pouvaient être bêtes. Xavier, membre d'un tiers-ordre dominicain, prit la parole :

« Il me semble, Messieurs, qu'il serait vraiment dommage que rien de positif ne sortît de nos conflits peu amènes. Si nos ennemis nous voyaient, ils auraient de quoi rire et ils ne s'en priveraient pas, en considérant nos divisions. L'un fait de l'homme moyen le prototype de l'homme, au point que, pour Klein, ce jacobin travailleur et râleur, opérant dans une société contractualiste conjuguant des individualismes débonnaires et répudiant les petits malins toujours affairés à tirer la couverture à soi, réalise la fin de l'Histoire. Les Pyramides, le miracle grec, le christianisme, la *Somme théologique* de l'Aquinate, Raphaël, Le Bernin, le *Requiem* de Mozart et l'*Encyclopédie des sciences philosophiques*, tout cela n'était que le moyen d'accoucher de l'homme moyen. L'autre plaide pour une surhumanité que deux mille ans de christianisme auraient étouffée par la promotion d'une promesse de vie surnaturelle empêchant la surhumanité mondaine de s'épanouir. Le premier croit à la vérité mais il la déclare inconnaissable dans ses fondements métaphysiques, et il se retranche dans un idéal de petit propriétaire attaché à son pré carré nationaliste, sans grandeur, sans drame cosmique, sans tragédie, sans transcendance. Le second ne croit pas à la vérité et lui préfère la volonté de puissance renouvelant toujours ses interprétations, il se veut grand Européen et méprise l'idéal national ; l'identité des peuples ne tient pas, pour lui, dans une essence éternelle ou une vocation définissable puisque tout est devenir, mais elle consiste dans leur manière propre d'évoluer, dans leur style en dernier ressort ; l'histoire n'a pas de sens mais elle est tragique, elle est faite pour sacrifier les hommes moyens et les faibles au service d'une genèse des élites ; cette vision a plus de gueule que la précédente, mais elle est irréaliste, incohérente, immature, purement esthétique, parce qu'il ne comprend pas qu'une élite véritable voit son degré de perfection mesuré par son aptitude à se subordonner à un bien transcendant, commun à raison de sa transcendance même. Au risque de me couvrir de ridicule, je dirai que ce qui conjugue l'épique du second et le souci réaliste d'équité du premier, le sens de l'histoire au souffle tragique et la prudence protectrice des petits, le culte du surhomme et le sens de l'abnégation, c'est le catholicisme, tout simplement : le vrai surhomme est le saint. Si nous avons échoué depuis un siècle à faire valoir nos exigences dans le concert des discours et des actions politiques, c'est parce que nous n'avons pas su mettre en avant l'exigence religieuse et théocratique. Seul Maistre l'avait compris, à toute distance de Marx, de Hegel et de Nietzsche. Et c'est encore l'espérance chrétienne, seule capable de pallier les déficits de rationalité des engagements politiques, qui manque à Pierre. C'est de manière générale l'esprit surnaturel qui nous manque. »

L'abbé Garcia Muños, que sa condition de prêtre aurait dû rapprocher du discours de Xavier, sentait bien qu'il y avait quelque chose qui clochait dans le retour de cet intervenant aux réponses surnaturalistes. Nul ne consentit à répondre à Xavier, mais l'abbé Muños, dans sa bonté discrète, lui sourit doucement, pour lui signifier que, si les choses étaient aussi simples, il suffirait de respecter avec zèle tous les articles de la morale catholique pour exceller dans tous les domaines profanes ; et son sourire se retint d'être grinçant quand il se mit à songer aux talents naturels des dévots. La vie surnaturelle est tellement puissante qu'elle est infiniment discrète. Loin de se substituer à l'ordre naturel, elle le renvoie à lui-même dans l'acte où elle le surélève, elle fait s'enraciner le donataire dans sa finitude dans le moment où elle l'infinitise, puisqu'elle a pour vertu de le restaurer dans son ordre propre à proportion de son pouvoir de l'élever au-dessus de lui-même. Et l'abbé, délaissant en pensée l'objet du débat, se laissa glisser en son for intérieur pour y retrouver ses questions familières non résolues : si la nature d'une chose est sa fin, d'où vient que la grâce, en son pouvoir d'assigner une fin surnaturelle à la nature, ne soit pas contre nature ? Le prélat sentait bien, douloureusement, qu'aussi longtemps que ce problème ne serait pas résolu, les projets politiques des uns et des autres seraient fragiles. On ne peut se sacrifier pour le bien commun, objet de l'appétit politique, que si ce bien commun a quelque chose de divin ; mais le divin appelle de lui-même de s'hypostasier en Dieu ; si l'on se refuse à déifier César, conscience de soi de la Polis, force est de faire s'articuler — sans frustrer l'un au profit de l'autre — le désir du bien commun et celui du souverain Bien.

Edmond qui était venu en bonne partie pour s'amuser commençait à s'ennuyer fortement. Et moi, je me taisais, tout cela me dépassait tout en évoquant en moi des échos conceptuels que je ne parvenais pas à exploiter efficacement, manquant d'esprit de répartie, d'assurance, et de vitesse neuronale. Il y avait donc là le représentant de l'Ordre ancien, qui aujourd'hui substitue l'apostolat traditionaliste à l'activisme politique, essentiellement antirévolutionnaire. Il y avait le fasciste réfléchi mais incapable d'embrasser ce catholicisme que — d'après ce que j'avais compris — il eût été en demeure de plébisciter s'il avait été cohérent jusqu'au bout. Il y avait le représentant romantique du volontarisme moderniste épousant les pitreries conceptuelles de son temps par haine de cette vieille droite pétainiste et colonialiste dont il savait les réels travers, mais qui pensait agiter les idées en tous sens à la manière dont on manie un kaléidoscope en attendant que l'image parfaite en surgisse. Il y avait Edmond, hors jeu, spectateur déconnecté, qui avait décidé d'épouser l'inéluctable processus d'agonie de la race blanche dans les bras de sa maîtresse. Il y avait l'abbé dont les origines sud-américaines, non contaminées par l'esprit judéo-morphe du nationalisme français, faisaient un fasciste de cœur et de raison, mais qui se révélait impuissant à discerner, dans l'intelligence de sa foi, la carence qui l'empêchait d'embrasser sans réticence un esprit révolutionnaire anti-révolution.

Quand tout ce qui était à boire fut éclusé, chacun partit se coucher de son côté, ceux qui venaient de loin rejoignant leurs hôtels ; la soirée avait été vaine, sauf pour l'abbé Garcia confiant dans la Providence dont il savait qu'elle est capable de transfigurer les échecs et d'en faire des victoires, ou des instruments efficaces de la victoire. J'en retins quant à moi qu'il ne suffit pas de connaître le dessous inavouable des cartes pour être habilité à définir ce qu'il convient de faire. Je compris ainsi que le différend causant l'impuissance des Réprouvés était de nature d'abord doctrinale. Pressentant qu'il me faudrait attendre longtemps pour qu'un penseur manifestât cette unité de rigueur et d'audace appelée par la résolution d'un tel inachèvement spéculatif, j'étais désormais convaincu que, si la vérité doit se trouver quelque part, c'est chez eux. Je pris la décision de m'informer plus avant sur les écoles de pensée conflictuelles des Proscrits. Mais la Providence en décida autrement.

Au moment où j'appelais l'ascenseur pour rejoindre ma chambre, Edmond m'invita à prolonger la conversation. Au bar de l'Arsenal, près de la place de la République, j'ai achevé de m'engourdir — le reste de la nuit y est passé — par l'absorption de bières brunes épaisses. Edmond, le spectateur sans rémission, me fit comprendre que l'armée doctrinale de notre camp héroïquement dérisoire était composée de soldats en haillons incapables de s'unir et sempiternellement voués à la défaite du fait de leurs dissensions. Il m'expliqua que le mérite de François Klein était de tenter de dépasser les clivages en procédant à une synthèse pratique intentionnellement bancale, par souci réaliste d'efficacité à court terme. On ne peut agir qu'en vue du court terme parce que la maison brûle : la France est ruinée, les Mondialistes s'affairent avec frénésie en brûlant les étapes, parce qu'ils ont flairé la fatigue létale du monde qu'ils s'efforcent à subvertir depuis deux mille ans, non sans ressentir que la bête n'est pas morte et que la victoire n'est pas définitivement acquise mais doit l'être à tout prix cette fois, parce qu'en s'approchant d'elle ils se dévoilent avec leurs plans de mise en servitude de tous les peuples, et que ce dévoilement suscite l'aversion irrésistible des peuples qui, jusqu'à présent, par complicité paresseuse et mauvaise foi, n'ont pas voulu en prendre conscience. D'autre part, m'expliqua Edmond, seul le court terme est pratiquement envisageable dans la mesure où notre camp est trop faible pour seulement connaître toutes les données internationales des rapports de force économiques, techniques, diplomatiques et stratégiques tissant l'état éminemment complexe du monde actuel. Et une action de survie menée à court terme exclut d'être exercée au nom d'une synthèse théorique achevée qui, outre qu'elle n'est pas encore élaborée, ne saurait emporter l'adhésion immédiate des frères ennemis de l'anti-mondialisme : elle aurait pour première caractéristique d'arracher chacun d'entre eux à ses habitudes de pensée unilatérales mais affectivement puissantes ; on met plus de temps à réviser sa vision du monde qu'à changer de gouvernement. On ne peut agir sans doctrine, mais il ne reste, en fait de doctrine psychologiquement mobilisatrice, que l'éclectisme. Il y a les nationalistes républicains, les maurrassiens, les légitimistes antinationalistes tantôt conciliaires tantôt traditionalistes (et plus conciliaires que « tradis »), les fascistes, les nationaux-socialistes fort mal considérés, les pétainistes, les franquistes, les nostalgiques républicains de l'Algérie française, les reagano-papistes, les Providentialistes illuminés misant sur un grand miracle conjuguant l'érection du Grand Monarque et celle du Grand Pape, les poujadistes, les chrétiens, les païens. Évidemment, l'éclectisme opportuniste révulse lui aussi l'orthodoxie de chaque chapelle, mais, du fait même de son caractère — revendiqué comme tel — provisoire et inachevé, il blesse moins les susceptibilités. Cela dit, intrinsèquement contradictoire et conceptuellement indigent, il ne peut à moyen terme que se résoudre en pétaudière. Quelle est donc la vocation, aujourd'hui, de ce qui n'est pas encore ma famille politique ? Se préparer à l'action en faisant se sublimer, par un effort de synthèse théorique, les dissensions entre chapelles sœurs ennemies, c'est-à-dire : approfondir la doctrine sans souci de l'action immédiate, laisser le monde inversé développer ses propres contradictions, prendre des dispositions privées pour ne pas périr quand elles produiront leurs effets tragiques ; prier évidemment, convertir ponctuellement ceux que la Providence met sur notre chemin, et tenter de profiter du chaos induit par une crise économique ravageuse, quand la maîtrise des mouvements sociaux échappera des mains des imposteurs actuels, pour tenter, avec la grâce de Dieu, d'inverser par la violence le cours des choses. Évidemment, cette modeste vocation faite de patience n'avait rien de véritablement exaltant, mais je compris que c'était la mienne, ou plutôt celle qui aurait dû être la mienne.

De retour à Alençon, je repris le train-train débilitant de ma vie minuscule. Nul ne s'aperçut que j'avais changé. Je savais désormais, après des mois de mûrissement lent, qu'il existe un envers du décor : l'âme irréductible au corps, la vie spirituelle sous les préoccupations séculières, les vrais maîtres du monde sous l'agitation sociétale diffractée par l'anamorphose journalistique. Et la révélation de cette dualité me fit me complaire dans cet envers que mon dénuement affectif invitait à scruter, et dans lequel je m'installai progressivement. Sans rien changer à mes habitudes publiques, je me mis à lire chaque matin la messe du jour. L'abbé Garcia était géographiquement trop éloigné pour que je pusse de manière régulière assister aux offices qu'il célébrait, et j'étais trop ignorant, en matière de nuances opposant entre elles les chapelles traditionalistes, pour chercher une paroisse plus proche susceptible de correspondre à mes vœux : ces derniers étaient encore bien flous. Mais je perçus l'échappatoire de l'exil intérieur tel un luxe, qui me dispensait d'avoir recours aux voyages spatio-temporels pour fuir mes misères.

Les choses auraient pu durer ainsi longtemps — le temps d'une conversion accomplie peut-être — si je n'avais reçu un jour, de mes anciens beaux-parents, un faire-part m'annonçant la mort de mon ex-femme. Je sus vite qu'il s'était peut-être agi d'un suicide, mais on ne sut jamais ce qui s'était vraiment passé.

Moi qui ne l'aimais pas, je fus pris d'une immense pitié pour elle, qui m'étonna beaucoup ; « je ne t'ai jamais aimé » me disait-elle alors, et je savais que c'était probablement vrai, même au moment de son trépas ; malgré tout j'éprouvai pour elle de la bienveillance, de la compassion même. Les recommandations d'Ernest m'atteignaient avec retardement : pourquoi fut-elle si pénible à vivre, si injuste et si ingrate, si fausse, si vénale aussi ? Et dût-elle n'avoir aucune circonstance atténuante, le péché en autrui doit inspirer du regret à tout homme, parce que toucher à une pierre vivante du Corps mystique, en affectant le corps, affecte aussi les autres parties par là ontologiquement solidaires du tout et les unes des autres. Ma compréhension de cette pauvre femme, qui n'avait rien d'une absolution, se révélait capable de transcender la superficialité et l'évanescence des sentiments en général. Le jour des obsèques, son dernier concubin n'était même pas présent, ce qui ajouta à ma tristesse. Voilà, tu es morte, ma pauvre emmerdeuse si prompte aux crises calculées d'hystérie, si fausse, si insupportable ; presque personne n'est là pour te pleurer ; là où tu es, tu ne peux plus te livrer à la duplicité, c'est le moment de la grande explication avec toi-même et avec Lui, et je te plains, et je ne peux m'empêcher d'espérer que tu cesses de te mentir juste le temps de faire le bon choix pour l'éternité. Tu souffriras beaucoup ensuite, mais tu seras sauvée, et tu seras devenue belle et aimable, selon un éclat de ton visage que je n'ai pas connu, juste furtivement pressenti peut-être, quand tu connaissais une déconvenue et que j'observais ton profil alors que tu te croyais seule : il me semblait là avoir affaire à une douce étrangère, mais c'était toi, celle que tu es en vérité, celle que tu es appelée à devenir, celle que j'aurais dû apprendre à aimer en toi, pour te faire advenir à toi-même. Comme tu dois être belle en ce moment, défigurée en ton masque trompeur par la souffrance rédemptrice qui te révèle telle qu'en toi-même ! Comme tu as dû souffrir, en ton impuissance à aimer ton prochain, asphyxiée par toi-même, te haïssant en ne pensant qu'à toi que tu croyais aimer, haïssant autrui parce que tu ne t'aimais pas !

C'est toujours aux mêmes qu'on demande d'être compréhensifs, de pardonner les offenses, d'oublier les injustices, d'essuyer les crachats des humiliations qui coulent sur leur visage, d'être indulgents à l'égard des offenseurs, d'oublier leurs propres tourments tout en étant éminemment attentifs à ceux des autres qui en retour ne sont attentifs qu'aux leurs propres. Si tel est cet amour de la religion qui se veut religion de l'amour, une telle religion ne peut être la mienne. C'est le sens de la justice, c'est la haine du mensonge et de la tiédeur, c'est un sursaut de fierté, c'est un souci de vérité qui m'ont fait apercevoir dans le vrai catholicisme le couronnement surnaturel obligé d'une vision naturelle du monde cohérente capable de faire se réconcilier les uns avec les autres tous les aspects contradictoires de moi-même. Et c'est même le catholicisme qui m'a aidé à entrevoir le contenu d'une telle vision naturelle dont ma raison défaillante apercevait l'existence et souhaitait ardemment la possession. Dès lors, le vrai catholicisme, l'authentique humilité, ne peut m'enjoindre de renoncer à moi-même dans ce que j'ai d'assez sain pour avoir mérité que je m'appuie sur lui pour m'ouvrir à la foi. Ces invitations au défaitisme, au culte de l'échec et à la haine de soi, ne peuvent procéder du catholicisme ; elles sont le fruit vénéneux du défaut principal des catholiques, qui est le défaut congénital de l'apostolat catholique. Laisser proliférer les injustices au nom de la patience et de la charité, c'est corrompre la charité en donnant libre cours à la lâcheté de l'offensé et à l'impudence de l'offenseur.

En enterrant l'ancienne concubine que les registres administratifs tenaient pour mon ex-femme, j'étais en train d'apprendre ce que c'est que la charité : s'efforcer à discerner en autrui l'homme aimable qu'il n'est pas de fait, c'est-à-dire à voir en lui l'un des visages de Dieu, sans cesser de haïr ce qu'il contient de haïssable ; aimer en autrui l'un de ces visages de Dieu, qu'il est, l'homme parfait dans l'imparfait, sans cesser de juger haïssable ce qui est en effet tel. « *Ignoti nulla cupido* », « *nil volitum nisi praecognitum* ». C'est déjà aimer quelqu'un que de vouloir accéder à ce qu'il y a d'aimable en lui. Il faut donc bien que ce qu'il n'est pas encore soit déjà présent à ce qu'il est, pour que l'on se mette à décider de l'aimer. Mais il faut des efforts difficiles pour saisir l'occulte dans le masque, à cause de la répulsion légitime que ses travers suscitent. La charité, c'est cet effort même. Et j'ai senti une insigne douceur dans l'exercice d'un tel effort. La manière la plus efficace de rendre la charité impossible, c'est — en brandissant d'un air férocement comminatoire, avec une obscène ostentation, l'injonction chrétienne de charité par là ignoblement galvaudée — de court-circuiter la légitime répulsion, et l'esprit de juste violence dont elle est grosse, qu'inspire l'injustice inhérente au prochain : la charité est cette victoire opérée sur le crucifiement de la vindicte qui doit bien, pour être crucifiée, commencer par être assumée.

Lors de ce court séjour à Metz, je revis Ernest, pareil à lui-même. Il m'invita à poursuivre avec lui une séance d'entraînement dans sa salle de musculation. Je ne savais pas en y entrant que je venais là de signer mon arrêt de mort. Que mon cas ait valeur de témoignage : on ne sait vraiment ni le jour ni l'heure, Il survient comme un voleur. Et j'atteste que la mort, cette nouveauté absolue dont par définition aucune expérimentation ne peut être faite, est vécue tel un acte de reconnaissance de quelque chose qu'on sait à son contact avoir toujours été intimement connu, et même désiré ; c'est presque une histoire d'amour, dans la forme d'un coup de foudre ; la crainte inhérente au désir de fusion délectable propre au coup de foudre est la peur de la dépendance et de la déception ; l'angoisse de la mort, crainte absolue de la sanction éternelle, s'exerce, en même façon, dans un mouvement que l'on vit sur le mode d'un accomplissement de la vie, attendu dès l'aube de cette dernière.

Ernest n'était pas très susceptible, mais tout de même assez vif quand on l'indisposait ; il y avait pour lui des sujets plus sensibles que les autres. Ce jour, alors qu'il se querellait avec un voyou qui lui avait confisqué ses haltères, comme il arrive si souvent dans les endroits de ce genre, il lui fit observer sans aménité qu'il était un goujat, plus précisément un « petit merdeux jouant au caïd ». C'est alors que l'autre, cherchant une répartie assassine, lui déclara qu'il était un vieux con moraliste rigide et inactuel, et qu'il n'était pas étonnant que sa salope de fille eût abandonné son voile pour courir le mâle, étant bien entendu que cette vocation avait été forcée par la pesanteur abusive de l'autorité paternelle. Mon pauvre Ernest comprit qu'il ne pouvait décemment pas laisser passer les injures — l'une pour lui, l'autre pour sa fille — ; on ne sut pas — pas même lui peut-être — laquelle des deux l'emporta sur l'autre dans l'épouvantable colère qui s'empara de lui. Encaissant lentement l'offense, blanc comme un linge, il s'avança vers son insulteur avec l'intention de le disloquer. Quand il comprit ce qui se passait, un camarade du jeune, auquel personne n'avait prêté attention, frappa violemment Ernest dans le dos au moyen d'une barre d'haltérophilie, puis s'acharna sur lui quand il fut au sol. J'étais pétrifié, paralysé par la peur, la surprise, l'écœurement, l'indignation. Les jeunes s'enfuirent, mais certains témoins m'informèrent que l'un d'eux dealait à Borny.

Pompiers, Police Secours, premiers soins, hôpital, visites, opérations douloureuses et aléatoires : Ernest est condamné à passer la fin de sa vie en fauteuil roulant. Quant aux petites frappes, après quelques mois de préventive, elles ne furent guère inquiétées, invoquant à la fois l'argument de la légitime défense face à un raciste devenu fou, à la fois celle du devoir d'assistance à personne en danger.

D'Ernest, je crois pouvoir dire sans grande crainte de me tromper qu'il ne fut jamais heureux, à aucun moment de sa vie. Il attendait beaucoup d'une retraite paisible envisagée telle une nouvelle jeunesse mais assagie, lui permettant de panser les plaies affectives issues du combat qu'est une vie active, et de digérer ses échecs familiaux. Il espérait rattraper le temps perdu, en faisant sans regret son deuil des joies euphorisantes propres à la jeunesse, c'est-à-dire qu'il aspirait à actualiser ses dons intellectuels. Il n'aura même pas cela. Impotent, diminué, drogué aux sédatifs, il risque de devenir l'obligé de ceux dont il voudrait le moins dépendre. Sa femme bien-aimée, sa seule amie, sa confidente, effacée — comme seule peut l'être une sainte femme — dans l'exercice de son rôle d'épouse et de mère affligée par la mésentente déchirant sa famille, l'avait toujours soutenu jusque dans ses plus douloureuses épreuves, n'ignorant rien de ses failles, supportant sa mauvaise humeur avec patience, assurée que sa propre conversion religieuse — dont il avait été l'instrument — valait à ce dernier une reconnaissance éperdue et lui méritait un dévouement inconditionnel. Mais elle est désormais bien fatiguée pour s'occuper de lui sans aide extérieure. Elle redoute d'être rappelée avant lui, de laisser son petit homme à la merci d'une progéniture vengeresse dont elle sait l'ingratitude nonobstant son incoercible affection pour le fruit de ses entrailles : si Ernest devient une charge pour ses enfants, c'est avec une parfaite mauvaise grâce qu'ils la porteront. Elle craint aussi de ne pouvoir jamais assouvir son désir inapaisé de nourrir une fierté pour ses enfants qu'elle sait objectivement peu admirables, et c'est une réussite singulière, dans une vie tissée d'échecs, que d'avoir su maintenir une affection conjugale capable de résister au désaveu de ceux en lesquels, naturellement, devrait s'hypostasier l'unité des époux ; tels Philémon et Baucis, mais dans le monde infiniment débilitant des atmosphères d'hôpital et de pharmacie, ils se consumeront sans la gloire d'être transformés en arbres.

J'éprouvais alors, pensant à Ernest, le sentiment d'une immense injustice, sans toutefois le plaindre des plaisirs communs dont il avait été et serait privé toute sa vie, à l'égard desquels, au reste, il n'avait jamais manifesté une très grande appétence. Le monde contemporain, par l'aval au moins tacite d'une plèbe privée de ses vraies élites depuis plus de deux siècles, est parvenu à faire, de la médiocrité, le principe de sélection des nouvelles élites en lesquelles se mire la plèbe et dont elle supporte complaisamment toutes les iniquités et toutes les bassesses. C'est donc en dehors de la hiérarchie sociale institutionnelle que doivent se chercher aujourd'hui, retranchés dans des niches professionnelles insignifiantes, les individus porteurs de mémoire et d'aspirations fécondes. Je crois pouvoir dire qu'Ernest en fut un.

Je ne savais pas ce que je ferais, quelques mois plus tard, en m'acheminant vers Borny, en cet endroit glauque, coincé entre deux tours, et où, à partir de deux heures du matin, les voitures de luxe de la jeunesse dorée faisaient la queue pour ravitailler leurs occupants en cocaïne, cannabis, amphétamines, héroïne, ecstasy. À la fin de la nuit, ce sont plutôt les filles publiques qui viennent s'approvisionner. J'étais porté par une force inconnue, un mélange d'indétermination et de certitude, d'agressivité joyeuse et du sentiment d'une parfaite légitimité, comme investi d'une tâche sans savoir en quoi elle pouvait bien consister, mais en sachant que je vivais là un tournant de ma vie. C'était comme un désir irrépressible, que la perspective d'un possible « *animus necandi* » ne réfrénait pas, de tirer ma révérence en coupant court à toutes ces velléités de concession trop souvent satisfaites par le recours à l'impératif de « prudence ». J'aperçus la gouape qui avait estropié celui que je considérais comme mon ami. Surmontant ma lâcheté renaissante, je parvins à la jeter à terre, et à la défigurer à coups de poing américain. Quand il fut réduit à une bouillie rose, je me relevai pour reprendre mon souffle, libéré, serein, épuisé ; à ce moment, je sentis dans le haut de mon dos les prémices d'une douleur aiguë qui me coupa le souffle, tout en comprenant que c'était là l'annonce du destin ; je n'eus pas le temps d'éprouver l'atroce douleur qui devait suivre le choc du couteau à longue lame qui m'avait terrassé : je reçus une balle de 9 mm en plein front. Ma dernière pensée mondaine fut la suivante : j'ai vécu en minable, nul ne comprendra mon geste ; j'ai une mort minable aux yeux des hommes, tout est dans l'ordre. En me voyant quitter mon corps dilacéré, j'eus le temps de formuler la supplique suivante :

« Dieu exorable, Dieu des catholiques, des inactuels, des marginaux, des ratés, des vaincus, des boutonneux, des femmes laides vierges malgré elles, des tremblants, des naïfs, des petits repoussés par le Monde, des abandonnés de la nature trop attachés à elle encore pour se faire renaître en Vous, des dyspeptiques, des grabataires et des coincés, je n'ai pas de réponse aux objections par lesquelles Vos ennemis me terrassent et brocardent Vos enfants sales. Mais Vous êtes bien, j'en suis sûr, moi le sourd à Vos avances, le Dieu des Béatitudes, le Dieu qu'aucune rebuffade ne lasse, le Dieu de la Parousie victorieuse, de la Grande santé insolente, de l'Intelligence infinie et de la Gloire écrasante. Recevez-moi dans un coin de Votre Purgatoire, je vais souffrir affreusement, mais c'est là que je veux être. Je ne ferai pas de bruit, je saurai attendre. Accordez-moi le mérite d'avoir espéré recevoir l'Espérance. Les hommes ne m'ont guère aimé, je ne les ai pas beaucoup aimés non plus, mais je veux les aimer, discerner l'abîme insondable que doit bien recouvrir leur médiocrité, puisque Vous les aimez au point de mourir pour eux. »

Je n'ai pas le droit de décrire ce que je connus ensuite. Il m'est néanmoins permis de dévoiler deux choses. Premièrement, tout après la mort est infiniment simple : celui qui croira sera sauvé, celui qui ne croira pas sera condamné, il y a le parti de Dieu et celui du refus de Dieu, et c'est tout. Deuxièmement, aussitôt qu'on est hors du temps, fixé dans son destin éternel contenu dans le choix ultime de sa vie, on s'aperçoit combien toutes choses terrestres, même les plus incongrues, les plus déroutantes, étaient disposées au mieux. Il est logique que ce qui est contingent par essence soit assujetti, jusqu'à un certain point, aux caprices du hasard. Mais ce hasard, qui ne se réduit pas à notre ignorance, est tel qu'une finalité se médiatise en lui : il est rationnel qu'il y ait de l'irrationnel, de telle sorte que l'irrationalité est encore, comme moment obligé d'effectuation du rationnel, lestée de sens. C'est pourquoi m'est apparue dans sa limpidité terrible la solution de toutes les apories que je croyais insurmontables.

L'Église catholique admet que certaines âmes souffrantes au Purgatoire soient autorisées à revenir sur terre de temps à autre afin de se rappeler au souvenir des vivants, à la fois pour solliciter des prières en vue de leur libération, à la fois pour inviter ceux qu'elles visitent à changer de vie. Je fais partie désormais de cette légion d'âmes en peine, douloureuses et saturées d'espérance.

Depuis, je suis régulièrement envoyé, moi qui ai passé mon temps à tenter de n'avoir besoin de personne, auprès de ceux qui me révulsaient pour quémander des prières propitiatoires.

L'abbé Hyacinthe Lartéguy sévit comme directeur d'école dans l'est de la France. C'est un homme petit de taille, extrêmement autoritaire, vindicatif et en guerre perpétuelle avec son prochain. Il vit ses travers tels autant d'attributs à lui providentiellement offerts pour lui permettre d'exercer efficacement sa tâche objectivement difficile. Issu d'une famille bien-pensante et très cléricale de l'Ouest, élevé dans l'esprit de l'Action catholique et des papes démocrates-chrétiens qui ont succédé à Léon XIII, il a été formé dans un séminaire de Mgr Lefebvre, dans les années soixante-dix. Aussi est-il tenu pour un « vieux de la vieille », un témoin et acteur vénéré des temps héroïques du début français de la réaction traditionaliste. Il conjugue le culte de la Résistance et des « *Gesta Dei per Francos* », celui du souvenir des Chouans et celui de la France du MRP puis du gaullisme, ce temps de la République bon enfant avec laquelle, pense-t-il, on pouvait s'arranger, que l'on aurait pu christianiser si la crise moderniste n'avait pas eu gain de cause avec Vatican II. Doté d'une mâchoire puissante et proéminente, il ressemblerait presque au vieux Corleone incarné par Marlon Brando, si son habit et son corps fluet n'en empêchaient pas le rapprochement. Enfant et adolescent, il eut beaucoup à souffrir de sa fragilité physique, entouré qu'il fut de condisciples méchants, brutaux et dominateurs qui le terrorisèrent, l'obligeant, de manière humiliante, à se réfugier souvent à l'ombre de la taille rassurante des instituteurs et des surveillants. Il y eut toujours à Écône deux tendances opposées, expressives des indécisions du prélat fondateur : la tendance réactionnaire qui culmina dans le surgissement d'un sédévacantisme que Mgr Lefebvre réprouva sans nuance, et la tendance « ralliériste » qui prit le dessus à la mort de ce dernier. L'abbé Lartéguy, aveuglément engagé dans le sillage de Mgr Lefebvre, parvint à ne pas être happé par l'un des deux courants, non sans signifier sa préférence pour le courant réactionnaire. Pour lui, il y a les ecclésiastiques qui constituent le sel de la terre, les élèves qui n'ont d'intérêt qu'à consentir à faire éclore en eux une vocation, et la tourbe indifférenciée des laïques, graine de damnés potentiels sempiternellement rétifs au travail de la grâce, dont il convient néanmoins de ménager les bontés quand ils ont de l'argent. À ses yeux, le scoutisme, le sport, la bonne santé physique, l'ambition sociale, le souci de poursuivre de longues études relèvent du naturalisme le plus abject, et doivent être réprimés avec la dernière sévérité. Tout ce qui respire la réussite terrestre est peccamineux. « On est ici-bas non pour être heureux mais pour souffrir ; la vie terrestre est une vallée de larmes », enseigne-t-il en martelant ses mots comme des coups de masse vengeurs sur la tête ébahie de ses ouailles. Il fait volontiers l'apologie publique des « bonnes familles chrétiennes », dans lesquelles les femmes sont habillées comme des sacs, les hommes comme des employés de bureau des années soixante, pauvres, tristes, résignés et obéissants. L'abbé se réjouit de diriger un internat, seul capable de soustraire les enfants à l'influence de parents toujours trop ouverts au monde, à ses tentations, à ses turpitudes, toujours trop enclins à penser par eux-mêmes en mettant des bâtons dans les roues des éducateurs ensoutanés seuls capables d'assigner à chaque enfant l'avenir qui lui convient, seuls habilités à distribuer la manne du savoir congru au troupeau. Le numéro le plus rodé de l'abbé consiste à tirer les vers du nez des enfants craintifs, puis à convoquer les parents en leur faisant des reproches sur un ton dramatique. Si l'enfant manifeste des penchants répréhensibles, ce ne peut être à cause de l'école, de son personnel ou des autres élèves, non, cela ne peut procéder que de l'impéritie des parents. L'abbé favorise, pour la bonne cause, l'esprit de délation dans l'âme des enfants, mais aussi dans celle des pères et mères de famille complaisants : on doit couper l'herbe sous le pied du démon, dénoncer les infiltrés, exclure la pomme pourrie du paquet de pommes saines ; il faut être énergique dans ce domaine, vigilant, couper dans le vif, foin des susceptibilités et des scrupules trop humains. Les professeurs laïques recrutés par l'abbé seraient dans l'incapacité d'enseigner ailleurs que chez lui, faute de titres universitaires et de compétences suffisantes. Ainsi les tient-il bien dans sa main de fer, inquisitoriale, intimidante et vite menaçante. De plus, comme il le dit, « la grâce supplée » ; oser s'inquiéter de certaines incompétences serait « manquer d'esprit surnaturel ». L'abbé s'arrange pour exclure des grandes classes, sous des prétextes divers, les élèves dont le niveau ne leur permettrait pas d'obtenir leur baccalauréat, ce qui lui permet de faire afficher par son institution un taux de réussite exceptionnel. Érigeant la malveillance et la médisance en vertus, l'abbé est en général bien renseigné. Sa méchanceté tout ordonnée à chasser les misères d'autrui lui donne des antennes et serait presque capable de le rendre psychologue si sa suffisance, confortée par la bonne conscience, ne le rendait pas aussi bête.

Chez les « tradis » aussi il y a des escrocs, des carambouilleurs, des aigrefins, des garces, des ambitieux vénaux, des pédérastes, des éducateurs alcooliques et des infiltrés. L'abbé n'est coupable d'aucun de ces travers ; les siens, vertueux et peut-être aussi dangereux que ceux-là, lui suffisent. Une fois, il s'est fait ridiculiser par une mère lui ayant confié son rejeton ; divorcée, militaire de carrière, elle entendait se débarrasser de son mioche fort mal élevé dont l'insolence pourtant prévisible avait exaspéré l'abbé à un point tel qu'il en était venu à lui flanquer une correction publique excédant quelque peu la rigueur qu'il mettait habituellement à ce genre de tâche. L'enfant s'en était tiré avec un tympan éclaté. La mère de famille consentit à ne pas porter plainte, pourvu qu'elle fût dispensée de régler la scolarité de son cancre pendant deux années pleines. Il dut y consentir, ce qui ne contribua pas à le réconcilier avec la gent laïque. On ne l'y reprendra pas ; on n'est jamais assez suspicieux.

« Il y en a qui… » : tels sont souvent ses débuts de phrases lorsque, en public, sans bien sûr trahir les secrets de la confession, il se plaît à évoquer sans nommer leurs auteurs — qu'il sait présents et qu'il feint d'ignorer — les turpitudes qu'ils lui avaient révélées en confession. Quel plaisir, quel sentiment de puissance que de les voir se faire petits, gênés, soumis, avouant par leur malaise qu'ils se reconnaissaient en ses paroles ! L'abbé aime confesser, il trouve là l'occasion de se repaître des faiblesses de son prochain, d'enrichir son mépris pour lui, de venger les offenses qu'il dut subir par le passé. Il se réjouit des agressions graves que subissent les plus fragiles de ses élèves de la part des plus grands, considérant que « Dieu permet le mal pour en tirer un plus grand bien » : il est bien évident que tel enfant abusé eût risqué, sans cette épreuve, de développer un orgueil qu'il fallait bien enrayer ; la sainte Providence diligentée par l'abbé y a admirablement pourvu. Il existe pour lui un conflit radical, indépassable, entre l'ordre naturel et l'ordre surnaturel. À bon entendeur, salut.

Je connaissais de vue l'abbé Lartéguy. Un jour, Ernest m'avait traîné, avant mon départ pour Alençon, à un office religieux dans l'un des centres de messe de Moselle. C'est cet abbé qui officiait, et je lui fus présenté. Il avait seulement daigné lever un œil sur moi, me jaugeant en une seconde : graine de séditieux, difficilement manipulable, étranger au petit monde des élus « tradis ». Je ne m'étais pas formalisé de son dédain.

Alors qu'il congédiait les dernières familles d'une journée consacrée, dans son institution, à faire se rencontrer les parents d'élèves et les professeurs, réjoui d'avoir « mouché » un certain nombre d'entre eux, je lui apparus après l'affaire de Borny. Il ne savait pas que j'étais mort, et ne s'étonna pas vraiment de ma présence.

Je décidai de l'aborder.

« Alors l'abbé, toujours aussi teigneux ? »

Se tournant promptement vers moi, il afficha aussitôt sa face de bouledogue indigné, vraiment surpris qu'un simple mortel, qui plus est un laïque, eût l'outrecuidance de l'apostropher de manière aussi cavalière.

« C'est à moi que vous parlez ? Vous savez qui je suis ? Et d'abord, vous, qui vous êtes ?

— Veuillez changer de ton, l'abbé, je ne suis pas, je ne suis *plus* un "mortel", ceci pour répondre à votre question silencieuse. »

Là, il fut interloqué, sachant — en croyant que je l'ignorais — qu'il avait effectivement prononcé en lui-même le mot de « mortel » ; mais il voulut n'en laisser rien paraître. Il faut dire que ma singulière situation existentielle m'habilite à voir les choses du point de vue de leur terme ; en reprenant, pendant les visites mondaines, le mode terrestre d'activité cognitive, je fonctionne derechef en faisant dépendre ma raison de la connaissance sensible dont évidemment, en tant qu'âme séparée, je ne suis plus tributaire, ce qui m'invite au passage à confirmer que l'âme séparée est à bien des égards dans un état plus parfait que l'âme unie au corps, pour autant qu'elle parvienne à son entéléchie naturelle, ce qui, dans ma situation de membre intérimaire de l'Église souffrante, n'est pas le cas. N'empêche : bien qu'à nouveau incarné, dans un état qui n'est nullement celui d'une « réincarnation », je conserve quelque chose du mode purement spirituel de connaître, de sorte qu'il m'est possible de discerner infailliblement, dans les comporte-ments de mes semblables, leurs pensées et leurs volitions secrètes.

« Qu'est-ce que vous me chantez-là ? Vous êtes un mauvais plaisantin, et puis d'abord vous n'êtes pas de chez nous. Qu'est-ce que vous voulez ? Quand on me cherche, on me trouve, je serre les gens de très près ; et quand je tiens quelqu'un, il est aussi paralysé que le bras d'un vagabond pris dans les mâchoires d'un bas-rouge. Ne jouez pas au plus fin avec moi, vous n'êtes pas de taille.

— Mon pauvre abbé, je crois vraiment que vous n'avez aucune idée adéquate de la situation. Je sais tout ce qui se passe et se pense en vous, je sais même que vous avez peur de moi, bien que vous m'ayez vaguement reconnu, et peut-être même à cause de cela. Je vous répète que je ne suis pas un mortel, même si je ne suis qu'un chien de laïque. Tous les hommes meurent, même les prêtres. Vous mourrez un jour.

— Oui, et alors ? Vous croyez m'impressionner ? Je sais mieux que vous que les hommes meurent, j'ai même le pouvoir de les assister pendant grand Passage, alors vos mises en garde, vous savez… Mais arrêtez de jouer au mort, on n'a jamais vu ça.

— Je viens, l'abbé, vous demander un service, mais d'abord je suis chargé de vous en rendre un. Ce fut pour vous un grand honneur et une grande grâce que d'être appelé au sacerdoce. Mais pourquoi êtes-vous si dur avec votre prochain ? Pourquoi tant de hargne à forlancer en lui les petitesses, les replis cachés, à gratter les plaies encore vives ?

— Non mais vous savez un de ces toupets ! »

L'abbé décidément remué se mit à hurler en serrant les poings, puis tenta de m'attraper par le col de ma veste, mais il dut se rendre à l'évidence : sa main passait dans mon corps comme dans un rayon lumineux. Il eût aimé diagnostiquer un phénomène préternaturel d'origine diabolique dans ma manière d'être, mais il comprit, dans l'instant où l'hypothèse

germait sous son front ébahi, qu'il ne pouvait en être question ;
si j'avais été un envoyé du Malin, j'eusse été un zombie — un
vrai corps —, un cadavre d'humain raccommodé et manipulé
tel un pantin par les sortilèges de l'Esprit Impur, roi des illu-
sionnistes. L'abbé en fut d'autant plus inquiet : ce ne serait pas
un mauvais tour du diable, ce serait un avertissement d'en-
Haut ; son état spirituel était-il tel qu'il exigeât des interven-
tions exceptionnelles de cette nature ? Il y avait vraiment là des
raisons de s'alarmer. Alors, les bras ballants, il fit quelques pas
en arrière, prêt à recevoir mon message.

« Vous aimez intimider, faire peur aux gens, les humilier, vous grandir en les abaissant ; vous vous sentez prendre dix centimètres quand, en face de vous, vous les voyez
courber le dos et s'amuïr sous le choc de vos accusations,
de vos reproches, de vos insinuations aussi, sous le couvert
de les rappeler à leurs devoirs, et "pour leur bien" évidemment. Vous aimez leur confusion, comme un voyeur
exploitant les misères en secret collectées pour faire chanter
ses victimes. Il y a du Fouché en vous, un Fouché jésuite,
déguisé en agent indigne de la défunte "Sapinière" dont
vous croyez faire revivre le combat alors que vous le trahis-
sez. Vous faites de l'insondable dignité attachée au prêtre
un instrument de puissance orienté vers le règlement de vos
blessures passées et présentes non guéries.

— Ce n'est pas vrai, je suis dur certes, mais par bonté ;
j'agresse, mais les hommes mentent et surtout ils se mentent, et c'est vrai que cela m'indispose, ça excite mon indignation, je l'avoue ; je les connais, les hommes ; je sais
leurs saletés, on ne peut les sauver qu'en les forçant malgré
eux à prendre conscience de la gravité de leurs actes ; ils
veulent tous se soustraire à leurs responsabilités. Et on
enjolive, et on se disculpe, et on arrange les choses, et on
oublie "de bonne foi" ; on doit bien leur plonger le museau
dans leur vomi, de force, et, évidemment, s'ils regimbent,
il n'y a là rien d'étonnant. Moi qui ne suis pas un intellectuel…

— Parlons-en : "moi qui ne suis pas un intellectuel"…
Je vous "accorde" en effet que vous n'en êtes pas un, pour
le moins. Mais vous…

— Les grandes vérités sont toujours simples, elles n'ont
pas besoin de sophistication pour être communiquées, c'est
l'engeance des sophistes qui les rend inaccessibles. La
valeur de l'intelligence se mesure à son pouvoir de s'atta-
cher à la vérité. La science divine exalte les purs, les fidèles,
et elle confond les savants. Les apôtres et sainte Jeanne
d'Arc n'étaient pas des philosophes. On a besoin de saints,
pas de philosophes.

— … mais vous avez des complexes et vous voudriez
bien être tenu pour un intellectuel. Vous êtes juste assez
intelligent pour savoir que vous ne l'êtes guère, alors vous
exaltez la sainteté, l'humilité des petits, pour abaisser les
biens nés et prendre votre revanche. Malheur à l'intellectuel qui vous suit au confessionnal. Vous l'accablez, vous
le détruisez sous couvert de le relever. "Moi qui ne suis pas
un intellectuel", vous dites cela à tout bout de champ, non
sans espérer qu'on vous contredise ; c'est vous qui vous
mentez. Il n'est pas jusqu'à cette foncière pulsion de
méchanceté pudiquement nommée "taquinerie" pour la
parer d'apparences innocentes, à laquelle vous ne cédiez
pas de manière systématique. Le taquin ne peut s'arrêter, il
se nourrit de ses effets déstabilisateurs, bientôt il faut que
ça saigne, et le sang coule des blessures morales que vous
infligez, et vous rattrapez les choses d'un air bonhomme en
déclarant qu'il ne s'agit que de plaisanteries destinées à un
interlocuteur qui décidément manque d'humour. Avec la
médisance — et l'indiscrète curiosité qui la nourrit —, la
"taquinerie" est l'arme privilégiée des lâches en peine de
libérer sans risque une agressivité refoulée qu'ils ne savent
pas mobiliser pour un combat loyal et loyalement déclaré.

— On dirait, parvint-il à me déclarer dans un rictus
affreux, que vous êtes le mandataire de tous ceux à qui j'ai
voulu rendre service en leur ouvrant les yeux, et qui, au lieu
de me remercier, ont décidé de me tourmenter. Vous êtes

des jaloux, des méchants, des gens mauvais, vous êtes la revanche du Monde. Vous accumulez des chardons sur vos têtes ; tout cela me sera compté en paradis.

— Assez de délires… Vous avez retourné la surnature contre la nature dont vous voulez vous venger, parce que vous ne savez pas vous dépatouiller avec elle. Vous avez identifié la nature à sa blessure, pour vous donner des raisons de lui déclarer la guerre en la fouaillant jusqu'au sang, parce que vous lui en voulez de n'avoir pas été assez généreuse à votre égard. Vous n'aimez pas les gens qui se mentent, parce que vous vous reconnaissez en eux ; vous vous haïssez en les haïssant, ce qui vous permet de vous dispenser de vous haïr directement, ainsi de haïr l'homme haineux que vous êtes, et c'est bien commode pour vous dispenser de vous amender. Ne croyez pas pour autant que toute votre œuvre de pasteur serait vaine. Elle est bonne et féconde, mais sa fécondité est compromise par les motivations venimeuses qui l'inspirent. »

L'abbé encaissa, troublé, sans rien dire. Il regardait le sol d'un air las, puis il leva doucement les yeux au ciel.

« Vous vous mentez, l'abbé, vous vous mentez depuis toujours. Cela dit, le choix que j'ai fait, dans l'acte de rendre mon âme à Dieu, m'a fixé dans l'amour du vrai au point que je ne peux plus me mentir. Aussi, par honnêteté, mais aussi pour vous garder dans l'espérance, je me dois de vous le dire : je me suis beaucoup menti moi aussi.

Ayez pitié de moi. Priez pour moi, je prierai pour vous, je prie déjà pour vous. »

L'abbé se signa et me bénit, un sourire inattendu d'une grande bonté reconnaissante éclairant son visage. Je disparus dans la brume du soir, reprenant le chemin des flammes purificatrices.

Jeanne Malo, la fille d'Ernest qu'elle a décidé de laisser mourir dans son fauteuil roulant, avec sa honte, son amertume et ses regrets, tient un journal.

« Tenez, moi, j'ai voulu être une femme fascinante, brillante, une beauté solaire, appelez ça comme vous voudrez. J'ai
même renoncé à toute dignité, j'ai accepté toutes les trahisons
pour parvenir à l'être. De petite reine héroïque et modeste que
j'étais, retranchée dans un repli silencieux du monde bruyant
— je vous raconterai tout ça peut-être —, je suis devenue un
moineau déplumé. Je suis ce qu'on appelle une femme déchue.
Oh je ne suis pas une putain, ou une mère indigne ayant abandonné ses enfants ; ce que j'ai fait est bien pire. Et je n'ai plus
du tout envie de me suicider, ça m'a passé ; je n'y crois plus,
peut-être parce que j'en ai trop joué, usant de cette tentation
comme d'un chantage ; il en résulte que je n'ai même plus ce
recours d'un projet ultime à évoquer et facilement réalisable,
qui pourrait donner du piquant, une apparence de grandeur
tragique et de consistance à ma vie. Je peux rêver ma vie, la
passer à imaginer ce qu'elle aurait pu être si les gens, et Dieu,
et le monde, et la société, avaient été plus compréhensifs,
moins injustes, moins méchants. Je peux aussi faire comme
tout le monde : me distraire, avec des soucis dérisoires qui
meublent le temps, des occupations idiotes et des plaisirs
réglés, en attendant la mort, c'est-à-dire me masquer que je l'attends. Et telle est au fond l'hésitation qui m'invite à vous
raconter mon histoire.

« J'ai commencé, au début de ma révolte, par séduire beaucoup de monde en salissant tous ceux dont je voulais m'émanciper, et puis, que voulez-vous, les choses sont ainsi faites
qu'on ne peut pas mentir indéfiniment de manière absolument
efficace ; la vérité finit toujours par se dévoiler ; on m'a percée
à jour malgré mes grimaces savamment étudiées. Les gens ne
sont pas bons, ils aiment les scandales, se repaissent de la
misère d'autrui, sont prompts à dénoncer les travers de leur
prochain au nom de la vertu et de la générosité dont ils convo-
quent les apparences pour donner libre cours à leurs instincts
de dénigrement, d'envie, de méchanceté grinçante. Ils ont cru
à ma défroque de victime, à mon jeu bien rodé, et puis ils se
sont mis à retenir leurs ardeurs quand ma perfidie en est venue

à les mordre, à semer la zizanie parmi les bien-pensants ; c'est plus fort que moi, je me retourne toujours contre ceux qui me caressent. Je ne trompe plus personne aujourd'hui, les familles jadis émues par ma détresse m'ont fermé leurs portes les unes après les autres, je suis désespérément seule, même si je fréquente beaucoup de monde ; mais il s'agit d'un autre milieu, d'un monde humain nouveau qui ne me fait pas oublier l'ancien dont je ne parviens pas à me détacher en dépit de mes souhaits éperdus ; un monde nouveau qui n'a plus grand-chose à voir avec l'ancien. Il m'arrivait, avant de me constituer ce nouveau réseau d'amitiés supposées, de m'envoyer des lettres pour éprouver le plaisir de recevoir du courrier. J'atteins un point de non-retour dans le mensonge et la tristesse, la rage impuissante et le remords sans contrition. Cela ne pourra pas durer longtemps. J'entreprends ainsi d'écrire un journal, destiné à moi seule mais en même temps à tout le monde, sachant que l'on n'écrit jamais pour soi seul, nourrissant le vague espoir qu'il tombera un jour sous les yeux d'un Juge qui comprend, qui admire, qui justifie : un *public* ; j'ai toujours au fond aspiré à un public, sans m'être jamais avoué que je n'étais qu'une actrice. J'écris pour la postérité en fait. J'aime écrire parce que j'aime parler de moi, et j'aime parler de moi parce que j'aime me forger comme on forge une œuvre d'art.

« J'ai jadis rencontré Ursule Albige à Paris, alors que j'étais étudiante dans une institution catholique traditionaliste dont le médiocre niveau était compensé par l'obligation en laquelle mes condisciples et moi étions tenues de passer corrélativement les examens de la Sorbonne.

« Professeur de Lettres classiques en classe préparatoire dans un lycée de province qui n'exigeait sa présence que trois jours par semaine, elle passait une grande partie de son temps non loin de la capitale — à Enghien — où elle habitait en célibataire endurcie. Se piquant de dons littéraires, elle s'efforçait à pondre des nouvelles qu'aucune maison n'acceptait d'éditer, de sorte que, quand sa pingrerie proverbiale en vint à être vaincue par les pulsions de convoitise en forme de reconnaissance sociale qui l'habitaient, elle alla jusqu'à se faire publier à compte d'auteur par une de ces officines prospères tenues par des aigrefins exploitant la vanité naïve et les démangeaisons des velléitaires de la plume. Évidemment, elle n'obtint aucun succès, ne rentra même pas dans ses frais, mais elle se plut à penser et à dire que cet échec était la preuve de son talent : le monde actuel ne sait plus reconnaître la qualité, on ne lit plus aujourd'hui, etc. Il en est d'Ursule comme de ces jeunes femmes — dont elle fit partie il y a fort longtemps — qui imputent leur célibat forcé à la peur qu'elles inspirent aux hommes du fait de leur intelligence supposée supérieure et de leur force de caractère, alors que les mâles les délaissent parce qu'ils les trouvent laides, ou communes, ou sottes, ou sans grâce et prétentieuses. Elle s'habitua, contrainte et forcée, à sa vie de célibataire égoïste, et s'inventa, en y prenant goût, une vocation de lesbienne qu'elle poursuivit pendant des décennies, en dépit des convictions catholiques qu'elle tenait de son enfance. Préoccupée par le souci dévorant de s'épanouir selon les modalités convenues de sa condition d'intellectuelle, elle tentait d'apprendre le plus de langues vivantes possible, posait à ce titre à la linguiste, suivait des cours de flûte, de harpe, de poterie, de dessin et de danse rythmique, et raffolait des "voyages culturels" ; les efforts qu'elle déployait dans ces activités lui donnaient le sentiment de bien remplir sa vie, et l'invitaient à se poser en modèle. Elle suivait quelques cours en Sorbonne, en auditeur libre, et c'est là que je la rencontrai pour la première fois. La différence d'âge et l'érudition qu'elle étalait étaient supposées m'impressionner, et de fait elles m'impressionnèrent un temps. Bien entendu, elle en voulait à ma vertu, me fit parler, me confessa, tenta diverses approches qui suscitèrent mon dégoût et mon indignation, mais aussi mon rire inexorable. Je refusai ses avances fermement, mais avec assez de douceur pour ne pas m'en faire une ennemie : elle connaissait sur mon compte diverses choses qu'il ne m'aurait pas plu de voir étalées sur la place publique. Et puis, me disais-je, on ne sait jamais : elle peut toujours servir. Je la perdis de vue pendant des années, alors que je suivais mon chemin honorable, celui dont j'ai dévié depuis cinq ans, et qui me mène à un point de désespoir et de haine de moi-même que je repousse chaque jour en me leurrant toujours plus énergiquement.

« J'ai trompé tout mon monde avec mes simagrées et mes mensonges, mes médisances et mes calomnies : les confesseurs, les familles des enfants à qui je faisais la classe, maintes religieuses aussi ; les prêtres dont je tombais amoureuse en voulant y noyer ce qui me restait de conscience religieuse et morale pour me venger de ma condition carcérale, mes anciennes condisciples, mes amies, les amis de mes parents qui se détachèrent d'eux, les médecins. Je n'ai pas réussi à tromper mes parents qui m'en veulent évidemment, mais je leur en veux plus encore qu'ils ne m'en veulent, non parce qu'ils m'ont fait du mal, mais précisément parce qu'ils ne m'en ont pas fait : ils ne me donnent par là aucune excuse à laquelle je pourrais m'accrocher pour justifier ma bassesse. Je fais figure de victime aux yeux de tous, fors Dieu et mes géniteurs, et mes frères peut-être, dans le fond d'eux-mêmes, bien qu'ils me soutiennent ; mais je sais bien que je mens et que je me mens en essayant, rabâchant mon rôle victimaire, de m'en persuader. Quand on endosse les défroques d'un rôle destiné à nous dérober à nous-mêmes, on en vient à être le personnage que l'on joue, on finit sous ce rapport par acquérir une espèce de certitude inversée, ou inversion de certitude mais déployée dans la forme presque tranquille d'une conviction passionnelle, et cela est presque confortable et solide, au moins pour un temps. On se remet à dormir, à faire des projets, à réagir spontanément aux sollicitations d'autrui en fonction de cette identité d'emprunt ; on finit même à confesse par croire à ce personnage qui nous joue autant que nous le jouons. C'est là un privilège de femme que de se mentir avec sincérité, c'est notre force ; il faut bien que nous en ayons une que les hommes n'ont pas. Et la haine incandescente, pourtant, surgit en nous chaque fois qu'un détail nous rappelle à l'ordre, voire un souvenir importun. Quand j'entends mes nouvelles amies "branchées" (cela se dit-il encore ? Il faudra que je vérifie), libérées, se targuant d'être émancipées de la condition de femme à elles dévolue par la séculaire tyrannie des hommes, me parler des "cacas nerveux" qui les agacent chez leurs congénères, j'entends mon triste père et sens son jugement me percer, lui qui usait jadis de cette expression pour m'humilier et me bien faire comprendre que je ne parviendrais pas à le leurrer.

« Habitant désormais Paris, dans un minuscule studio qu'une famille embobinée par mes plaintes me loue par gentillesse bien au-dessous de son prix de marché, j'ai retrouvé Ursule récemment dans les circonstances suivantes.

« Alors que je déambulais sur le boulevard Saint-Germain, j'aperçus brusquement une petite dame au physique ingrat et aux yeux très mobiles, tapie dans son siège, sa courte tête rentrée dans les épaules, les mains crispées sur son volant, affichant un museau attentif et fébrile derrière les vitres de sa minuscule voiture lie-de-vin. Nos regards se croisèrent, je m'arrêtai un instant de marcher, ce qui lui suffit à acquérir la certitude qu'il s'agissait bien de moi. Nous allâmes prendre un thé dans un salon de la place Saint-Sulpice, fréquenté par des femmes essentiellement, dont maintes tribades ou semi-tribades. Il y a quelque chose d'effrayant à constater combien, dans le fond de leur caractère, les gens changent peu, quelque effort qu'ils fassent pour se désengluer de leurs travers passés. Malgré sa joie sincère de me revoir, elle était bien la même. Sur le ton détaché de quelqu'un qui se moque de soi-même, mais en vérité pour se soulager et quémander un réconfort et d'impossibles raisons de se rassurer, elle décida, sachant que je savais, de me conter par le menu ses déboires inavouables. Elle s'était encore entichée d'une jeune fille qui, terrorisée, s'était laissé faire, et dont les parents, de la paroisse d'Ursule, la lui avaient confiée pour la faire progresser en latin et en grec, en cours particuliers. Mais l'ingénue s'était enfuie et menaçait de faire éclater un scandale dans ce milieu bien-pensant de la Tradition catholique enghiennoise. En dépit de son attachement polymorphe au non-conformisme, Ursule est extrêmement dépendante du qu'en-dira-t-on. Aussi est-elle prête à tout pour recouvrer son honorabilité de façade.

« Cela me fait du bien, je l'écris sans honte — j'ai décidé de n'avoir honte de rien, je suis mon propre juge —, de contempler sa mine défaite. Elle a versé dans l'érotomanie. Ce qui prouve bien que l'on peut tomber amoureuse pour des raisons qui n'ont rien avoir avec l'amour, même avec les amours dévoyées. Offensée par les rebuffades de la gamine vicieuse, Ursule s'est réfugiée dans la conviction qu'elle est irrésistible, et que l'oie blanche n'ose lui déclarer sa flamme parce qu'elle l'impressionne. Toujours la comédie lugubre du mensonge entretenant l'idée fallacieuse que l'on entend se forger de soi-même. Ursule se fâche quand on la brocarde, elle entre en transe quand on ose mettre en doute sa vision des choses. Elle procède en même façon pour ses convictions religieuses, telle Madame de Warens qui se disait catholique mais qui, chaque fois qu'un point de doctrine la froissait, s'ingéniait, devant Jean-Jacques, à contourner l'obstacle en développant à n'en plus finir des arguments spécieux. Il reste qu'en ce moment elle redoute le scandale, qui lui fermerait toutes les portes des familles honorables qu'elle se targue d'élever intellectuellement par l'accumulation très sélective de ses savoirs scolaires ; elle entrevoit, à travers la perspective du scandale, la solitude sans retour à laquelle elle risque d'être condamnée. C'est qu'elle a besoin de chaleur humaine elle aussi, quelque peu soucieuse qu'elle ait jamais été d'en prodiguer pour les autres sans arrière-pensée.

« C'est dans la forme d'une angoisse diffuse, oblitérant sa cause, qu'elle entrevoit la vérité vite ravalée : "Je n'ai jamais vécu que pour moi-même, ne faisant le bien que pour me donner bonne conscience et seulement quand ce bien ne me coûtait rien ; je serai bientôt une vieille peau repoussante aux odeurs rances, avide de caresses juvéniles en ma luxure sénile ; j'ai juste assez d'esprit pour en envier chez les autres la présence généreuse, et je masque cette indigence par un savoir stérile ; gonflée de ce ressentiment que ma prétention m'empêche de m'avouer, je suis terriblement méchante, curieuse, indiscrète, me réjouissant des malheurs des autres auxquels je donne, magnanime, des conseils 'pour leur bien', alors que je me grandis en les jugeant et les juge pour les abaisser ; trop creuse pour m'affirmer en m'appuyant sur ma propre substance, je romps les chiens avec insolence aussitôt que je perds pied, risquant de convertir toutes mes relations en ennemis potentiels ; je ne me dispense de les humilier qu'à proportion de leur aptitude à me flatter en me confortant dans mes haines." Ursule parvient pourtant, sans que cela résulte d'un calcul conscient de sa part — mais sa subconscience soigneusement entretenue n'est pas innocente de tout calcul sur ce point —, et précisément quand l'ostension de ses misères impudiquement confessées ne s'inscrit pas dans un projet volontaire de s'assujettir autrui, à inspirer un mouvement de pitié chez ceux que ses manigances n'ont pas encore excédés. Mais malheur à qui cède trop promptement à un mouvement de bienveillance à son égard. Elle en profite immédiatement pour vous mordre en criant victoire.

« Ainsi donc, pendant au moins deux heures, Ursule me parle de sa petite qu'elle protège contre des parents abusifs, qui lui fait confiance au fond d'elle-même et nourrit de l'affection pour elle en dépit de ses refus explicites, qui voudrait bien laisser parler son cœur et se faire initier par Ursule aux plaisirs saphiques si délicats, si "purs", si "naturels" dit-elle sans vergogne. "La 'nature', pérore-t-elle, n'est qu'un mot emprunté à la *Physique* d'Aristote, complètement caduc, pour désigner par exemple le mouvement vers le bas propre à la chute des corps, et cette notion grecque de nature a envahi le christianisme en retardant pendant des siècles l'avènement des véritables fondements de la dignité de la personne humaine. Les Grecs cultivés étaient homosexuels, et tous les écrivains français de grand renom du XXe siècle le sont aussi. Comprenez-vous, ma chère, il y a des femmes qui sont comme tétanisées par le souci d'être mères, des génisses obsédées par leur fécondité, qui perdent toute dignité à torcher, à laver les culottes et les chaussettes, qui subissent la tyrannie de leur mari médiocre ; l'union hétérosexuelle n'est qu'un échange de mauvaises humeurs le jour et de mauvaises odeurs la nuit. Les homosexuels sont les

aristocrates de la société, parce qu'ils se sont dégagés de la servitude de se reproduire : se reproduire, c'est faire l'aveu qu'on
est incapable de réaliser en et par soi le tout de son essence ;
laissons à la plèbe le soin de s'occuper de cela, et c'est à nous
qu'il appartient de sélectionner, dans les rejetons qu'elle met
bas, celles et ceux qui méritent d'accéder à l'élite du savoir et
de la sensibilité artistique. Nous sommes la fleur de la vie
organique qui pousse dans le fumier, nous sommes à nous-
mêmes notre propre fin." »

Jeanne n'a pas sa pareille pour puiser dans sa cruauté l'aliment de son acribie psychologique. Il est vrai qu'Ursule ne
peut s'empêcher de peupler ses nouvelles de personnages issus
de ses fantasmes recuits : tous les hommes mariés sont des crétins ordinaires, et toutes les femmes intelligentes sont lesbiennes. D'aucuns, naguère, lui ont fait observer que son refus
de procréer est le corollaire de cette invasion migratoire irréversible dont elle se plaint, rien n'y fait. C'est que, il faut le
dire, Ursule se déclare politiquement conservateur officiellement ; elle se veut fasciste officieusement, et elle nourrit dans
le fond de sa culotte une dilection hitlérienne, ou plutôt
« himmlérienne », qui lui vient de ses premières amours en
Prusse orientale devenue soviétique, dans les années soixante,
vécues au cours de séjours linguistiques. Ainsi Ursule est-elle
catholique traditionaliste et fasciste en sa version néo-païenne,
homosexuelle et jean-pauliste, soutien de l'ordre moral et
féministe ; elle défile avec les familles anti-avortement, mais
elle ne cesse de faire l'apologie gidienne de l'aversion pour la
vie de famille. Elle veut concilier les contraires ; les dilections
que lui dicte sa sensibilité malade, tyrannique et contradictoire, mais dont elle prend les élans pour l'expression généreuse des décrets infaillibles du cœur, doivent avoir raison de
la réalité qui doit lui céder, à peine de ne pas être réelle. Quand
elle mord son prochain, elle se persuade de vouloir son bien ;
au moment où elle se jette dans les aveux du confessionnal,
elle prévoit de consulter à grand prix les lumières de sa tireuse
de cartes. Elle en appelle à Dieu qu'elle charge de la justifier

contre les hommes et contre le genre humain ; elle refuse le négatif intrinsèque au réel en se lovant dans sa bulle de mensonges, ce qui ne l'empêche pas de conserver toute la lucidité requise à la préservation de ses intérêts sociaux. Ursule rêve, elle aura vécu toute sa vie dans le déni. Sa volonté de puissance affaiblie par toutes les illusions d'optique, ainsi sans efficience, l'invite à se retrancher dans une obstination qui la rend le plus souvent franchement sotte et ridicule, ce dont elle s'aperçoit et qui la fait s'enfoncer toujours plus dans ses erreurs. Elle essaie de compenser l'inefficacité de ses prétentions en ayant recours aux forces sataniques des tireuses de cartes qui lui jouent des tours et vident son gousset de vieille avare et d'écornifleur, et cela la rend encore plus méchante. Peut-être aussi cultive-t-elle la méchanceté parce que, à un certain degré d'intensité, cette dernière rend intelligent dans le mal, mais seulement pour discerner les défauts des autres et les abaisser à son niveau afin de les dominer. Protégée la plupart du temps, mais non toujours, par sa carapace de bêtise satisfaite, elle n'est même pas vraiment malheureuse, conjurant les retours de lucidité refoulée.

Jeanne poursuit :

« Je la quitte excédée et amusée en même temps, moi qui ne suis guère bonne, en constatant combien je lui ressemble par certains aspects ; reconnaissant en elle ce que je ne veux pas voir en moi, je la hais en sachant pourquoi ; et en même temps, par une bizarrerie du sentiment qui a pourtant sa raison d'être, je lui sais gré d'incarner cet aspect de moi-même que je ne veux pas être : elle n'est pas moi, donc cet aspect n'est pas mien, elle me libère en se faisant haïr. Au fond, elle me rend grand service et je devrais éprouver pour elle de la gratitude. Nous nous reverrons probablement, nous avons échangé nos adresses. S'étant écoutée parler pendant tout l'après-midi, elle m'a trouvée intelligente et mûre. Je n'ai même pas eu le temps de lui expliquer les détails de ma trahison religieuse et familiale, et ma nouvelle situation qui s'en est ensuivie. Elle m'aurait couverte de félicitations et de baisers. Je suis promise à être tenue par elle en haute estime. Cela me permet un temps de ne pas céder aux injonctions mortifères de la lucidité désespérante. Peut-être même parviendrai-je à atteindre son porte-monnaie ; j'en ai grand besoin en ce moment. »

Alors qu'il appelait par téléphone un condisciple de Sorbonne pendant les vacances universitaires — ce dont il est question se passait il y a plus de trente ans —, Arnaud Quiquemel tomba par hasard non sur son ami mais sur sa concubine du moment, qui lui apprit que ce dernier n'était pas rentré des sports d'hiver. Une conversation courtoise s'engagea, bientôt équivoque et enfin galante, puis fiévreuse au point qu'Arnaud en vint à sauter dans un taxi pour rencontrer la Brigitte esseulée. Il se produisit, en cette fin de matinée, ce que l'on peut prévoir. Pas un instant il n'eut le sentiment de trahir son condisciple. Quand il apprit, au terme de leurs ébats, que cette élève engagée dans un cursus de médecine était promise à un brillant avenir professionnel ; quand il comprit, de plus, qu'elle était la fille d'un haut fonctionnaire au bras long, il n'eut aucune peine à se persuader qu'il était tombé amoureux d'elle. Arnaud Quiquemel est de la race des pillards, comme on pouvait d'ailleurs l'imaginer en examinant son physique anglo-saxon, ou normand mâtiné de saxon, d'homme roux plutôt grand, étroit, très maigre et osseux, marqué à moins de trente ans par une calvitie naissante, la peau ravagée par des plaques persistantes d'urticaire, doté de sourcils d'accipitre surmontant un regard d'ursidé, ainsi d'yeux dont la cruauté était comme gâtée par un reflet de fourberie qu'il ne parvenait pas à occulter. Arnaud appartient à cette espèce d'homme calculateur, extraordinairement intéressé, vénal sans complexe, outrageusement flatteur, avisé, sans aucun scrupule, assez souple pour se plier aux exigences du monde et s'arrangeant toujours pour se persuader — en en persuadant son prochain — qu'il poursuit des buts nobles, « mais vous comprenez, on est bien forcé d'être réaliste, de sorte que le choix des moyens doit relever du plus grand pragmatisme ». Il tenait à la fois de l'argousin qui donne à ses interrogatoires la forme d'une invitation à la confidence, du voyeur, du corbeau, du maître chanteur, mais surtout du prédateur peureux : espèce des parasites serviles qui se muent en coucous pillards. Sa ruse favorite était de jouer sur les scrupules de ses semblables en les désarmant par une aptitude calculée à proférer des aveux humiliants sur son propre compte ; ce faisant, il entendait bien glaner des informations compromettantes ou simplement quelque peu intimes sur ses interlocuteurs que, par là, il « tenait » ensuite avec jubilation, non sans endosser la défroque du censeur austère et magnanime. Se donnant un profil policé à l'élégance toute britannique, il feignait l'admiration à l'égard de ceux dont il avait besoin et, de manière plus perverse encore, il donnait libre cours à cette admiration qu'il éprouvait vraiment — mais envenimée par l'envie — pour certains d'entre eux, les comblant de flatteries et de témoignages de reconnaissance éperdue, les « collant » tel un naufragé s'accrochant à sa bouée, mais pour les étouffer bientôt, les déconsidérer et prendre leur place. Ce qui peut se résumer dans le qualificatif d'intrigant : homme médiocre dévoré par l'ambition, qui pallie son absence de talents par les manœuvres en eaux troubles, la délation, la flatterie et la médisance.

Il fut l'un de mes condisciples au temps de mes années d'université. C'était l'époque reaganienne de la mort des « pattes d'éléphant », du culte des « performants », de l'apologie de l'argent et de la réussite, de l'invasion des McDonald et autres officines de prêt à roter, des punks à la tignasse rose ou bleue, de l'engouement concomitant pour Heidegger et Alexis de Tocqueville. Mon petit bagage en mathématiques me permit en ce temps d'évoluer presque honorablement dans les matières relevant de la logistique et de l'épistémologie : Frege, Quine, Carnap, Tarski, Gödel, Bachelard et Popper. À ce titre, j'eus l'heur d'intéresser un temps Arnaud qui pataugeait laborieusement dans ces disciplines. Il épousa sa Brigitte après avoir pris soin de l'engrosser afin de rendre irréversible son mariage de raison, la trompa pendant sa grossesse avec des étudiantes filles au pair anglaises. Il fit longuement sa cour et exerça le rôle de factotum auprès d'une grande putain mâle soutenue par l'Opus Dei, amie de Lustiger et de Jean Guitton, occupant gracieusement, pendant trente ans, un appartement — propriété de l'évêché — de trois cents mètres carrés dans le 7e arrondissement, membre important de la commission doctorale de Paris IV, et modèle de réussite pour Arnaud. Aussi loin qu'il m'en souvienne, Arnaud avait toujours aspiré à être un bourgeois, à vivre en bourgeois, à être reconnu comme bourgeois. Voilà au moins un vœu qu'il lui fut donné de réaliser. Sans vraiment nous perdre de vue, nous n'entretenions plus que des rapports lointains, et distants.

Peu de temps avant ma disgrâce messine, il me fit une visite en Moselle et rencontra Ernest, qui l'amusa par son mélange de truculence prolétarienne et de préciosité érudite, mais qu'en retour il ne séduisit guère : Ernest l'avait rapidement jaugé, considérant qu'il existe deux types d'ambitieux, à savoir les brillants léonins qui dévorent, et les médiocres qui, incapables de renoncer à leurs prétentions, mettent des bâtons dans les roues des premiers pour les faire chuter et se poser en sauveurs après les avoir spoliés. L'indiscrétion viscérale d'Arnaud l'incita à sympathiser avec les fils d'Ernest, influençables et tout heureux qu'on les prît pour des hommes qu'ils n'étaient pas encore, et qu'ils ne sont toujours pas. Conformément à ses vœux, ils le mirent en relation avec leur sœur, la religieuse déchue dont le profil l'intéressait pour diverses raisons, dont les appétits de séducteur vieillissant ne constituaient pas la moindre. Sa méthode a toujours consisté à s'infiltrer dans les milieux qu'on lui faisait connaître pour y lier des relations destinées à y acquérir une position de force afin de marginaliser ceux qui l'avaient introduit et de finir par prendre leur place. C'est vers lui, entre autres protecteurs, qu'elle se tourna quand elle fut démunie ; c'est lui qui contribua à l'aider à se forger une représentation victimaire d'elle-même. La Brigitte n'était pas assez idiote pour ignorer tout des aspects peu gratifiants de son époux mais, par un tour d'esprit typiquement féminin, elle parvint à entretenir, à son égard, cette estime qu'elle avait besoin d'éprouver pour nourrir le sentiment de n'avoir pas fait un mauvais choix, en s'inventant pour Ernest une animosité furieuse qu'elle nourrit en construisant de lui une représentation caricaturale et même controuvée ; Arnaud s'empressa, méthodiquement, de distiller le jus de cette animosité aux enfants d'Ernest trop heureux, en retour, de se trouver des raisons de haïr leur père en son intransigeance naïve. Les grimaces inspirées que se donne cet arriviste pour faire croire et se faire croire que son ambition serait l'effet de la pression de ses talents intrinsèques le rendent bien peu aimable, il est vrai. Sa manière — émouvoir par des confessions désarmantes — de détourner, quand il est en position de faiblesse, l'hostilité de ses adversaires que ses manigances lui ont value, fait toujours tôt ou tard l'aveu de la volonté de puissance qui l'inspire, en se résolvant dans une rancune tenace à l'égard de ceux qui, l'ayant percé à jour et inquiété, lui ont fait grâce. Mais le sens aigu — qu'il cultive en toute chose — de ses propres intérêts pourrait convertir en désir de sainteté ses méthodes peu glorieuses de Rastignac effronté, pour autant qu'il parvienne un jour à se forger une acception vraie de ses intérêts ultimes. Il y a certes de l'orgueil dans ce caprice dérisoire — qui fait commettre bien des bassesses — consistant à prétendre frénétiquement vouloir ressembler à l'individu que l'on aspire à être, mais il y a aussi l'aveu que l'on ne se satisfait pas de l'homme que l'on est, de sorte que l'on confesse par là n'être pas pour soi-même son modèle et sa propre fin. Dieu vomit les tièdes et, à sa manière, Arnaud échappe à la tiédeur. Je le visiterai un jour.

Jeanne Malo, ivre de liberté, enrichit son journal :

Lundi 2 avril 2…

« Quelles conneries j'ai écrites récemment ! Pauvre journal, tu souffres tout en silence, toi. Non mais qu'est-ce qui me prend encore à me fustiger ? Stade dépassé, gare aux rechutes. J'ai changé de milieu sans en changer. Ici c'est Paris, le centre du monde, on est loin des familles de province avec leurs gosses en pagaille, leurs frustrations, leur vie morne d'éducatrices patientes, et leur difficulté à trouver dix-neuf sous pour faire un franc. Ici, tout est permis. On est catholique et monarchiste comme l'était le marquis de Charrette, luttant pour la bonne cause mais bien réconcilié avec son monde, toujours entouré de jupons, romantique, jouant son personnage d'idéaliste inspiré pour se glorifier en lui, un Che Guevara séduit par l'esthétique réactionnaire.

« Il faut bien que mon père soit un salaud, puisque je suis innocente. J'en ai appelé à Dieu contre le Monde méchant qui ne me comprenait pas, contre le carcan familial, contre les Sœurs coincées, contre mes amies vertueuses insupportables, contre mes parents inconscients auxquels je cachais tout ; et Dieu m'a répondu, Dieu m'a donné raison, je suis libre, je suis moi-même, je me sens jeune et fraîche et désirable et belle, et les hommes me regardent et admirent mon intelligence, et mes talents foisonnent et fleurissent, et je suis le centre du Monde ; le Monde contre lequel tonnait la vertu castratrice était le Monde réfléchi par les Vertueux que Dieu n'aime pas, mais ce Monde qu'ils conspuent, c'est le monde que Dieu aime, et j'aime Dieu puisque j'aime le Monde. La vie est belle, vive la vie, vive Dieu, vive Jeanne, et mort aux apôtres morbides de l'abnégation. Il faut toujours se révolter, j'aime ma colère, j'entretiens mon indignation, je couve mes vengeances et m'affirme en détruisant.

« Il faut bien qu'il soit un monstre puisque je suis innocente. Il n'en peut être autrement, à moins que je n'aie pas le droit d'être heureuse, mais ce n'est pas possible puisque Dieu me veut heureuse. Il était fier de moi, le petit Père, je l'ai infiniment offensé, c'est bien fait pour lui, qu'il remâche sa déception. Avec son ton cassant, ses colères, sa manière insupportable d'avoir toujours raison contre tout le monde, je n'en pouvais plus, je ne le supportais plus, je l'aurais tué. Je l'ai tué en fait, et je ne regrette rien. Après tout, les parents sont faits pour être sacrifiés. Ils n'avaient qu'à ne pas me faire. Je ne puis vivre que s'il s'efface. Les parents sont toujours de trop. Tout le monde n'a pas l'insigne chance d'être orphelin.

« Il a tenté de me convaincre que j'avais toujours la vocation, que j'avais "trahi mon divin Époux", il m'a dit que je lui faisais honte, que je finirais putain ou clocharde, dans la peau d'une Sœur Sourire ivrognesse, moderniste et anandryne. C'est bien la preuve qu'il ne voulait pas mon bonheur. Il se dressait seul, dérisoire et désarmé, ingénument offert à tous les coups du sort, intraitable dans ses certitudes, contre le cours du monde qui n'a pas attendu son avis pour avancer ; il sera balayé par le Monde, il l'est déjà, c'est bien fait. S'il croyait que j'allais sacrifier ma vie pour lui donner bonne conscience ! Mais je m'en fous de ses efforts de père ! Salaud ! Il aurait voulu par-dessus le marché nous faire épouser le même destin minable que le sien. Il peut bien crever maintenant, incapable de se plier à la réalité, perdu dans ses idéalismes (tiens, cette expression m'a été soufflée par Arnaud, à moins que ce ne soit par ce prêtre dont j'étais amoureuse et qui ne pouvait pas piffer mon père qui lui tenait tête). Le meurtre du père est une obligation pour qui entend être sa propre origine. Et je dois bien être ma propre origine si je veux être ma propre fin. Oh ! Je sais ; il y a Dieu. Mais moi je veux bien me savoir issue de Dieu, Dieu est Tout-puissant ; mais me savoir issue de cet avorton de petit Père, ça me dégoûte. D'ailleurs, Dieu est tellement autre qu'il en devient inconcevable, au point qu'on peut même se demander ce que signifie l'affirmation selon laquelle il existe au point d'être son acte d'exister ; dire que je suis issue de Dieu seul, ça n'a pas de signification claire, c'est comme si on n'avait rien dit. Là je me surpasse : c'est comme si Dieu n'existait pas. Dire sans mentir qu'on croit en Dieu, et s'autoriser sans contradiction à se vouloir sa propre fin, c'est le raffinement même qui radicalise la contestation tout en la purgeant des reliquats de mauvaise conscience que pourrait charrier le sentiment de son illégitimité.

« Combien de fois l'ai-je brocardé le petit Père, sali, humilié aux yeux de tous ! Pour ne pas précipiter ma révolte, pour "sauver le bien commun de notre famille", qu'il disait, il encaissait tout, lui si peu patient ; entre nous, lui que j'accuse d'avoir été trop dur avec moi, eh bien, je pense qu'il a été en vérité trop conciliant.

« Je ne reprendrai jamais l'habit. Je suis désormais certaine — attention, ma fille, aux rechutes, comme c'est dur d'être une femme — que je n'aurais jamais dû le prendre.

« Il était fier de moi, le petit Père, et fier de lui à travers moi, ce crétin satisfait qui décidait tout à ma place. S'il savait ! J'avais commencé à faire les quatre cents coups bien avant qu'il ne s'aperçût de l'imminence de mon renvoi. Pour me venger de ces saillies méchantes ("tu nous emmerdes, avec tes ovaires") qu'il laissait échapper, excédé par mes caprices et mes insolences avant de rentrer au couvent, je lui ai fait le coup, il y a peu, de l'"aménorrhée secondaire chronique" : je lui ai dit qu'il avait été responsable de mes règles difficiles et dysfonctionnements hormonaux à cause de ses remarques humiliantes ; qu'il avait bousillé ses enfants, traumatisés pour la vie. Il n'en a rien cru je pense, mais il est bien le seul à ne l'avoir pas cru. C'est Arnaud qui m'a persuadée du bien-fondé de cette accusation. Mes thérapeutes ont confirmé la chanson. Le mensonge est si énorme que tout le monde est tombé dedans. Et puis, si tout le monde y croit, je dois y croire moi-même, j'y crois, mais bien sûr, c'est la stricte vérité. Mon rôle est désormais rodé, je ne sais même plus que c'est un rôle et j'en viens à savoir que ce n'en est pas un, cette seconde nature est en vérité la première ; c'est la fille soumise du petit Père directif qui était un rôle dont je me suis libérée. Je suis devenue moi-même, je n'ai jamais eu la vocation, j'ai été conditionnée à l'embrasser mais je n'étais pas moi-même quand je me suis engagée. J'ai toujours eu des problèmes avec l'autorité en général, je n'ai jamais su obéir : du plus loin qu'il m'en souvienne, j'ai été rebelle, j'ai dénigré les uns pour obtenir la protection des autres et me dégager de l'emprise des premiers, et je me suis libérée de l'emprise des seconds en demandant la protection d'un troisième, et ainsi de suite. Mais c'était là encore, là bien sûr, l'effet des traumatismes du petit Père, véritable Maître Jacques de la justification de toutes mes démissions ; et c'est vrai, c'est merveilleux ; c'est vrai puisque j'y crois ; je tiens pour vrai ce qui me réussit d'y croire : quel autre critère du vrai que la réussite ? En ce sens, je crois toujours en

Dieu. C'est Dieu qui me fait croire en Lui, or je crois parce que cela me réussit ; donc ce qui me réussit est vrai. »

Mercredi 4 avril 2…

« Saint Nicolas du Chardonnet est vraiment un milieu épatant. Il y a bien des gens austères pénibles comme la vertu, sincères, effacés, authentiquement pieux ; ceux-là blâment silencieusement mon choix ; ce sont évidemment ceux qui trouvent que j'en fais trop ; que même si j'étais la victime d'une vocation forcée du fait de l'emprise d'un père abusif, je devrais faire preuve d'une plus grande retenue. Une ancienne religieuse, quand même… Mais je les ignore et ils sont minoritaires, je les nargue, je les provoque, toutes ces grenouilles de bénitier mal baisées, tous ces vieux puceaux racornis. Je retrouve dans les prêtres qui m'adulent tous les travers — qui aujourd'hui servent ma cause — que le petit Père se plaisait à dénoncer jadis en eux : ils n'ont pas leur pareil pour discerner — voire créer — les failles dans les familles, pour s'enfoncer en elles et les faire éclater au nom des droits de Dieu ; ils n'en manquent pas une pour jouer les plus mauvais tours aux laïques ; bénis soient-ils. Dans l'importante fraction mondaine, surreprésentée, des visiteurs de cette paroisse, tout le monde couche plus ou moins avec tout le monde, dans des atmosphères d'encens et d'eau bénite, de chouannerie de théâtre et de rallyes. Il y a un grand nombre de piqués au mètre carré, d'allumés sympathiques et de nostalgiques lunaires, mais c'est aussi le centre parisien de la gentry réactionnaire et friquée ; les bobos décadents trouvent beaucoup de charme à cette "vieille France", et nous faisons tout pour leur ressembler sans cesser de les regarder de haut. J'y fais des ravages avec mon histoire, je suis une petite reine.

« Ce soir, je serai reçue chez des amis qui me plaignent, qui m'adulent ; je vais briller, rire, me plaindre sur le ton d'une réserve discrète et pudique qui sera irrésistible, j'attends qu'un nouvel amoureux se déclare, je les collectionne depuis le début de ma nouvelle vie. »

Jeudi 5 avril, quatre heures du matin.

« Ma soirée a été quelque peu ternie par une personne qui m'impressionne, ce qui m'agace souverainement : la "femme fascinante", c'est moi ; elle a failli, cette vieille peau, me piquer le rôle de vedette. J'ai rarement rencontré une femme aussi bien maquillée que cette Eva. Elle sent le soufre à force d'être séduisante et sûre d'elle-même ; elle a dix ans de plus que moi ; je suis devant elle comme un piaf devant un aigle. Une classe ! C'est révoltant… Elle m'a flairée ; j'ai cru que nous serions complices quand je l'ai vue m'encourager au moment où j'ai commencé à faire du charme à Edmond Malteste, son veau fasciné. Et puis elle m'a prise à part, j'étais subjuguée.

"Vous êtes une révoltée, mon petit, c'est excellent, profitez-en, les délectations sont à la mesure de votre degré d'impudente révolte. Mais attention, je vous le dis en amie : soyez plus perverse, c'est un art que vous ne maîtrisez pas. D'abord, tenez compte de la méchanceté des gens, parce qu'elle est tellement spontanée qu'elle s'exerce même contre les méchants, c'est-à-dire même contre nous. Votre perversité est trop candide, elle dévoile ses mécanismes et vous désarme. Sauriez-vous rétorquer quelque chose de bien sanglant à qui dirait que vous n'êtes qu'une petite garce ordinaire démangée par le double feu de son cul et de sa vanité, incapable de respecter son vœu de chasteté, ayant entrepris, pour justifier sa trahison, de salir ignoblement son géniteur en déclarant qu'il vous aurait forcée à prendre l'habit, par là que vous n'auriez nullement trahi votre vocation puisqu'elle n'aurait jamais existé ? Vous voyez, ma belle, il faut apprendre à parer les coups avant qu'ils ne vous atteignent ; conseil d'amie évidemment. Par ailleurs, et pour la même raison, ne changez jamais de voie désormais et allez jusqu'au bout ; notre flamboyant Inspirateur commun, qui est mon amant de cœur, est divisé contre lui-même ; c'est au reste ce qui fait sa nature séduisante et diviseuse, mais il ne peut s'empêcher, pour cette raison même, de freiner le cycle de vos victoires qui pourtant vous mènent à lui, sans pour autant que ce désaveu — qu'il vous signifiera un jour, n'en doutez pas — vous fasse changer de bergerie ; vous vous retrouverez seule et vraiment délaissée, même et surtout de vous-même.

— Que me dites-vous là, répondis-je sur le ton le plus hautain que je pusse affecter ? Vous n'êtes quand même pas téléguidée par le petit Père, ou par un confesseur soucieux du salut de mon âme ! Ce serait vraiment de très mauvais goût. Je m'y connais peu en dialectique, mais ça ne prend pas. (En affirmant cela, j'espérais me donner un air intelligent et détaché). Et puis, à qui ai-je l'honneur, par-delà les étiquettes sociales ?

— Peu importe, me répondit-elle, vous le saurez bien assez tôt. Je voulais vous faire comprendre, par une impulsion de même nature que celle que je viens de dénoncer, qu'il faut aller jusqu'au bout de vos refus, vous précipiter, vous donner à mon maître avec toute la vigueur des révoltes qu'il vous inspire, en déjouant sa propension à se déjuger, ainsi à trahir. De deux choses l'une ; ou bien c'est vous qui le bernerez, lui enjoignant de radicaliser en vous sa puissance négatrice, au point qu'elle en viendra à se renier elle-même, et vous vous retrouverez, ma chère, du côté des saints qui ont su et osé être de grands pécheurs ; ou bien vous vous perdrez dans le caniveau du mal tiède, de la tiédeur dans le mal, qui est aussi celui de la tiédeur dans le bien ; or mon amant, comme l'Autre que nous défions, ont tous les deux, chacun à sa façon, la tiédeur en haine, et c'est pourquoi mon Maître se hait lui-même, parce qu'il est au fond un tiède.

— Vous aimez la littérature, comme moi, mais je n'entends guère ce que vous me contez là. Vous voulez m'intriguer, pour m'empêcher de vous supplanter ce soir.

— Oh non ! Ma pauvre petite, cela fait bien longtemps que je vous ai supplantée, atteignant un degré de subversion éblouissante que vos petits moyens ne vous feront jamais atteindre. Quand vous faisiez des mamours douteux à vos élèves affectueuses ; quand vous vous décidiez à lâcher les vannes de la passion sur les rares gueules de brute ensoutanées que produit la Réaction catholique ; quand vous vous employiez à casser des fiançailles en détournant les hommes de leur promise pour finir par les jeter, désemparés, afin de vous venger des rebuffades que d'autres vous avaient fait subir — je sais tout cela, voyez-vous, ainsi vous est-il loisible de constater que je ne parle pas à la légère — ; quand vous répandiez des mensonges éhontés sur ceux qui vous rappelaient à vos devoirs religieux ; quand vous vouliez vous persuader que tous vos travers et échecs sont le fruit d'une éducation ratée, vous saviez bien que vous vous mentiez, qu'effectivement vous fûtes appelée par l'Autre et que vous L'avez trahi. Quand vous avez commencé à ruer dans les brancards, avec une impudence virulente qui confondait vos géniteurs, vous avez immédiatement entrepris de salir le petit Père, ce que son insondable naïveté empêchait de seulement pressentir ; vous lui avez donc déclaré la guerre bien avant de menacer de le faire, vous êtes devenue insupportable avant que de prendre l'habit. Vous me direz, selon la logique de votre optique, que ces insolences n'étaient que l'effet réactif d'humiliations gratuites antérieures ; mais précisément, par le seul fait de leur existence, elles révélaient, dans l'hypothèse, que vous étiez libérée de l'emprise de votre père, en marche pour la liberté, soustraite à son magistère supposé paralysant ; dès lors, d'où vient que vous ayez pu, sans même l'en avertir, vous découvrir une vocation qui dura dix-sept ans, si cette vocation n'était que le fruit d'un conditionnement dont vous ne seriez pas parvenue à l'époque à vous dégager ? Chaque fois que vous racontez votre histoire avec des trémolos dans la voix, en petite fille éplorée essuyant une larme discrète, évoquant la terreur qu'il vous inspirait, l'état de prostration en laquelle il vous plongeait, bafouillant, rivée par lui tel un papillon embroché sur un mur de plâtre à la condition de fille injustement soumise, tout le monde sent que vous jouez ; vous n'êtes pas efficace dans votre rôle de menteuse parce que vous refusez de vous dissoudre complètement en lui.

Veuillez donc comprendre que vous êtes en demeure de trahir jusqu'au bout. Mais croyez-moi, ce n'est pas facile, on y laisse des plumes. Ou bien ressaisissez-vous et fuyez ce Monde en retournant, dans la contrition, vers le lieu que vous avez fui. Comprenez que, d'une certaine façon, il n'appartient qu'à l'Autre, qui est la Bonté même, d'aller jusqu'au bout du mal ; le fond du mal, c'est sa négation, puisqu'il est suspendu à ce dont il est la privation ; *corruptio pessimi optima*. Mon maître qui vous séduit est un salaud lui aussi : il quitte la partie quand il est près d'atteindre le but, parce qu'il sait que la consommation de sa victoire est aussi sa défaite. Autant que vous le sachiez dès maintenant : il vous faudra être plus radicale que lui ; je l'aime comme une maîtresse lucide, elle sait qu'il est indigne mais elle l'a dans la peau. En fait, j'aime mon amour ; quand mon amant se révélera incapable de nourrir cet amour de moi-même, je le dépasserai dans le mal et j'aurai la valeur d'une sainte."

« Elle m'a laissée seule en achevant son numéro, elle s'est éclipsée ensuite en distribuant ses sourires ravageurs et mondanités exquises à divers groupes, et j'ai essayé de l'oublier. Mais elle m'a en fait gâché ma soirée, cette salope raisonneuse. Elle a eu quand même le temps de me glisser à l'oreille, quand elle est partie :

"Vous avez le sens de l'absolu, on n'est jamais déchu quand on sait le conserver, quoi qu'on en fasse. Vous n'êtes pas de la race des tièdes ; vous êtes condamnée à être plus contestataire que le diable, ou bien à faire directement retour à l'Autre ; dans tous les cas, c'est à ce dernier que vous reviendrez."

« Là, je n'ai rien compris, ou plutôt je n'ai pas voulu comprendre. Elle n'a qu'à reprendre ma place là-bas, chez les névrosées, si la sainteté la démange, cette espèce d'emmerdeuse qui se sent vieillir. Le péché, pour moi, n'est pas encore tiède. Et puis ce n'est pas du péché, puisque je suis heureuse.

« Le pire est que mes déboires ne se sont pas arrêtés là.

« Alors que je me dirigeais vers mon immeuble, à l'aube, ivre de compliments, épuisée par le débit de ma mauvaise langue, j'ai été abordée sur le trottoir par un type encore plus bizarre qu'elle. Il m'a dit qu'il était mort, qu'il n'avait aucune mission à remplir auprès de moi, que son intervention relevait de sa seule initiative.

"Je ne devais pas vous visiter, mais vous avez rencontré cette Eva, ce qui change mes projets ; Eva, c'est mon alter ego négatif ; elle ne vient ni d'en haut ni d'en bas, mais elle prétend faire mieux que ce qui est en haut en allant plus bas que le bas. J'ai pris l'initiative de passer vous voir sans mandat. Elle vous a fait humer les parfums du négatif, mais elle ne vous a pas tout dit : elle est menteuse même quand elle dit la vérité. Le négatif c'est — pour qui en reste aux représentations faciles — la lutte et la guerre, et la révolte et l'offense, et c'est la beauté sombre du mal ; et à côté la paix, pour qui en ignore la profondeur, semble bien fade, l'ordre a bien de la peine à dépasser la mièvrerie de la petite joliesse ; mais le négatif du mal — c'est cela que je voudrais vous transmettre de mon propre chef —, c'est un emprunt appauvrissant, le résultat d'une captation, opérée par les tièdes, du négatif divin qui, seul, est assez puissant pour se rendre victorieux de lui-même en se faisant procéder de son Autre, lequel ose se risquer dans son négatif.

Si vous l'écoutez, Eva vous amènera au mieux au seuil du chemin, mais en vous donnant l'impression de vous tromper de porte : en s'efforçant à tendre vers le bout de lui-même, le mal, telle une asymptote, s'épuise à imiter le Bien qu'il rate toujours, car c'est encore au Bien qu'il emprunte la force de s'opposer à lui. Cela dit, écoutez-la quand même si vous êtes incapable de m'entendre : elle peut dévoiler la vérité même quand elle s'efforce à mentir.

Quand on a la vocation, on l'a pour toujours ; si on la perd, c'est qu'on ne l'a jamais eue ; vous le savez si bien que vous avez besoin de vous poser en victime d'une vocation forcée pour justifier votre démission qui, inspirée par le désir de plaire à Dieu, ne se fût pas consommée en cette explosion de dérèglements dont vous donnez aujourd'hui le provocant spectacle. Si vous saviez ce qui vous attend, à supposer que vous ne changiez pas… Je suis un ami défunt du petit Père à demi-vivant. Croyez-moi, vous êtes victime d'une illusion d'optique ; il n'a jamais prétendu penser et vouloir pour vous, il vous a simplement — de manière bien maladroite — invitée à demeurer fidèle à ce que vous aviez vous-même pensé et voulu. Votre moi s'est affirmé en niant celui des autres, et c'est, quand on en reste là, la meilleure façon de ne jamais se trouver. Il va mourir bientôt puisqu'il doit mourir pour que vous naissiez : vous voyez qu'il est quand même un brave type, il part quand on le lui demande ; mais c'est parce que vous avez refusé de naître : on se pose toujours en s'opposant, mais vient un temps où l'on doit comprendre que l'on doit, pour sortir de la chrysalide, s'opposer *à soi-même*, en convertissant le négatif en être, la captation en oblation, le refus en adhésion ; ce que, précisément, vous ne faites pas, parce que vous ne parvenez pas à regarder le négatif en face, l'empêchant par là de se réfléchir en se radicalisant ; et c'est par le mensonge à vous-même que vous vous soustrayez à la douloureuse fécondité du négatif, trahissant ainsi, en cette fuite, votre nature passionnée. C'est pour vous dispenser de lutter contre vous-même que vous vous inventez des ennemis illusoires dont la conscience de votre dignité vous sommerait de vous libérer. Depuis votre défection, vous n'avez pas progressé dans la grande passion que vous chérissez ; en dépit des apparences vous vous êtes *attiédie* : la colère n'est pas la force, l'impudence n'est pas l'audace, l'insolence n'est pas le courage, l'excitation n'est pas le grand souffle de la vie. Le serpent venimeux sifflant sa haine, que vous celez sous vos dehors ingénus, qui croissait déjà en vous dans votre adolescence indécise, ce n'est pas le négatif — là est votre méprise tragique et dérisoire en son fond —, c'est le résidu, l'atrophie du négatif vrai que vous refusez d'épouser, que vous avez épousé mais dont vous avez divorcé, parce qu'il secouait trop votre médiocrité dont vous ne vouliez pas faire votre deuil. Le serpent de la Genèse, c'est un serpent d'airain qui s'essouffle.

Je prierai pour vous ; essayez de prier pour moi, à défaut d'être capable de prier pour vous-même. Et priez pour Eva pendant que vous y êtes ; au vrai, tout n'est pas encore joué pour elle non plus."

« Après ça, il a disparu derrière une voiture, il m'a laissée là le bec dans l'eau, devant ma porte. Je vais dormir jusqu'à midi au moins. »

La moindre des choses, quand on est un humain, c'est d'être complètement démesuré. L'état naturel de l'homme, c'est l'hubris. Afin de ne pas donner l'impression de cultiver le paradoxe facile, je dirai que l'homme n'est homme qu'à proportion de son pouvoir de laisser se dévoiler en lui, sans jamais oublier ses limites constitutives, cette dimension d'illimité, cette aspiration à l'infini qui fait de lui-même une énigme et une souffrance hypostasiée pour lui et pour les autres. En s'attiédissant, l'homme se déshumanise.

S'il essaie de résoudre son aporie ontologique en oubliant ses limites constitutives, il tarit son désir infini d'infini, puisque c'est en et par elles qu'il existe, c'est donc par elles que ce désir advient à l'existence : emporté par son désir, l'homme oublieux de ses limites essentielles l'investit dans la recherche indéfinie de biens finis, use et exténue son désir dans la réitération du fini. Tel est le fait des religionnaires du « progrès », mais aussi, dans une optique plus individuelle, de tous les égotistes gagnés au souci de faire d'eux-mêmes et de leur courte vie une œuvre d'art impérissable, une incarnation de l'absolu. Quand ils en viennent à contempler le résultat piteux de leurs efforts, ils sont pris par un découragement sans fond dont ils ne se tirent que par des pirouettes dérisoires.

Elle avait une coupe de cheveux masculine, buvait sec de temps à autre, roulait ses cigarettes et roulait des épaules, portait de gros pulls de déménageur et des pantalons de toile, mais des chaussures d'homme à cinq cents euros la paire, haïssait ses kilogrammes superflus que pourtant elle aimait en tant qu'ils lui donnaient de l'épaisseur. On n'a jamais su si Denise — une amie d'Ursule qu'elle a profondément mortifiée en mettant son âme à nu — était une chipette ou une personne normale. Peut-être ne le sut-elle jamais elle-même. Une femme peut avoir connu des expériences homosexuelles sans être une invertie, de même que l'on peut être une invertie sans jamais avoir connu d'expérience charnelle de nature homosexuelle. Parvenue au terme d'une jeunesse et d'une maturité moroses, taraudée par l'envie — qu'elle refoulait assez fortement pour n'avoir pas honte d'elle-même, la réduisant en elle à un point sombre qui l'observait de l'intérieur avec une intensité concupiscente — à l'égard d'une sœur intellectuellement plus brillante qu'elle, elle se mit à nourrir le projet de mettre fin à ses jours, considérant qu'il lui appartenait, pour des raisons esthétiques, de réussir sa mort à défaut d'avoir réussi sa vie. Elle ne savait pas encore quel moyen employer, mais elle était déjà gagnée par un mélange d'effroi à double face, d'excitation et de cette espèce de bien-être qui s'empare des gens quand ils se débarrassent du labeur pénible de cultiver l'espérance. Il y avait en elle une peur ambiguë, celle de rater sa mort en ne trouvant pas le courage, à l'instant décisif, d'accomplir son dessein : affronter l'instinct vital qui regimbe toujours dans ces circonstances, quel que soit le degré de détermination volontaire — ainsi réfléchie — de ceux qui embrassent un tel projet ; mais aussi celle de quitter la vie par faiblesse, par impuissance à en surmonter les tensions ; peut-être ainsi se demandait-elle sourdement si le suicide relève du courage, ou bien de la lâcheté ; elle entrevoyait que la vanité, dont elle avait pris soin, ostensiblement — ainsi vaniteusement — de se départir toute sa vie, entrait pour une bonne part dans son vœu ; ce sur quoi elle rencontrait les états d'âme de maints neurasthéniques revendiqués qui, au vrai presque toujours, conjuguent l'orgueil de la révolte et le complexe d'Érostrate. L'excitation sombre de la perspective éclose en elle comme un champignon vénéneux longtemps cultivé parvenait à donner quelque piquant à sa vie décevante, l'invitant à porter sur les humains et sur les choses un regard attentif empreint d'une nostalgie délicieusement douloureuse. Et l'idée d'en finir avec elle-même lui donnait l'impression trompeuse de se libérer de tout ce qui, en elle et hors d'elle, lui avait inspiré les souffrances les moins susceptibles d'être pardonnées. Elle était satisfaite de sa méchanceté qui, croyait-elle, lui donnait de l'esprit. Certains confondent l'effet colérique de leur mentalité capricieuse et la force de caractère ; d'autres, telle Denise, confondent le cynisme et le réalisme, tout comme ils prennent le scepticisme pour une marque d'intelligence. Denise, ajournant régulièrement son suicide, joue au grand frère expérimenté et blasé dans les familles où elle s'introduit, distribuant bons et mauvais points à chacun, conseils pédagogiques aux uns, invitations à la révolte aux autres, du haut de sa cathèdre de royal « homme-qui-sait-qu'il-est-de-trop, que-la-vie-n'a-pas-de-sens-et-qu'il-va-faire-cesser-bientôt-cette-ridicule-comédie », en pur individualiste parasitaire et irresponsable. Comme beaucoup d'inverties, semi-lesbiennes, crypto-inverties ou saphiques déclarées, Denise n'entrevoit en tout homme — même le plus affable et le plus débonnaire — que ce père dont elle se crut victime, qui osa la morigéner dans son enfance, l'humilier quand c'était nécessaire ; elle a investi toute son énergie, sa fierté, sa raison d'être dans le fait de lui tenir tête ; la répétition d'un tel combat occupe toute sa vie et la fait végéter dans tous les domaines. Animée par un ressentiment jamais digéré, elle est systématiquement, dans les conflits familiaux qui ébranlent ses relations, du côté des enfants, en vieille petite fille révoltée qui n'en a jamais fini de se venger, écoutant avec complaisance les doléances des adolescents pour les monter contre leurs géniteurs. Sous des dehors d'homme distant et las supposés manifester sa sagesse, Denise n'a jamais su grandir, elle n'a pas compris que l'esprit n'a pas de cicatrices, fors celles qu'il ne veut pas faire guérir, dont l'épreuve était la condition de sa véritable maturité, et qu'il décide par là de s'infliger. Denise n'a pas su faire de sa vie une œuvre d'art ; elle entend, à défaut, en faire un modèle de laideur tragique ; elle est très malheureuse elle aussi, et elle répand le malheur en se persuadant qu'elle est incomprise. Peut-être a-t-elle décidé de se fourvoyer dans un combat stérile afin de se dispenser de se consacrer à une tâche qui en aurait valu la peine, mais qui ne lui eût pas ménagé autant d'occasions de se complaire en elle-même.

Je sais qu'il me faudra peut-être la visiter un jour. Elle n'a pas compris que sa véritable œuvre d'art, qu'elle eût été seule à pouvoir élaborer, c'eût été ses enfants qu'elle ne concevra pas. Elle l'entrevoit, dans sa démangeaison de servir de mentor aux adolescents dont elle mendie l'attention en affectant de les tancer sur le ton rugueux d'une amitié virile. Elle sauverait tout et se sauverait elle-même si sa stérilité dont elle est responsable pouvait être vécue par elle sur le mode d'une croix consentie. Mais c'est là un consentement héroïque au-dessus de ses forces — elle qui se veut si forte —, qui la sommerait de piétiner, en elle, le refus de sa féminité. La force se maximise dans la maîtrise d'elle-même, en laquelle elle se fait l'esclave d'elle-même, et la féminité est comme l'hypostase de cet aspect obligé de la force propre à la condition humaine ; il faut beaucoup de force pour plébisciter sa dépendance, au point que la fascination pathologique de l'indépendance, comme désir ivre de l'absolu, se résout en cette faiblesse de la force qui n'est que force, qui doute d'elle-même et vacille aussitôt qu'elle est seule avec elle-même, qui mendie des ennemis pour s'éprouver et se régénérer dans son conflit avec eux. J'irai probablement consoler Denise, elle aussi ; elle a, comme tant d'autres, été foudroyée par le désir d'absolu, et à ce titre il lui sera beaucoup pardonné.

Si le pauvre mortel mondain réprime, en revanche, cette aspiration à l'infini, elle se venge et il fait exploser les limites en lesquelles il convoitait de forger sa quiétude. Emporté par un vent de folie ravageuse, le contribuable agnostique et économe se découvre une passion honteuse en atteignant l'âge supposé de la maturité, divorce, accumule les frasques, détruit en deux ans cinquante années de médiocrité prévoyante. Mais malheur à eux pour l'éternité s'ils parviennent à feindre la satisfaction « raisonnable » jusqu'au bout. Ainsi entend-on les Vieux du monde moderne, si peu sages, pétris d'orgueil abrutissant, vous dire, comme des adolescents séniles, qu'ils sont satisfaits d'eux-mêmes, qu'ils ont bien profité de la vie et que, voyez-vous, *on ne peut pas trop en demander*, qu'ils ont eu leur part, qu'ils n'en veulent pas plus, qu'ils ont décidé de « mourir dignement » après avoir joui une dernière fois, en consentant au progressisme de l'euthanasie, se posant en modèles pour les générations futures.

Ne trouvant pas le moyen de tenir les deux bouts de la chaîne, congénitalement insupportable à lui-même, le pauvre mortel se résout en général à se mentir, à tenter vainement de s'oublier dans le jeu d'un personnage fictif émancipé de cette contradiction. Mais, évidemment, une telle émancipation est elle aussi fictive. Il se croit volontiers la pureté d'un ange emprisonné dans une bête furieuse, jeté dans un monde réduit à ses tentations. Il satisfait sans le savoir son désir infini en l'exerçant sur le mode d'un ressentiment toujours renouvelé contre la fange mondaine dont il veut ignorer les grandeurs naturelles ; il a souvent la foi, celle des surnaturalistes.

L'art de vivre, c'est le pouvoir d'aimer les biens finis comme autant de moyens à dépasser, à oublier, en vue d'une fin que pourtant ces biens sont déjà d'une certaine façon, et ainsi, c'est apprendre à les aimer pour eux-mêmes comme des buts, mais en retour comme ces buts qui nous mènent au-delà d'eux-mêmes. Aimer toute chose comme une fin et accepter que toute chose nous échappe, accepter qu'on doive s'en dessaisir un jour, l'aimer comme une fin et aimer en elle par avance le déchirement qu'elle nous imposera en nous renvoyant au-delà d'elle, en nous sommant de nous arracher à elle. Aimer l'idéal comme simple projet ou possible ayant vocation à être réalisé, qui trouve ainsi son achèvement — qui le supprime en tant que simple idéal — dans la chose singulière spatio-temporelle grevée de contingence et réelle à raison de sa contingence même, et en même temps n'aimer cette réalisation qu'en tant qu'elle renvoie à l'idée plus réelle — non contingente — que ce qui la réalise, et entrevoir enfin dans ce va-et-vient quelque chose de l'absolu qui convertit à leur identité l'idée et la réalité, le devenir et l'être. C'est là séjourner dans un devenir auquel on ne prétend pas conférer le caractère de l'être, mais qu'on sait telle l'image de cet Être assez plein pour assumer le devenir sans cesser d'être être. Que les morts succèdent aux vivants et les vivants aux morts, les modes aux modes, les vendanges aux moissons, les guerres à la paix et les paix précaires à la guerre, c'est le signe de ce que ce monde n'est que l'image et le vecteur d'un chemin qui se repose en l'absolu qui n'est pas de ce monde ; et en même temps c'est déjà une révélation de ce qui nous attend de l'autre côté de la Porte, de sorte que nous sommes incapables d'ouvrir la Porte et seulement de l'atteindre, si nous ne savons pas que ce devenir est déjà la manière dont l'absolu consent à se révéler. Si le fini aspire à l'infini sans cesser d'être fini, il est contradictoire et invivable aussi longtemps qu'il ne sait pas que l'infini auquel il aspire est ce pouvoir de se faire fini sans cesser d'être infini. Ce que, religieusement, signifie l'Incarnation, et dont toute l'histoire du monde est l'attente et la consommation.

Il ne me sera pas concédé de revoir Edmond avant de remonter définitivement dans ma géhenne purificatrice. Je l'ai quand même observé un temps, quand il était seul, en train d'écrire à l'abri des regards d'Eva.

« Je me demande si cette propension des bien-pensants à couvrir le négatif d'un manteau de Noé n'est pas elle-même une stratégie particulièrement perverse de la Providence exerçant sa justice de vindicte, à moins que ce ne soit pour elle une nécessité — à laquelle Dieu ne peut rien — inhérente aux progrès dans le bien, et dont je n'ai pas encore perçu la logique, ce qui bien entendu m'agace au plus haut point. Il faut que je sois d'un scrupule masochiste pour me demander si cet agacement même n'est pas l'effet d'une insurrection rageuse contre la loi du Bien, la vocation à la résignation chrétienne, de telle sorte que tout ce plaidoyer, dont je me targue, pour le négatif aurait été suscité par le refus trivial de m'arracher aux biens finis. L'unique représentation tangible, sensible, à laquelle l'homme est condamné en vertu de sa condition incarnée, semble être, à propos du négatif, le mal lui-même, entendu comme mal moral puisque le bien, selon la représentation vertueuse, est toujours présenté comme une résistance aux séductions charnelles. Mais alors quelle raison reste-t-il d'aimer le bien et de haïr le mal ? »

La gnose d'Eva, liée aux réminiscences folles de ses cuisses et de sa peau, lui paraissait invincible, tout comme l'appétibilité du cigare qu'il fumait et de la fine dont il se délectait.

« Il y a quelque chose de morbide et de pourri dans cette abstraite opposition entre l'intérieur spirituel et l'extérieur sensible. Exclusif de l'extérieur, ainsi extérieur à lui, l'intérieur se révèle être le contraire de lui-même. *Animula vagula blandula, hospes comesque corporis...* L'écorché vif aux petites oreilles, fasciné par les Juifs, avait quand même du nez, au moins sur un point : il existe une grande raison du corps, qui ne perd pas son temps à douter d'elle-même, à poser des questions à elle-même et au corps, à se poser hors du corps qu'elle anime et qu'elle dessèche en le fuyant, à moins qu'elle ne se dessèche elle-même en cultivant l'illusion qu'elle continue d'exister alors que, ce faisant, elle est déjà morte. Les chrétiens ont l'offensante superbe des Stoïciens, le panthéisme en moins, ce qui donne quelque chose d'assez épouvantable, il faut bien l'avouer. Le vrai chrétien préserve soigneusement la fécondité du terreau païen en lequel il fleurit, il est même la sublimation du païen. Dire qu'il le sublime, c'est signifier qu'un tel païen est au-delà du paganisme mais, en retour, c'est signifier qu'il est comme définitionnel d'un vrai chrétien de se préfigurer dans l'élément d'une santé païenne ne renonçant à elle-même en se rendant chrétienne que parce qu'elle s'accomplit *comme païenne* en cet acte. N'est proprement chrétien que ce païen qui va jusqu'au bout de lui-même, dans une exaltation maintenue et même radicalisée de l'ordre naturel. Le vrai chrétien est un païen sublimé, avec cette quintuple précision que

a) un païen seulement païen est incapable, depuis le péché originel, d'aller jusqu'au bout du paganisme sans préalablement devenir chrétien ;

b) la plupart des chrétiens sont incapables de faire mémoire, en le réassumant, de ce dont ils sont la sublimation, et cette incapacité ou ce refus se soldent progressivement de deux manières :

c) soit par une laïcisation de l'idée chrétienne, qui aboutit à l'homme moderne, dénaturé en tant qu'homme et déchristianisé : on nie la nature pour la surnature, puis — faute d'une nature pour recevoir la grâce et l'exercer — on ôte la surnature et il ne reste que la subjectivité vide et dévorante, pure puissance à être qui se donne sa nature, *"ens causa sui"*, désir d'être Dieu ;

d) soit par une frustration surnaturaliste consistant à nier la nature pour la surnature mais sans retrouver la nature, ou plutôt en la retrouvant mais avec le dessein de l'anémier, afin de se dispenser de lutter, d'affronter ce négatif non peccamineux inscrit dans les secrets ontologiques de l'intériorité humaine, à l'intersection du corps et de l'âme, en ce néant ou fond sans fond de la vie spirituelle où s'identifient négativement le fini et l'infini ;

e) ce qui a pour conséquence parfois, à partir d'une insurrection saine des besoins de la nature contre une fausse conception de la mortification, de renvoyer le chrétien dans le camp du paganisme.

« Le vrai héros, c'est bien le païen transfiguré par la grâce, confirmé dans son identité de païen par l'acte de la renier, qui reste dans le monde sans lui faire aucune concession. Il attend le Grand Matin dans l'espérance, il fait son devoir en serrant les dents. Il ne répugne pas à se mettre au service d'une humble cause. Il n'est jamais victime du dégoût de la vie, de la routine ennuyeuse, du sentiment d'absurdité, de la perpétuelle tentation de l'"à quoi bon ?" Il se comporte comme si on avait le temps de tout faire, en sachant que la Grande Faucheuse viendra sans s'annoncer, l'interrompant dans sa tâche à jamais fixée, par là, dans son inachèvement. L'essentiel est d'être à sa tâche quand elle arrivera, et de ne pas prétendre se justifier par ses seules œuvres, tout en sachant qu'on est en droit justifié par elles seules, en ce sens que l'on ne s'actualise vraiment qu'en elles.

« Les Anciens n'y prétendaient guère, qui se savaient solidaires du grand tout. Seul le christianisme rendit possible une telle prétention, qui fait s'éveiller la subjectivité pour la laisser à soi-même, en son impossible prétention à se faire le fondement de tout, après qu'il l'a quittée parce qu'elle ne voulait plus de lui. L'Europe se meurt, la race blanche en ses ultimes surgeons se dilue dans le flot furieux des peuples jadis colonisés par elle. Les destins personnels des Blancs font se réfracter en eux le processus collectif d'exténuation de la civilisation. Il y a causalité réciproque entre le tout et les parties. Dans le spectacle de ses propres dérives, chaque Occidental vit l'agonie du Monde.

« Je suis un homme terriblement lucide, je sais ce qu'il faut faire, mais je n'y parviens pas, sans aucune raison que le défaut de volonté, fasciné par la clarté de l'intelligibilité de cette dérive. C'est à se demander si l'excès de lucidité n'est pas un empêchement au salut. Il y a une jouissance à percer les raisons de sa propre chute : en la dévoilant sans reste, on a l'impression de la maîtriser ; là est peut-être ce qui reste de béatitude à la condition de damné. »

Pauvre Edmond. La limite de sa lucidité, c'est qu'il en vient à se persuader qu'il suffit de savoir pour se dispenser de faire, de comprendre pour s'éviter de vouloir. Peut-être a-t-il, tout simplement, besoin de souffrir pour lever ses dernières naïvetés.

« Madame Albige ? Ursule Albige, c'est bien cela ?

— ...

— N'ayez pas peur, je ne suis pas un fantôme. Je suis bien réel, quoique dans une forme irréelle. Je ne suis pas envoyé par les Témoins de Jéhovah ou quelque autre secte.

Je n'en veux ni à votre argent ni à votre vertu. J'ai un message pour vous, et une requête à vous faire. Il n'y en aura pas pour longtemps. »

J'étais sur le pas de sa porte, dans son palier dont elle s'étonnait que j'eusse pu l'atteindre, l'entrée de son immeuble étant protégée par des interphones. Il est vrai que certains représentants de commerce parvenaient, après avoir abusé de la bienveillance d'un locataire, à pénétrer dans l'enceinte de la bâtisse, pour importuner tout le monde à tous les étages.

« Je n'ai besoin de rien, bon vent. Laissez-moi tranquille. On n'est plus chez soi aujourd'hui. »

Elle fermait déjà la porte entrouverte.

« C'est bien vous qui, dans la salle des professeurs vide de votre établissement, ne résistez pas au désir d'écrire des textes injurieux pour vos confrères sur le tableau des annonces syndicales ? Qui envoyez des lettres anonymes à vos anciennes élèves pour les mettre mal à l'aise et les terroriser, afin ensuite de leur faire avouer qu'elles sont persécutées par un malade, et de vous poser en protectrice ? »

Elle était blême et se décomposait littéralement, sa pauvre bouche tordue par une grimace de terreur.

« Mais ça va pas ! Foutez le camp, espèce de cinglé. »

Toutefois elle n'essayait plus de fermer sa porte. La curiosité l'emportait sur la crainte. Elle avait toujours été sensible aux histoires de revenants, de métempsycose, de parapsychologie, de voyantes, d'ésotérisme et de tables tournantes.

« Rassurez-vous, je ne suis pas un maître chanteur, ni un policier, ni même un détective privé. J'ai besoin de vous et vous avez besoin de moi. Je suis mort il y a quelques mois, je suis au seuil de la délivrance mais il faut prier pour moi. Me croyez-vous ? Vous faites du mal, je le sais, et je sais même tout le mal que vous faites et dont vous n'avez pas toujours clairement conscience ; mais je sais aussi qu'il vous arrive de prier, de faire des petits dons qui néanmoins vous coûtent beaucoup. Il y a quelque chose de cassé en vous depuis fort longtemps. On n'est jamais aussi bon qu'on voudrait le prétendre, mais jamais aussi mauvais que ce que le désespoir nous dicte. Il y a quelqu'un qui vous aime en vérité, et je suis à Son école. Veuillez accepter de prier pour le repos de mon âme, c'est-à-dire de cette âme que je suis là devant vous. Vous avez visité des personnes malades non sans cultiver le secret désir de mettre la main sur leur héritage en vous faisant nommer légataire universel, mais, comme dans toutes les choses humaines, il y eut un filet de véritable compassion désintéressée dans vos calculs. Et c'est cela que j'ai décidé de retenir. Je n'évoque le reste que pour vous montrer que ma visite n'est pas une mauvaise blague : vous voyez bien que je sais des choses sur vous que personne ne sait, et que personne ne pourrait savoir fors un visiteur de mon espèce.

— Entrez, Monsieur.

— Vous vous empêchez d'être heureuse, et vous rendez malheureux tous ceux que vous rencontrez. Vous n'aimez pas la réalité telle qu'elle est, vous êtes incapable de la changer, vous êtes impuissante à vous y conformer : l'histoire doit plier, les dictionnaires et les grammaires doivent plier, les examinateurs doivent plier, autrui doit toujours plier devant vos exigences ; vous renvoyez dans la sphère du confus et de l'inintelligible tout ce qui vous dépasse, non sans pressentir, en dépit de votre ton catégorique, que vos jugements sans appel ne valent pas grand-chose. Alors vous vous inventez des univers parallèles. Vous évoluez entre ce que les médecins aliénistes — mais vous n'êtes nullement folle : vous êtes moralement malade, seule la vertu peut vous soigner, seule votre liberté peut vous sauver — nommeraient la paranoïa et la schizophrénie, allant sans transition de l'une à l'autre. Votre petite volonté tendue refuse de céder devant l'évidence, donc — on ne dira jamais trop que l'évidence est objective puisqu'elle est une propriété de l'objet — de se plier à la réalité, et ainsi vous en inventez une autre pour concurrencer la première. Tantôt le monde vous en voudrait et vous envierait, et vous vous complaisez dans l'estime démesurée de vous-même, vous inventant des raisons illusoires de célébrer votre supériorité ; tantôt vous vous dédoublez, vous vous réfugiez dans une intériorité que votre convoitise réifie par l'imagination, et, tout en gardant un pied dans le réel, vous tenez pour réels les fruits de vos délires qui par là s'insèrent dans la réalité sans s'annoncer comme fictifs. Dans l'incapacité où vous vous mettez de coïncider avec vous-même, vous êtes insupportable à vous-même et vous êtes en quête perpétuelle de votre identité que, fondamentalement, vous voulez méconnaître ; c'est bien douloureux, je le sais, mais vous préférez encore cette douleur à cette autre qui consisterait à faire céder votre volonté tyrannique.

— Je suis méchante, c'est vrai, et fausse, je ne peux pas m'en empêcher. Par une espèce de fatalité, sachant très précisément ce que je ne dois pas dire afin de ne pas blesser, les mots sortent de ma bouche mauvaise comme un flot trop comprimé, puis je me désole d'en avoir trop dit et me réjouis de me désoler parce que j'ai ainsi le sentiment de m'absoudre ; évidemment, je recommence, ça me permet de jouir et du mal que je fais et du bien que je crois faire pour effacer le mal. J'ai une nature mauvaise ; j'aime l'inversion, la perversité ; je ne peux me retenir d'excuser les crapules contre les gens honnêtes, je me sens solidaire des hérétiques et des hérésiarques, des anormaux, je dois en permanence prendre la tangente ; mais que voulez-vous ; la réalité est si mal faite, si prévisible, si décevante ! Toute forme de génie est une anomalie, alors toute anomalie est une forme possible de génie ; et le génie seul sauve le monde, rend son existence supportable ; le monde réel, c'est le monde normal, c'est le monde fini, sans arrière-fond ténébreux, sans mystère, c'est vraiment débilitant ; et puis je n'ai pas choisi cette mauvaise nature qui est mienne et que je chéris, c'est Lui qui l'a choisie pour moi. Il avait Ses raisons. Par ma perversité assumée, j'exécute Ses volontés à ma manière.

— Vous vous mentez encore. Votre nature blessée n'est pas la nature de votre blessure. Et les choses sont ainsi faites — *vous* êtes ainsi faite, en vertu de votre liberté — que votre aspiration au mal est encore un effort avorté vers le Bien, un aveu de votre vocation au Bien, puisque le mal n'a d'être que par le Bien qu'il conteste. De surcroît, l'acte qui résulte de votre nature mauvaise, lequel est posé par votre liberté, a la forme d'une ratification de votre maladie, il a valeur de cause de votre blessure même, bien qu'il en procède ; il en est ainsi parce que toute autodétermination a la forme d'une réflexion : agir sur soi, se choisir, c'est faire de soi-même l'objet de ce dont on est le principe. Arrêtez donc de jouer à la victime d'un démiurge dément. Et Celui que vous accusez de vous avoir mal faite ne veut rien tant que vous refaire, après vous avoir laissé le choix de vous défaire ; mais Il veut le faire avec votre coopération, parce qu'Il est très discret, comme tout Donateur qui s'efface dans Son Don. Cette réfection, c'est la vie surnaturelle. Il y a peu encore, vous qui avez tout juste le temps d'apprendre à vous aimer en servant, vous vous réjouissiez de la trahison de cette défroquée qui fait tant de mal et dont les vices n'ont pas le mérite des vôtres qui, par leur laideur visible, sont porteurs de la répulsion que requiert leur abandon. Je l'ai déjà visitée mais elle est coriace. Je lui réserve une autre surprise mais enfin, c'est de vous qu'il est question pour le moment.

Cela dit, elle laisse une place vide dans son couvent, et toute place doit être occupée. Me comprenez-vous ?

— Oui, je crois comprendre, mais je ne suis pas capable d'en avoir envie.

— L'envie d'avoir envie suffit, Il fait le reste. Dépouil-lez-vous, vous serez riche ; remplacez une âme qui n'a pas répondu à l'appel, vous vous sauverez en la sauvant.

— Mais comment puis-je, sans me mentir, croire encore à la possibilité d'un pardon, d'une rédemption ?

— Ce qu'il y a de plus vil aux yeux des hommes n'est pas ce qui est le plus irrémissible à Ses yeux. Il vomit les tièdes, et seulement les tièdes. Les travers les plus ignobles aux yeux du genre humain conditionnent moins intimement le cœur de ceux qu'ils asservissent, que les travers moins honteux qui, par leur semblant d'honorabilité, en viennent à s'approprier sans retour les âmes complaisantes, qui sont encore trop crispées sur elles-mêmes, trop peu oublieuses de soi, pour se livrer à la franche débauche et à la claire ignominie ; il y a du sublime dans l'ignoble ; on offense moins le Bien en le combattant qu'en l'ignorant. Et l'on ne peut pas dire que vous vous êtes contentée de l'ignorer. Pour le dire autrement : ce qui importe, ce n'est pas d'éviter d'être sali et cabossé à l'arrivée, c'est d'avoir envie d'arriver coûte que coûte ; il est des maux ordinaires plus terribles que les vices ravageurs : s'ils ne vont pas loin dans la négation du bien, ils sont inguérissables, au rebours des péchés monstrueux qui, par leur excès même, crient leur besoin de guérison et s'approprient à elle par l'intensité de ce cri. Il n'est aucun de vos refus qui ne soit l'expression d'une crainte de l'Amour qu'Il vous porte, parce que vous voulez substituer votre conception de l'amour à la Sienne. Vous serez vieille bientôt, vous le savez ; vos appétits s'émoussent, le jusant des désirs s'annonce et révèle les déchets et la pollution résiduels. Toute votre vie, vous avez voulu concilier dans un rêve soutenu par le désir, que donc vous savez devoir quitter bientôt, le mal que vous ne vouliez pas quitter et le bien auquel vous ne vouliez pas vous donner. Me comprenez-vous mieux maintenant ?

— Oui je crois, et maintenant je sais : *et inardesco, et inhorresco…* »

Après avoir vendu tous ses biens dont elle fit don à sa communauté d'accueil, Ursule Albige, à plus de soixante ans, se fit accepter comme postulante à la place de Jeanne Malo.

Lors de sa prise d'habit, fut choisi pour elle le nom de Sœur Marie de Jésus. Elle prie pour celle qu'elle remplace, mais aussi pour moi qui aperçois enfin — mais c'est loin encore — le terme de mes visites terrestres.

Jeanne est toujours en quête d'un mari, et elle ne veut pas admettre qu'elle commence à s'affoler ; quitter le voile pour finir vieille fille… « Ils sont gentils à croquer tous ces petits jeunes bien nés, mais ils sont trop jeunes pour moi, et je suis déjà trop vieille pour retenir l'attention des bobos mûrs. J'ai trahi pour actualiser mes rêves de jeunesse, et l'on me fait comprendre, tout en me félicitant chaleureusement, qu'on n'est guère disposé à se compromettre avec moi pour les réaliser. Je me suis crue étrangère à moi-même quand j'étais retirée du Monde auquel j'ai cru passionnément, et les sirènes qui m'ont tirée de ma retraite se détournent de moi, cruellement moqueuses, comme si elles se plaisaient à me dire que le Monde, pour lequel j'ai largué les amarres, n'est qu'une fable, et que je me suis vendue pour rien. » L'orgueil capiteux la tient debout, qui convoque en elle des souvenirs d'adolescence parce qu'il a commencé à livrer ses premiers fruits vénéneux à ce moment. Des images reviennent de sa scolarité, quand elle était encore en jupe longue au milieu de ses condisciples, ne pensant toutes qu'aux garçons. Très attentives aux différences sociales et aux mille détails qui les manifestent, elles rivalisaient de prétention en arborant des foulards Hermès en fin de semaine, quand la présence des parents d'élèves faisait se relâcher la discipline de l'établissement tenu par les Mères. Elle enviait ses condisciples des familles bourgeoises, voire aristocratiques, dont les enfants vouvoyaient leurs parents. Elle se promettait alors d'épouser un hobereau qui ressemblerait à Henri de La Rochejaquelein, qui posséderait un manoir ou même un château de famille, qui serait baron, et ses enfants la vouvoieraient, et son mari serait officier. Ils posséderaient des chevaux. Elle baignerait dans le chic exquis des usages surannés qui donnent des complexes aux parvenus. À l'époque, elle entrevoyait en Éléonore Caron de Gardérac, bas-bleu particulièrement insupportable qu'elle avait pour condisciple, le modèle du chic féminin. « Dans mon milieu, on ne s'abaisse pas à préparer des repas pantagruéliques pour honorer les invités ; c'est bon pour les "trouducs" qui disent "après qu'il ait fait", "enchanté !", "au plaisir", "messieurs-dames", parlent de leurs "soucis pécuniers", font creuser une piscine dans leur jardin, achètent l'*Encyclopædia Universalis.* » Jeanne trouvait alors du dernier bien d'échanger avec son modèle des regards entendus quand un père de famille mal dans sa peau transgressait le code de la vraie bonne conduite et se ridiculisait en soutenant des principes méritocratiques. Elle avait honte du petit Père, évidemment.

Je l'ai surprise un soir, songeuse, assise sur un banc du jardin du Luxembourg, au milieu des pigeons.

« Encore vous… Ce n'est vraiment pas le moment. Je ne suis pas d'humeur à subir vos leçons sibyllines ; les morts ne m'intéressent pas, j'attends tout de la vie.

— Je connais la vie mieux que vous, et je suis plus vivant que vous, parce que la mort fait partie de la vie. Il m'est donné de vous faire saisir, par permission spéciale et ponctuelle, l'âme des gens en même temps que leur corps. Voyez cette femme soucieuse au noble port de tête, assise sur le banc d'en face. Elle a votre âge. »

Elle tourna vers elle une tête morose.

« Maintenant fermez les yeux, voyez-la chez elle hier soir, assise seule dans sa cuisine ; voyez et écoutez son cœur qui parlait.

La femme est affairée, elle en a marre de ses enfants qui chialent, de sa belle-mère indiscrète et de ces enfants qu'avec les siens propres, pour les catéchiser, on lui confie à garder, fainéants et vicieux, graine d'hommes égoïstes et vénaux, elle essuie une larme, son mari est oublieux, elle a la nostalgie de sa toute jeunesse, tous les espoirs rétrécissent à mesure qu'on avance, ma vie aura été ça, ça qui me déçoit et poisse et crucifie mon impatience et la rogne, et me fait entrer dans le rang commun des dégrisés, j'ai des vergetures, je ne pourrais plus plaire, j'ai désir de partir et de tout planter là, tout d'aujourd'hui m'est lointain et hostile en sa proximité triviale, et tu m'es proche toi qui n'es plus dans ma vie, toi mon amour de jeunesse qui m'a trahi, qui m'a fait prendre la mesure sans mesure de mon pouvoir d'aimer proprement ravissant, inoccupé ce soir, retombé pour toujours, je veux te rejoindre et remonter l'horloge de ma vie, je me suis trompée d'aiguillage, les jours passent et je passe avec eux et m'aigris, et quelque chose en moi demeure qui veut replacer le temps devant soi, en perspective, comme disponible et à dévorer dans sa richesse d'imprévus, je ne serai rien de ce que j'aurai rêvé, un chaînon ignorant de lui-même dans la chaîne ininterrompue des gens qui passent, les choses passent moins vite que nous, la porte de la chambre est toujours là, qui était déjà vieille quand je me suis mariée, qui me parle de mes émois fanés, qui sourit en grinçant gentiment toujours semblable à soi, et puis on va l'enlever parce qu'elle a fait son temps, mettre quelque chose d'autre attestant que le passé — le futur promis et trahi — est révolu, rêvé, impossible, converti en chimère, je hais d'avance la nouvelle porte et son odeur idiote de porte toute neuve, et sa nouveauté insolente d'intruse, il faut lessiver, préparer le repas, faire les courses en souriant, faire bonne figure comme en représentation, Ô mon Dieu pourquoi cette trivialité, mes odeurs qui me font honte, mes boutons et mes caries, je me trouve laide, et mon homme va rentrer, et je voudrais l'aimer, et je ne le puis plus, le courage me manque pour me raidir et reprendre le fardeau du devoir, de l'amour par devoir, du renoncement sans réconfort, de la générosité sur commande, maintenir l'humeur égale, rester attentive à ceux qui ont besoin de moi, la répulsion coléreuse s'insurge, l'indignation fuse qui cherche sa légitimité, elle ne la trouve pas, elle tourne à l'aigreur, je vais finir mère dénaturée, épouse infidèle, médiocre au-dedans de moi comme dans ma vie sociale, fausse et ratée moralement comme l'est mon intimité familiale, à quoi me raccrocher ?, mes prières sont mécaniques, la langueur est invincible, la joie est impossible et le plaisir dégoûtant, toujours décevant, j'attends autre chose, que vais-je devenir ?, je voudrais ne pas exister ; les travaux scolaires de mon enfant naturellement despotique, le repassage des nippes de mon mari, même propres leur odeur me lève le cœur, dire que je t'appartiens pour *toujours, et j'étais consentante, contente dans ma résignation, soulagée de me savoir résignée, ce sera ça me disais-je, et ça tous les jours et je l'accepte et n'en ai pas peur me disais-je, et je prévois les vicissitudes et je sais les déceptions à venir et les coups durs pensais-je, et je me sentais assez forte pour les affronter.*

Et aujourd'hui je vois que je n'ai rien accepté, rien prévu, rien assoupli, rien poli en moi-même de mes exigences indistinctes et infinies. Ô terrible Dieu exorable, pourquoi ne me reprends-Tu pas ? Pourquoi maintiens-Tu mon devoir en éveil que je voudrais jeter par-dessus bord ?

— Bonjour mon chéri.

Elle l'a entendu rentrer, affairé et bougonnant, elle a décidé de l'embrasser sans mot dire sur la tempe, là où il a désormais des cheveux blancs, là où elle pensait aimer l'embrasser quand elle était jeune fille, quand elle croyait un peu en lui et en elle, là où elle se plut à le caresser quand ils furent leur premier enfant.

— Tu as bien de la chance d'être toujours tranquille à la maison, avec les petits ; pas comme moi, il faut que je travaille dehors, tu as la vie belle.

— Oui mon chéri, mon héros, je t'aime.

— Un courage féminin de cette trempe, ajoutai-je, vaut l'héroïsme de tous les guerriers. La femme saura aimer son mari et ses mioches jusqu'à la prochaine crise dont elle sortira encore victorieuse et qui la grandira de nouveau, toujours plus, à la conquête de la racine de l'Amour. Voyez-vous, ma *Mère*, il n'est aucune condition humaine — même celle dont vous rêvez aujourd'hui — qui ne soit, telle la loi secrète de la bienheureuse démesure, une invitation à l'abnégation. Certaines conditions le sont plus explicitement que d'autres, c'est tout ; elles sont par là d'autant plus humaines. Ne vous mentez plus ; veuillez prier pour moi. »

La religieuse en civil pensa à sa mère, à toutes les mères, et aux Mères, à la Mère qu'elle n'était plus, et elle pleura.

Septembre 2019
Reconquista Press
www.reconquistapress.com